suncolor

suncolor

假面之夜

假面飯店

東野圭吾

陳系美／譯

suncolor 三采文化

1

昨天還擺在飯店大廳的聖誕樹，今天不見了，緊接著要登場的是門松❶、懸垂幕❷與巨大風箏。設施部的工作人員連夜趕工，必須在過年前佈置完畢，年關逼近，大家都綳緊神經，過年是都市飯店年度最大的活動。

山岸尚美抬頭一看，挑空的二樓欄杆掛著白色氣球，那是昨夜的聖誕活動，裝飾了很多象徵白雪的白色氣球，尚未拆除。尚美心想，待會兒得請人來回收才行。此時她制服口袋裡的工作手機震動，私人手機在換衣服時，放在更衣室的置物櫃。

尚美看了來電顯示，是櫃台新手吉岡和孝打來的。她望向櫃台，不見吉岡蹤影，直覺可能是突發事件，否則櫃台人員不會打電話給禮賓部。

「喂，我是山岸。」尚美壓低聲音。

「我是吉岡，妳現在有空嗎？」吉岡語氣緊迫，有些氣喘吁吁。

「出了什麼事嗎？」

「是的，有點麻煩的事。」

「什麼事？」

「剛才有位女性客人入住，可是對房間不滿意，說不符合她訂房時開出的條件。」

尚美想皺起眉頭，但忍住了。

「換別的房間給她不就行了？這種時期，應該還有空房吧？別為了這點小事打電話給我。」

「事情沒這麼簡單。總之，請妳過來一下好嗎？」

尚美偷偷嘆了一口氣，不讓周遭的客人發覺。

「好吧，我這就過去。這位小姐住幾號房？」

「一五三六號房」

尚美掛斷電話，立刻操作終端機，這位客人的資料已建檔在飯店資料庫裡，名叫秋山久美子，住址在靜岡縣。這些都沒什麼，尚美關注的是訂房時的要求，除了希望能眺望東京鐵塔，還加了一條「房間的牆壁不要掛肖像畫或人物照片」。

尚美納悶心想，她是不滿這一點嗎？這種要求雖然有點怪，但也無妨。問題是，這間飯店有掛肖像畫之類的房間嗎？應該都是風景畫或抽象畫吧。

不過既然不符客人要求，想必是客人看到了類似的東西。既然如此，趕快把東西收掉不就結了，不然房務組是幹麼的，也不想想我忙得要命——尚美帶著一肚子牢騷與疑惑，走向電梯廳。

到十五樓出電梯後，尚美快步前往一五三六號房，按下門鈴。吉岡立即來開門，柔和的臉顯得有些僵硬，瞳孔莫名地縮小。

❶門松：裝飾在玄關兩側的竹子與松樹，有新年時召喚年神降臨的寓意。

❷懸垂幕：從高大建築物上方垂下的巨幅標語。

「打擾了。」尚美走進房裡。

這是標準單床雙人房，約二十五平方公尺，窗邊設有沙發，從這扇窗能眺望東京鐵塔是這個房間的賣點。飯店官網也以「東京鐵塔景觀房」來介紹這個房間。

住宿客人，秋山久美子坐在雙人床的床沿，年齡約五十歲前後，灰毛衣搭黑長褲，戴著淡紫色鏡片的大墨鏡，她看也不看尚美，一直盯著牆壁。

尚美迅速掃視房間，看不到肖像畫或人物照片，而吉岡縮著稍稍發福的身體站在一旁，尚美走過去悄聲問：「是哪裡有問題？」

吉岡要回答時，秋山久美子大聲抗議：

「少在那邊竊竊私語，說大聲點我也要聽！」

雖然她出聲抗議，卻也只是對著牆壁罵，沒有轉頭看尚美他們。

「抱歉，失禮了。」尚美緩緩走過去，向秋山久美子鞠躬致歉：「我是本飯店的禮賓接待員，敝姓山岸。聽說這個房間不符合您訂房時提出的條件，能不能請您具體告訴我是哪裡不符合需求呢？」

秋山久美子依舊盯著牆壁，抬起下巴說：

「我訂房時有說，不要會看到肖像畫或人物照片的房間。可是你們給我的房間就有嘛。」

尚美滿心不解，再度環顧室內。

「請問哪裡有這種東西？」

秋山久美子氣呼呼地回嗆：「妳問他！」

尚美轉頭看向吉岡，只見他走到窗邊，輕輕對尚美招手，於是尚美向秋山久美子行了一禮，朝窗邊走去。

「就是那個。」吉岡指向遠處。

「啊？在哪裡？」

「在那裡。那棟褐色大樓前方，有一棟銀色建築物吧？」

尚美順著他食指的前方看過去，大吃一驚。那棟建築物的外牆，掛著一幅印有歐美男子臉部特寫的巨型海報，男子眼神犀利，正面看著這邊。

「所以是……那個不行？」尚美壓低聲音問吉岡。

「好像是的。」吉岡幾乎沒動口地說。

「我跟你們說！」秋山久美子拉高嗓門：「我這個人啊，看到人臉的照片或圖像就會心神不寧，總覺得被人家盯著看，所以一定要徹底排除這種東西。我訂房的時候拜託過了，我不要會看到這種東西的房間。可是你們現在卻讓我看到了，到底怎麼回事？」

「真的非常抱歉。」尚美雙手疊在身前，四十五度鞠躬。「這是我們考慮不周。」

「所以現在是怎樣？難道要我一直緊閉窗簾嗎？我還特地訂了能眺望東京鐵塔的房間，是叫我別欣賞夜景嗎？」

「不，我們絕對沒有這個意思。」尚美抬起頭：「您的要求，我已經完全理解了。為了慎重起見，我想請問您，能不能換到看不到那張海報的房間？」

「我是無所謂，可是看不到東京鐵塔就沒有意義了。」

「我明白了。我們會檢討因應對策，能不能給我們一點時間？」

「這也沒辦法，不過你們要快一點！我現在根本不敢走到窗邊去。」

「好的，我們會儘速解決這個問題。那我們先暫時離開了。」

尚美催促吉岡，一起離開房間，兩人走到走廊上，苦思對策。

「真是傷腦筋啊，我還是第一次碰到這種客訴。」吉岡苦惱地說。

「這也是一種學習，凡事都有第一次。」

「話是沒錯……這下該怎麼辦呢？要看得見東京鐵塔，可是看不見那張海報的房間，應該沒有吧。」

「應該沒有？找一找說不定就有，別這麼輕易下結論。」

「萬一找不到怎麼辦？」

「到時候只好想辦法處理那張海報了。」

「難道要跟那棟大樓聯絡，請他們撤掉海報嗎？不可能啦！他們不可能答應的。」

尚美停下腳步，瞪視吉岡。

「你剛剛說什麼？不可能？你在新進員工研修時都學了些什麼？」

吉岡稍稍舉起雙手投降。

「飯店人不可以說『不可能』或『沒辦法』。這一點我也知道，可是總有辦得到和辦不到的事吧？」

「還沒嘗試前就不可以放棄。不，就算嘗試了還是不行，也不可以放棄。總之，你去把能看到東京鐵塔的房間都查一查，說不定能找到被別的大樓遮住，或是被招牌擋住，奇蹟地看不到海報的房間。」

「我知道了。」

尚美回到一樓的禮賓台，首先鎖定那棟掛海報的大樓。參考網路地圖找到那棟大樓的大致位置，打了幾通電話詢問那附近的大樓，確定那是某時尚大樓。可是接下來就麻煩了，掛那張海報的是該大樓的廣告部，可是委託者是大樓裡的租戶，尚美打電話給廣告部負責人，說明事情緣由，拜託他們把海報撤掉一天。

「這種請求太荒謬了！」對方劈頭就回絕了。

掛斷電話後，尚美陷入沉思，此時吉岡來了，一副愁眉苦臉。

「找不到啊。看得見東京鐵塔，看不見那張海報，根本沒有這種房間。」

「你仔細查清楚了吧？」

「我全部親眼確認過了。有一個房間滿可惜的，如果前面的大樓再高個十公尺，就能擋住那張海報了，要是能在樓頂蓋一大片隔斷牆就好了。」

那種東西怎麼可能馬上蓋得好，況且許可不曉得會不會下來，而且費用要我們出嗎？尚美低聲碎唸，雙手抱胸往上看之際，不曉得看到了什麼忽然「啊」了一聲。

「怎麼了？」吉岡問。

尚美指向二樓的挑空處說：「就用那個吧。」

秋山久美子依然一副臭臉，臉上彷彿在說「你們到底要讓我等到什麼時候」，可是聽尚美說準備好新房間了，嘴角還是忍不住微微上揚。

「那個房間沒問題吧？看不到那張怪海報吧？」

「是的，我想您應該會喜歡。」

秋山久美子「嗯哼」了一聲，從床沿起身說：「哪個房間？」

「我這就帶您過去。」尚美確定吉岡拿好秋山久美子的行李後，走向房門。

新房間在上一層樓。尚美以房卡開門後，對秋山久美子說：「請進。」她半信半疑踏進房門，尚美與吉岡也跟了進去。

房間的等級是豪華雙人套房，所以也比原來的一五三六號房大。秋山久美子一臉困惑地站在床邊，尚美接著走到窗邊，拉開窗簾，「秋山女士，這邊請。」

秋山久美子腳步猶疑地走過來，戰戰兢兢望向海報那邊。下一個瞬間，瞠目結舌驚愕地說：「那是……」

「您覺得如何？」尚美邊問邊看海報的方向。

完全看不到海報，因為前方飄著一片白色物體，那是氣球。尚美請人將昨天聖誕活動剩的白色氣球灌入氦氣，裝飾在海報前方的大樓樓頂，數量有三百顆之多，當然也取得大樓管理部門的許可。

「居然特地在那裡放了氣球……」秋山久美子低喃。

「您覺得如何呢？現在這個季節，看起來像是只有那裡積雪吧？」尚美問。

秋山久美子滿臉感動地看向尚美，這還是她第一次正眼看尚美。

「太棒了。提出這麼任性的要求，真的很抱歉。」

「別這麼說，您千萬別向我們道歉。」尚美輕輕搖手，「是我們沒能領會您需求背後的真正意涵，給您造成莫大不便，我由衷向您致歉。希望今晚，您能在這個房間好好欣賞夜景。」

「我會的，謝謝妳。」

「那我們先離開了，請好好休息。」

和吉岡走出房間後，尚美深深吐了一口氣。

「妳實在太厲害了。秋山女士也很高興，真是太好了。」

吉岡說：「所以我剛才說過了，凡事不能輕易放棄。身為飯店人，死也不可以說『不可能』。」

「今天真的是感受良深，我會謹記在心。」吉岡語氣誠懇，不像在對前輩拍馬屁。

尚美返回禮賓台，看到桌上貼了一張便條紙，上面寫著：「有空的話，到我辦公室來。藤木」看來是總經理直接來留的。究竟是什麼事呢？尚美浮現許多想像，也想到很多事情，但最後都是不祥的預感勝出。

走到總經理辦公室前，尚美做了一個深呼吸後敲門，聽到藤木傳出一聲「請進」。尚美開門，說聲「打擾了」，行了一禮，步入室內，關上門後，望向總經理辦公桌。

藤木一如往常表情沉穩地坐在那裡，站在他旁邊的是住宿部部長田倉。這幅景象，尚美早已司空見慣，但今天她的視野裡多了一個人。一個穿西裝的男人坐在一旁的會客區沙發上，年約五十五歲、大臉、寬下巴，表情看似柔和，但眼神銳利。

尚美認得這個人，應該說熟悉到忽然有種暈眩感。

「雖然沒這個必要了。」藤木浮現淡淡微笑繼續說：「不過我還是介紹一下吧，這位是警視廳搜查一課的稻垣警部。」

稻垣擺出要舔嘴唇的樣子，緩緩起身，點頭致意：「妳好。」

尚美霎時一片混亂，連寒暄都說不出口，心裡倒是不斷唸著嚴格禁止吉岡說的「不可能」。

2

舞蹈教室播放的歌曲是〈ONE HAND, ONE HEART〉，電影《西城故事》的插曲，也是華爾滋經典名曲。

「好，從左轉步開始。1，2，3。1，2，3。1，2，3。」

配合女舞蹈老師的聲音，新田拚命踩著舞步，總是不自主地想低頭看腳，可是被禁止低頭。

「好，手臂再張開一點，保持姿勢不要垮掉。對，就是這樣。」

與新田手心相握共舞的是，經營這間舞蹈教室夫婦的獨生女。新田沒問過她的年齡，看起來不到三十，眼大嘴大、容貌亮麗，算是相當漂亮的美女，和她的鮮紅襯衫很搭。

「好，很棒喔。看來你大致熟悉舞步了。」

「可能是我的身體終於想起來了。」新田凝視她繼續說：「都是妳的功勞。」

「沒有啦……」女子微笑，「是新田先生有天分，只上過幾次個人課程，就能跳得這麼好，記得你說從國中以後就沒跳過舞了。」

「因為我父親的工作關係，我曾在洛杉磯住過一段時間，那時父母硬逼我學的，說是在歐美不會跳舞，人家不會把你當夠格的成人看。」

「我認為這是很棒的建議。」

「當初看到這間舞蹈教室的海報，讓我久違地想跳舞，現在我覺得真是來對了。」

「聽你這麼說，我很高興。」

「改天一起吃頓飯如何？我想表示一點謝意。」

新田的邀請，使她有些吃驚地睜大眼睛，但立即恢復笑容。

「說什麼感謝，你太客氣了。不過吃飯隨時都可以喔。」

「太好了，那麼近日務必一起吃頓飯。」

「好啊。」她眨眨眼睛，點頭應允。

新田坐在舞蹈教室一隅的椅子，用毛巾擦汗時，手機響起。掏出手機，看到來電顯示，不禁歪了歪嘴。霎時心想，算了別理它，又恐怕以後會有麻煩所以只好接起。

「喂，我是新田。」

「我是本宮。你在哪裡玩啊？蛤？」語氣依然很差。

「我沒有在玩喔，我正在社會學習中。」

新田聽到話筒裡「嘖」了一聲。

「你又想準備升等考試啊？你到底有多想出人頭地啊！」

「這是跟升等考試完全無關的學習啦。倒是難得休假，你打電話來有什麼事？」

「這不是休假，是待命。看情況需要，也是會召喚你的。」

「等一下，上星期我們這一組才破了一個大案，本來就該休假的。表在廳的同事在幹麼？難不成全員出動了？」

表在廳與裏在廳，是警視廳搜查一課的輪班制度。表在廳，是手上沒有案件，以備事件發生時的第一待命小組；裏在廳則是緊接在後待命的。新田他們這一組連裏在廳都排不上，就算連續發生了什麼刑案，也不至於叫他們出動。

「少廢話，這跟表啊裏的都無關，總之我們被呼叫了。一小時內，給我到櫻田門集合，知道了吧？」

接著本宮將警視廳內的某個會議室名稱告訴新田，沒等新田回話就掛斷電話了。

新田將手機收回運動包。舞蹈老師笑咪咪走過來：「新田先生，休息好了嗎？」新田皺起眉頭，聳聳肩。

「休息是休息好了，可是今天只能練到這了，我剛接到緊急工作。」

「哎呀，這樣啊。」她十分遺憾地垂下眉梢。「我還想教你新舞步呢。」

「下次有機會再拜託妳。不過，下次可能也得等上一段時間。」

「這樣啊。那……吃飯的事呢？」她窺探似地抬眼問。

「那也得等一陣子。」話一出口，新田便搖頭改口：「不不不，這個我最近一定會想辦法。我再跟妳聯絡。」

「太好了。」舞蹈老師喜上眉梢。

新田將毛巾掛在頸上，拎起運動包，對她眨了眨眼，便走出舞蹈教室。

約四十分鐘後，新田換上西裝，走在警視廳的走廊，前往本宮指示的會議室。進門一看，裡面已排了好幾列狹長桌子，約三十個男人面向前方高台而坐。座位中間夾著一條走道，新田那一組幾乎都坐在走道左側，新田看到本宮，發現他旁邊的位子空著就走過去坐下。

「慢死了。」本宮低聲碎唸。他長得一張骸骨臉，頭髮往後梳，細眉有傷疤。據說在通勤電車裡，就算他旁邊有空位也沒人敢坐，這個傳聞想必不誇張。

「你叫我一小時內到吧。」新田將手錶推給刑警前輩看。「還有十五分鐘以上喔。」

本宮盯著那只手錶：「哪裡的？」

「啊？」

「我在問這支手錶是什麼牌子？精工的？星辰的？還是卡西歐？」

「歐米茄。」新田看向黑色錶盤：「應該沒壞呀。」

「多少錢？」

「啊？」

「這支錶多少錢啦？快回答！」

「不到二十萬吧。」

本宮嘖了一聲，別過臉去：「單身真好啊，可以奢侈亂花錢。哪像我難得休假也只是被家人搞得團團轉，累死我了。」

這話聽來像在挖苦找碴。突然被叫來，本宮似乎也很不爽，可是他的嘴巴居然說出家人二字，新田也頗感意外。看來他今天也在陪家人吧，說不定他在家是個好爸爸呢。

新田望向走道右側的男人們，雖然不同組，但也有幾個熟面孔。

「那邊也是一課的吧？」新田湊向本宮的耳畔說。

本宮輕輕點頭。

「他們是矢口那組的。我們是被叫來支援他們的案子，要有心理準備喔。」

「我們？為什麼？」新田不由得大聲說，引來幾道目光。

「小聲點啦。」本宮眉頭深鎖。「這是有原因的。而且找我們來的原因，大半跟你有關。」

「跟我有關？怎麼說？」

「唷，你等一下就知道了。」本宮歪嘴笑了笑，看來他某種程度知道一些內情。

新田側首不解，又看向矢口警部率領的那批人。雖然大家同屬搜查一課，但新田很少跟別組的刑警接觸。這時他目光落在一個人身上，這人身材矮胖，臉又圓又大，頭頂的頭髮稀薄。

對了！新田想起來了。今年四月收到他寄來的電郵，說是從品川警署調到搜查一課，新田還回信說：「恭喜你高昇，改天來慶祝一下。」但一直沒能兌現這件事。

他姓能勢，原本在品川警署，新田曾與他聯手辦案。貌似愚鈍，其實相當幹練，腦筋轉速也十分驚人。新田望著他的側臉，能勢似乎也察覺到他的視線，轉頭看向新田，四目相交後，能勢露出淡淡微笑向新田致意，新田也輕輕點頭回應。

過了不久，前面的門開了。首先進場的是新田他們的上司稻垣，接著是高瘦的矢口，腋下夾著文件，最後現身的管理官尾崎。他不是特考組出身的菁英，但也爬到警視的地位，即使是還在當刑警時，他也對按部就班的慣有辦案方式不感興趣，而是以獨創的發想破了好幾樁案子。高級西裝能穿出自然洗鍊的氣質，也不是一兩天就能有的。

尾崎站在中間，環視會議室，氣氛霎時緊繃起來。

「很抱歉，讓大家專程跑一趟，尤其稻垣隊的各位，事出突然想必很疑惑吧。可是我叫大家來是有理由的，因為發生極其特殊的情況。詳細情形，等一下兩位組長會向各位說明，總之，矢口隊負責的案子有了進展，讓我們有了逮捕犯人的機會。但是我研判，想利用這個機會，還必須有稻垣隊的協助，希望各位能夠諒解。」

把「組」稱為「隊」是尾崎的毛病。新田也曾聽說，這是為了讓大家意識到「團隊合作」。但話說回來，特殊情況指的是什麼？又為何不找別組，非要稻垣組不可？新田完全摸不著頭緒。

尾崎向矢口點個頭，便在前台的位子坐下，稻垣也跟著坐在他旁邊。

「那麼，現在我來說明我們負責的案件。」矢口語畢，走向背後的液晶螢幕，拿起遙控器，按下開關，螢幕上出現「練馬獨居女性殺人案」的字樣。

新田隨即想到，是那個啊！就是這個月初發生的殺人案，在練馬的套房公寓裡，發現一名獨居年輕女子的他殺屍體。

矢口打開文件，看著文件說：

「遺體是這個月的七日發現的，有人透過匿名通報專線提供情報。」

新田對這個名稱感到新鮮，匿名通報專線是警察廳委託民間團體設置的，主要針對暴力團體的犯罪、吸毒，違反少年福祉及兒童虐待等。提供有效情報的通報人可獲得相應的報酬，但大前提是通報人的身分不能洩漏給任何人，包括警方。新田知道有這個機構，但過去負責的案子沒和他們接觸過。

「情報的內容是，希望我們去查練馬區『霓歐魯姆練馬』公寓的六〇四號房，說不定有女性屍體。通報人不是打電話，而是用網路提供情報。這種情報，匿名通報專線通常不會受理，可是看起來不像惡作劇，所以通知了轄區警署。」

矢口操作遙控器，在液晶螢幕上秀出該公寓的外觀照片，牆面灰色，極其普通。

「轄區最近的派出所立刻派出兩名員警前往該棟公寓，按了門鈴沒人應答，於是向公寓管理處陳述情況，詢問那個房間住的是什麼人，得知住戶是一名女性，名叫和泉春菜。管理員有她的手機號碼，試著打給她，有聽到鈴聲，但無人接聽。順道一提，這個房間是租的，但沒有保證人，緊急聯絡人好像也是瞎掰的。員警請示地域課的上司後，和管理員交涉，終於拿到房間的備用鑰匙進去看。房間是套房，員警說門打開的瞬間，就察覺事情不尋常。」

矢口繼續操作遙控器，新田眉頭深鎖。液晶螢幕秀出的是，穿著藍色連身裙的遺體，皮膚顏色接近淡紫的灰色，雙眼閉上，乍看似乎還沒怎麼腐爛。接著，畫面出現室內的影像，房間中央擺著沙發和茶几，牆邊的衣架掛滿衣服，可能是衣櫃放不下了吧。可是地上沒有物品散落，乍看整理得很乾淨。床靠在窗邊，屍體則躺在床上。

「誠如各位看到的，沒有打鬥痕跡，也沒有被翻箱倒櫃的樣子。轄區的刑事課立刻趕來保存現場，同時也將遺體送到東京都監察醫務院。」

接著畫面出現死者的駕照。旁邊的本宮「哦」了一聲，想必是相當漂亮的美女，新田也不由得睜大眼睛。死者姓名是和泉春菜，以出生年月日算來是二十八歲，照片似乎是兩年前拍的，看起來很年輕。若說是偶像明星，大家可能也會相信吧。

「解剖結果，已經死了三四天了。查了一下她的郵箱，十二月三日的郵件都取回房裡了，四日以後的還在郵箱裡。郵差送信到這棟公寓的時間通常在下午五點左右，所以死亡時間可能在三日下午五點以後。問題在於死因，現場的檢視官初步勘查沒有確定死因，因為沒有明顯外傷，也沒有痛苦掙扎的痕跡，也看不出受到什麼藥物影響，最後推測可能是心臟痲痹。

實際送到監察醫務院，法醫初步的看法也一樣。可是發現遺體的經過極其不自然，鑑識課的報告也說房間到處有用布之類的東西擦過的痕跡，不排除有他殺的可能性，因此進行解剖慎重調查。」

矢口翻開文件繼續說：

「解剖發現，胸部表面到心臟的細胞組織，以及從背部到心臟的組織，有不自然的加熱痕跡。此外血液檢查也驗出，死者有服用安眠藥。基於這些跡象，法醫、鑑識課，外加科搜研專家的討論結果，得出以下的假設。」

看到螢幕出現的畫面，新田倒抽一口氣。畫面中央是一張女性素描，胸部和背部各出現一條電線，然後兩線合一連結到電源插座。

「意思是有人讓被害人吃下安眠藥睡著後，將一分為二的電線，一條貼在胸部，一條貼在背部，讓電流流入心臟電死了她。研判應該是立即死亡，完全沒有抵抗的餘地。發展到這，這個案件他殺的疑慮極高，所以在該轄區的警署設立了特搜總部。但本廳負責偵辦這個案子，由我們這一組負責。」

矢口稍稍挺起胸膛。聽在新田耳裡，像是矢口在宣告，請其他小組幫忙是不得已的，但這始終是他們的案子。接著螢幕出現幾家店鋪的照片。

「被害人的職業是寵物美容師，和都內幾家寵物店、寵物沙龍、動物醫院簽約，大概每周各去一次，此外也會去私人住宅做寵物美容。我們也找到了她的記事本，上面寫著三日去池袋的寵物店工作，離開寵物店大約下午四點多，店長說她看起來沒什麼異常。

隔天四日，她預定去另一家寵物店，但三日晚上發了簡訊給店長，說她臨時有事去不了，我們也查了她的手機，寄件備份確實有這封簡訊。五日的下午，她好像預定要去私人住家工作，查出這戶人家的聯絡方式後，我們也去問了。結果她沒有去，事先也沒聯絡，打了電話也沒人接，客戶也覺得很奇怪。

從以上的證詞和解剖結果可以推斷，案發時間可能在三日傍晚到四日之間。三日晚上發的簡訊有可能是兇手所為，但無法斷定那個時間點被害人是否已遇害。」

矢口說到這裡歇了一會兒，看向新田他們。

「關於我剛才說的死因，還有一個重點，是在解剖時發現的，那就是被害人有孕在身，大概進入第四周了。我們在她房裡也找到陽性反應的驗孕棒，剛好也能證實這一點。」

她有男人啊——但新田並不怎麼驚訝，畢竟她長得這麼美，沒有對象才奇怪。

「我們實際在該棟公寓訪查的結果，有幾個人曾目睹男人出入被害人住處。可是很遺憾，沒有人記得那男人的長相，只說身高體型看起來像同一個人。因此我們以查明這個人的身分為最重要課題，徹底清查被害人的人際關係，但目前尚未發現疑似人物。就在此時，我們收到一個新消息，有人寄了一封信來警視廳，就是這封告密信。」

矢口按下遙控器的按鈕，液晶螢幕秀出信封和白色信紙。信封上的警視廳住址是印上去的，白色信紙裡的字也是列印的。新田快速瀏覽內容後，閉上雙眼調整紊亂的呼吸，情緒穩定後，再度睜眼緩緩重看一次。他感到輕微的暈眩，同時也完全明白了，為什麼自己這一組會被叫來，以及剛才本宮意味深長的話語。

告密信的內容如下：

「警視廳的各位：

我要提供一個情報。

在寬歐魯姆練馬犯下殺人案的兇手，會在以下的時間地點出現。請逮捕他。

十二月三十一日，晚上十一點

東京柯迪希亞飯店，跨年晚會會場

告密者敬上」

3

漫長的會議結束後，新田步出警視廳大門，天色已然全暗。從櫻田門搭地鐵，在有樂町下車。年關將近，走到哪裡都是人，光是不想撞到人，走路就很辛苦。

新田要去一家庶民風格的居酒屋，位在一棟面向外堀大道的大樓裡。進門後，新田向男店員報上名字，男店員說：「您的朋友已經來了。」就帶新田去吧台區。等在那裡的是能勢，手肘撐在吧台上，用茶碗喝著熱茶。發現新田後，他露出和藹笑容說：「嗨，你來啦。」

「不好意思，讓你久等了。」新田將大衣托給店員，向能勢致歉。

「別在意。我知道稻垣組開會開得很久。」

「不好意思。」新田再度道歉，往能勢的旁邊坐下。

剛才會議中有休息一次，那時新田和能勢傳簡訊，約好各自的會議結束後，一起出來喝酒。新田點了兩杯生啤酒，還有幾碟下酒菜，這家店他來過幾次，對這裡的招牌菜很熟。生啤酒很快就送上來了，兩人首先乾杯。

「雖然晚了點，還是要恭喜你高昇。」

新田舉起酒杯，能勢卻尷尬地苦笑搖頭。

「我個性比較適合待在轄區警署，腳踏實地默默地做，又可以自由行動不太會被管。本廳真的不適合我的個性，可是命令下來了也沒辦法。」

「你在說什麼呀。你的能力那麼強，待在轄區警署太浪費了。」

「你饒了我吧，我不習慣被人恭維。」能勢皺起眉頭，喝了一口啤酒，擦掉嘴角泡沫，湊向新田。「別談我了，倒是案情的發展始料未及啊，我做夢也沒想到，居然還有機會一睹你那時的風采。」

新田倒抽了一下身子，看向能勢的圓臉。

「你是聽誰說了我們小組的開會內容嗎？」

能勢笑著搖搖手。

「我不用聽誰說也知道。畢竟是稻垣組被叫去，搜查一課課長他們……不，正確地說是尾崎管理官的意圖就很明顯了，他是想重演幾年前的作戰計畫吧。妙的是，飯店居然也跟那時一樣，是東京柯迪希亞飯店。行事風格向來喜歡奇特大膽的尾崎管理官，不可能沒想到這一點，既然要上演那次的作戰計畫，一定要有稻垣組才行。更進一步說，你這個主角不可或缺。」

新田蹙眉嘆了口氣：「我們組長，剛才也說了完全相同的話。」

「這是當然的啊。站在稻垣組長的立場，自己的部下被當救世主，一定驕傲得很。」

「下命令的可能很爽，可是執行命令的可是會累死啊。」新田緩緩地搖頭，喝起啤酒。

幾年前，都內發生連續殺人案，解讀案發現場留下的奇妙訊息後，得知下一起案件會發生在東京柯迪希亞飯店。於是尾崎想到的策略是，讓幾位搜查員喬裝成飯店員工潛入調查，那時奉命喬裝成櫃台人員的就是新田，理由是新田的英文流利，長相又體面。

後來順利逮捕兇手，可是新田回想當時，至今依然冷汗直流。除了偵查辦案，還要做飯店員工的工作，實在疲累不堪。他完全沒料到，那個職業居然那麼辛苦。坦白說，新田不想再做一次，無奈身不由己。

「只有你才能勝任，這一點你自己最清楚吧？」這句稻垣說的話，又浮現新田腦海。雖然看到那封告密信，新田就有心理準備，可是分組討論時，稻垣開頭就挑明地說，要潛入柯迪希亞飯店臥底搜查，而且第一個就指名新田，角色也和上次一樣扮演櫃台人員。

新田堅決推辭，偏偏形勢比人強，他根本孤立無援，又被本宮數落了一頓：「少在那邊囉哩叭唆，趕快點頭答應吧。連你都發牢騷的話，這個案子要怎麼辦下去？」到頭來新田只能接受。

後來會議也敲定，後輩刑警關根也和上次一樣，扮演門房小弟；其他人則喬裝客人，或是房務清掃之類的，在不會被客人看到的部門活動。因為客人不會看到，所以不必實際做清掃工作，況且他們也做不來吧。新田從上次的經驗得知，那種工作需要極其熟練的專業技巧。

點的菜也送上來了，新田拿起免洗筷。

「不過話說回來，我真搞不懂那封告密信。」新田將筷子伸向生魚片，歪頭納悶：「目的究竟是什麼？」

「協助逮捕兇手的善意告密。」能勢「啪」的一聲扳開免洗筷。「……可是坦白說，總覺得事情沒這麼單純。」

「以那個內容來看，告密者應該知道兇手是誰，如果是善意的告密，直接把兇手說出來不就行了。」

「你說的沒錯，實在令人費解。不知道兇手是誰，只知道會出現在飯店，怎麼想都讓人覺得很詭異。」

告密信還附了一張偷拍一對男女的照片，女子臉部清晰可辨，顯然是這次的被害人和泉春菜。可是在一起的男子臉部打了馬賽克，完全無法辨識，地點在和泉春菜的公寓前，兩人進入玄關前被拍到的。告密者想說的大概是，我擁有被害人與交往男人在一起的照片，當然也知道這個男人是誰。

「而且這起命案，原本就源自告密。」

新田點頭贊成能勢。「匿名通報專線啊……」

「不直接打電話給警方，卻透過那裡通報，顯然通報者想隱藏自己的身分。打匿名通報專線，不用擔心被追蹤，況且這次的通報者是用網路，看來相當謹慎啊。」

「通報者和告密人是同一個人嗎？」

「我覺得很有可能。那個通報者，怎麼知道那個房間有女人被殺，這也還是個謎，畢竟是公寓的六樓啊。」

新田放下筷子，交抱雙臂。

「如果通報者和告密人，還有兇手，是同一個人呢？」

能勢睜開他的瞇瞇眼：「真是大膽的想法啊。」

「告密就是對警方的一種挑戰。意思是在說，兇手會出現在飯店的跨年晚會，你們有本事就來抓抓看吧，只是挑戰的理由不明。」

能勢咕嚕咕嚕喝光啤酒，笑了笑說：

「我總是被你的柔軟思考嚇到啊，這種事不是誰都能想到的。我會把它放在心裡，真的很驚人啊。」

能勢沒有瞧不起新田半開玩笑的想法，就這樣接納下來，其實他才是真正柔軟思考的人。

「這個案子，你負責什麼？」新田問。

「調查被害人的交友關係。不過坦白說，完全沒有頭緒，一點成果也沒有。如果被說是薪水小偷，我也無法反駁。」

「被害人好像是獨居吧，她家人住在哪裡？」

「山形縣。」能勢從西裝內袋掏出記事本。「被害人也是山形縣出身，我跟她老家聯絡，她母親來指認遺體時，我也跟她談了很多，家庭環境好像有點複雜。」

「怎麼說？」

「母親是當地知名和菓子店的獨生女，老公是入贅的，兩人生下了和泉春菜。女兒念小學的時候，老公就外遇離家出走，之後和菓子店就由母親經營。兩人鬧離婚的時候，家裡爭執不斷，和泉春菜就不太跟別人說話了，打算高中畢業就離開那個家。實際上，她的確在高中畢業後到了東京，一邊在老家和菓子店的連鎖店工作，一邊就讀專門學校。

母親因為沒能給她一個圓滿的家庭而深感愧疚，所以就放任女兒做她想做的事，也寄了生活費給她，只是幾乎沒什麼聯絡。尤其女兒當上寵物美容師經濟獨立後，金錢上就沒有往來了，母親也沒再跟她聯絡。當她看到遺體時，流下豆大的淚珠，後悔地說應該要跟女兒多談一談。」

「應該要跟女兒多談一談啊……照這口氣來看，想從母親那得到破案線索不太可能了。」

「是啊，很遺憾。」能勢闔上記事本，放回口袋。

新田將毛豆扔進嘴裡。

「最重要的是，查出讓被害人的懷孕對象是誰。」

「這當然是最重要的。可是不管怎麼查都查不到她和男人交往的跡象，手機也沒有這方面的聯絡紀錄。我問過工作方面的相關人等，大家都異口同聲說，沒聽過她談男友的事。當寵物美容師，和客人聊天也是工作的一環，可是她談的都是寵物或時尚穿著，沒提過男人方面的事。」

「意思是，她把私人生活和工作分得很開。」

「或許吧，她也沒跟朋友提過男人的事。調查她的手機紀錄，有在社群網站和專門學校時期的朋友聯絡，可是那個留言內容也看不出任何跡象。我也實際見過她幾個朋友，但沒人聽說她有男朋友。不僅如此，甚至有人說和泉春菜對男人沒興趣吧，她應該一輩子都不想結婚吧。」

「長得那麼漂亮真是可惜了。可是，她畢竟懷孕了，所以還是有男人吧。難道是一夜情？」

「就我目前訪查的印象來看，和泉春菜應該不是這種人。交往時間比較長的朋友也說，根本沒聽她提過和男人交往的事。她肚子裡孩子的父親，應該就是常進出她房間的男人吧？」

「既然兩人的關係都這麼深了，可是卻不跟朋友說，這表示對方是個必須保密的人吧。」

「我也這麼覺得。」

「譬如對方有家室？」

「嗯。」能勢點頭。

男店員剛好經過，新田叫住他，點了威士忌蘇打，能勢則再點一杯生啤酒。

「雖然剛才我說一點成果也沒有，但其實有一點我很在意。」能勢低聲說。

新田不禁歪嘴笑了笑。

「不愧是能勢兄，我就想怎麼可能會毫無收穫嘛。」

「你別虧我了，這樣我很難說下去。可能不是什麼大不了的事，你隨便聽聽就好。我在意的是……呃，那叫什麼來著？」能勢再度拿出記事本攤開。「啊，對了對了，衣櫃。」

「衣櫃？」

「原文是wardrobe，本來是指衣櫃，但也引申為個人全部衣服的意思。有個和泉春菜的朋友說，去她家玩過好幾次，有一次碰巧有機會看到她衣櫃裡的衣服，那些衣服的風格和她平常穿的不一樣，嚇了一大跳。」

「哪裡不一樣？」

「那個朋友說，和泉平常的穿著比較男孩子氣，因為這樣做寵物美容的工作也比較方便，可是她衣櫃裡吊的，都是少女趣味的衣服。」

「少女趣味？」這個發展太意外了，新田的聲音不禁高八度。

「我看看哦……」能勢的目光又落在記事本上。「例如，歌德蘿莉風、可愛少女風，好像有很多說法，具體上我也不太懂，總之那位小姐說，就像洋娃娃的穿著打扮。」

新田腦海裡描繪的是，在秋葉原看到的年輕女孩，或是角色扮演玩家。

「可能是服裝的喜好變了吧。那個朋友沒有問她原因嗎？」

「她不敢問，因為她沒徵求和泉的同意就擅自看她的衣櫃。」

店員端了威士忌蘇打和生啤酒來，新田端起冰鎮的酒杯，喝之前先轉頭對能勢說：

「男人的話，交往的女人變了，穿著也會跟著變，這是常有的事。通常是交往的女人說，你穿這種衣服比較好看，誘導男人穿她喜歡的風格。和泉的情況會不會也是這樣？」

「你的意思是，她穿少女趣味的衣服是男友的喜好？這也不是不可能，不過以我稀少的經驗來說，很難想像。」

「怎麼說？」

「男人喜歡上一個女人時，通常也被她的穿著打扮吸引，並且某個程度是接受的吧？既然喜歡上穿著比較男孩氣的女人，就不會要求對方穿得像洋娃娃吧。更何況，大多數男人不會被少女趣味的服裝吸引。」

「說得也是……」

新田無法反駁能勢的意見，只能佩服這位刑警果然不是等閒之輩，輕輕點頭，喝起了酒。

「關於服裝的事，還沒結束，接下來的發展真是大反轉。」

「怎麼說？」

「根據物證採集組的調查顯示，這個秋天以後，和泉頻頻在網路買衣服。不只衣服，還有內衣褲和飾品，手機裡也留有紀錄。」

「最近不少人看到網路的圖片就會衝動下單啊，哪裡反轉了？」

「就是服裝風格啊。和泉把網購衣服的圖片，拿給幾位女性友人看，大家的評價都不錯，說二十八歲的女生穿這種衣服完全沒問題。和泉問不會太少女嗎？她們說才不會呢，反倒有種沉穩的成熟味。」能勢語畢喝了一口生啤酒，問新田：「你覺得呢？」

「我只覺得她的服裝嗜好又變了。」

「你說對了。問題是，為什麼會變？剛才我說過，男人不會要求女友改變造型。如果會改變，是女人自己想改變。」

新田低吟半晌，伸手拿毛豆。「該不會是用了催眠術吧？」

「催眠術？」

「有人對她施展了催眠術，讓她想改變造型。」新田話一出口又搖搖手。「抱歉，我是開玩笑的，你別當真。」

「這又是一個新穎的想法。唯恐忘記，我得趕緊記下來。」能勢真的掏出記事本寫了起來。

新田見狀不禁低喃：「真是輸給你了。」接著又說：「剛才你說，手機裡沒有男人的痕跡，那他們兩人是怎麼聯絡的？」

「這是個很大的疑問，不過也有一種可能性。」

「什麼可能性？」

「就是和泉有另一支手機。」能勢豎起食指。「專門和那個男人聯絡用的。那支手機是那個男人買給她的，殺了她以後就把手機拿走了，這樣就說得通了。」

「有道理。」新田點頭。「我投這個說法一票，能勢兄果然厲害。」

「不敢當。」

「倘若果真如此，這個男的還真謹慎啊。為了防止和被害人的關係破裂後，自己的痕跡留在被害人手機裡，所以事先給被害人一支專門聯絡用的手機。」

能勢的表情稍微嚴肅了起來：「我覺得應該是這樣。」

「那樣用心想隱瞞兩人的關係，要找出這個人當然不容易。」

「是個強敵啊，所以新田你們的力量很重要，當然我們也會繼續偵查。」

「明天一早，我們會在東京柯迪希亞飯店待命。」新田說：「到了飯店，我得先去理髮廳。不然這種頭，一定會被唸。」

「被那位小姐唸啊？」能勢笑瞇瞇地說：「真懷念啊，不知道那位小姐過得好嗎？」

「好像挺好的。昨天我們組長去飯店打招呼的時候，有看到她，她現在在禮賓部。」

「禮……什麼？」

「禮賓部，聽說是三年前新成立的部門，解決客人大大小小的問題。譬如幫客人去餐廳訂位，或客人想買什麼東西，找出買到那個東西的方法。說得通俗一點，就是便利屋。」

「這很辛苦啊。」

「所以她才被提拔到這個部門吧。」

能勢頻頻點頭。「她很能幹，一定能做得很出色。」

「只要認為自己是對的，就算面對刑警，她也毫不退怯。」

新田看著威士忌蘇打的泡泡，憶起山岸尚美好勝的臉龐。

雖然他對這次的臥底辦案絲毫不來勁，但也期待再度見到山岸尚美，這是難以否認的。

4

年輕的門房小弟跑來禮賓台。

「懷特先生到了。」他戴著對講機，可能是門僮跟他說的吧。

「我知道了，謝謝你。」

尚美按下內線鍵，拿起話筒。

電話馬上接通，傳來男性的聲音：「您好，這裡是貴賓櫃台。」

「我是山岸。懷特先生到了，請準備做住房手續。」

「好的。」

「拜託了。」

尚美掛斷電話，側首尋思，聽不出剛才講電話的是誰。腦海裡浮現幾張櫃台人員的臉，好像都不是。不過，現在不是想這種事的時候。尚美走到大門玄關旁，挺直背脊站立。此時喬治・懷特正通過雙層玻璃門走了進來，剛才的門房小弟幫他提行李。懷特看到尚美，驚訝地睜大眼睛。

「尚美，妳來迎接我啊。」懷特笑顏逐開，以英文說。

尚美嘴角浮現微笑，凝望懷特，當然也以英文回答。

「歡迎您的光臨。能再度見到您，我也非常高興。」

「上次是兩個月前，那時承蒙妳照顧了，妳幫了我很多忙。」

「謝謝您的誇獎，能讓您滿意才是最重要的。懷特先生，立即為您辦理住房手續好嗎？」

「嗯，好的。」

「您這次的房間和上次一樣，也在貴賓樓層。雖然一般的櫃台也可以辦，但您要不要去貴賓專用的櫃台辦？」

「好，那就去專用櫃台吧。麻煩妳了。」

「那我帶您去，這邊請。」

尚美向門房小弟使了個眼色，走向電梯廳。

喬治．懷特是住在舊金山的商人，最近在經營日本文具，經常來日本出差。每次來都下榻東京柯迪希亞飯店的貴賓樓層，有時也會在飯店的餐廳接待客戶，算是飯店的大主顧，也常使用禮賓台的服務，所以和尚美很熟。

兩個月前懷特入住飯店時，曾找尚美幫忙，說他想在美國重新推廣和紙的魅力，問尚美有什麼好主意。那時大廳剛好在辦婚紗展，尚美提議用和紙做婚紗，說她看過這方面的報導。

但懷特意興闌珊地搖頭說，和紙的纖細美麗眾所周知，這次要強調完全相反的印象，反過來凸顯和紙的結實耐磨，粗魯對待也無所謂的特質。如果用和紙來做衣服，那也不是婚紗，而是比方說，像戰鬥服那種衣服。

只不過，就算外表像戰鬥服，無法實際穿著也沒有意義。他要展示的是實用耐穿的東西，請尚美幫他找找看，有沒有業者能做這種衣服。身為禮賓員，絕不能拒絕客人的要求，因此尚美當然說好，她會找找看。

可是這件事做起來不簡單。若只是用紙做和服或洋裝，可以找到好幾家業者，實際上也立刻就找到能做婚紗與西裝的。但是戰鬥服，而且要實用耐穿的東西，業者都面有難色。

如果能提供設計圖，就能照設計圖完成，但不保證強度與耐久性，畢竟他們無法預知衣服怎麼被使用。業者說的也有道理，況且戰鬥服的機能，究竟要求到什麼程度，尚美也一無所知。而且雖然統稱戰鬥服，想必也有各種不同用途的戰鬥服吧。

這下該怎麼辦？尚美苦惱極了，想去問問懷特的想法。但在這之前，她再度回想與懷特的談話。禮賓員，並非只要照客人的話去做就好，最重要的是要洞悉客人的真正心思。

尚美想起的是「比方說」這句話，懷特當時說的是「比方說，像戰鬥服那種衣服」。只要能凸顯纖細美麗的相反印象，亦即結實耐磨、粗魯對待也無所謂的特質，不是戰鬥服應該也無妨。尚美將這一點放在心上，重新調查。

以和紙做衣服，大致分為兩種方法。一種叫做「紙布」，就是用紙當原料做成紙線，再用紙線織成的布，用這種材質做的衣服通常很輕，觸感也很柔和，曾被用來當夏季衣料；另一種叫「紙衣」，就是直接以和紙當材料做的衣服。「紙布」是高級品，「紙衣」則廣受大眾愛用。

尚美調查紙衣時，留意到一篇文章，上面寫著以前武將穿的野戰禦寒衣，就是用紙衣做的。尚美靈光一閃，立即洽詢幾位業者。這天晚上，尚美向懷特提出的建議是，用紙衣做雪衣，而且已經找到可以做的業者。懷特原本交抱雙臂，眉頭深鎖陷入沉思，突然站了起來，緊緊握住尚美的雙手。

「太棒了！」

他不僅極力誇讚尚美這個點子，還感謝她瞭解自己的心思，最後更以飯店人最想聽到的一句話做結尾：「今後，我也要繼續住你們這家飯店！」

之後過了一陣子，尚美收到懷特來信，說他舉辦和紙雪衣展非常成功，由衷地感謝尚美，尚美將這封當作寶物珍藏。

這次懷特只住兩晚。雖然時間很短，說不定又會提出意想不到的要求，尚美有些害怕，卻也很期待。電梯抵達有貴賓櫃台的樓層。尚美等懷特和門房小弟先出電梯，自己跟在後面，直接走向櫃台，有位櫃台人員在那裡候著。

尚美看到這個人，驚愕地停下腳步。這張臉她很熟，但一時想不出名字，看了名牌才想起他是新田。新田看到尚美，露出意味深長的微笑，然後擺出更開朗的表情接待懷特。

「歡迎光臨，懷特先生。我現在就為您辦理入住手續，請您稍坐一下。」新田原本就很流利的英文，這回顯得更熟練了。

新田的後面，站著櫃台經理久我，和尚美對看了一眼，對她輕輕點頭。尚美這才反應過來，原來那個作戰計畫開始了，就是那個警視廳搜查一課提出的，令人憂鬱的作戰計畫。懷特坐在櫃台前的桌區，新田在一旁為他辦住房手續，尚美站在有點距離的地方看著這一幕。

「讓您久等了，因為有比較寬敞的房間空出來，我們為您升等了房間。」新田說完，示出附有鑰匙圈的房卡。

懷特滿意地稍稍張開雙手，以日文說：「謝謝。」

新田行了一禮，向門房小弟使了個眼色，門房小弟從新田那裡接過房卡，帶懷特去房間。尚美送他們到電梯廳，看到電梯門關上後，尚美轉身走回櫃台。此時新田面朝櫃台，不曉得在跟誰講電話。

「好的，那就照您說的辦理……是的，您要用泳池的時候，跟我們吩咐一聲就行了。……不，哪兒的話。……好的，再見。」看來對方是住宿客人。

新田掛斷電話，做了筆記後，發現尚美回來了，回頭對她說：「好久不見。」

尚美做了一個深呼吸，覺得他已經不同於幾年前那個刑警，變得有氣質多了，但說出口的卻是：「你沒什麼變嘛。」

「妳也是老樣子。」

這話什麼意思？尚美差點脫口質問，但還是忍住了，因為她覺得新田不會回什麼好話。

「那個魯莽的作戰計畫，我聽稻垣警部說了。可是不知道居然已經開始了，更萬萬沒想到，你居然在這個樓層的櫃台。你應該知道，這裡是飯店很重要的地方吧。」

「我知道。聽說飯店改裝之後，設置了這個特別櫃台，我想一定要來體驗一下，也和久我經理演練了很多次，合格過關了。」

一旁的久我露出苦笑。

「山岸說的沒錯，常客或是特別重要的客人會來這個櫃台。然而相對的，這些客人的資料我們掌握齊全，所以也容易應對。反倒是無法預料會出現什麼客人的一樓櫃台比較麻煩，所以我想讓新田先生來這裡，先做個暖身操。」

「原來如此，暖身操啊。」尚美再度看向新田。

「畢竟很久沒做了，我擔心我的反應遲鈍了。如果我哪裡做不好，請別客氣告訴我。」

「這樣啊，那我這就告訴你。」尚美指向櫃台的電話。「剛才你和客人在講電話吧？」

「對啊，有個人說要用健身房和游泳池。」

「是客人。」

「啊，對哦，是客人。日文反而比較難啊。」

「沒錯。你掛電話之前，說了什麼？」

「啊？」新田一頭霧水地睜大眼睛。

「你說『不，哪兒的話』。」尚美搖搖頭。「這種說法是不行的。正確應該說，『哪裡，請別客氣』；還有前面那句『跟我們吩咐一聲就行了』，也要加個請字。」

新田皺起一張臉，搔搔鼻翼，隨後露齒一笑。「妳果然沒變，敏銳能幹的飯店女強人。」

「你這是在挖苦我？」

「我才沒有……啊，這個遣詞也要注意。應該說，我沒有這個意思吧，上次妳教過我。」

「這種說法，聽說最近也允許了，但我抵死不說。」尚美說完後，看向久我：「這次久我經理和新田先生搭檔？」

「沒有。明天起，新田先生要去站一樓櫃台，有別的同事和他搭檔。這個樓層會有別的刑警來，假扮住宿客人監視這裡。除了新田先生以外，沒有刑警能化身為櫃台人員。」

尚美暗忖，我想也是，新田是特別的。

「那麼輔佐新田先生的是誰？」

「嗯……」久我顯得有些躊躇。「已經拜託氏原先生了。」

「氏原先生……哦，這樣啊……」尚美不知該如何反應，答得含糊不清。

「這個姓氏原的人，是櫃台副理。」新田說：「聽說上大夜班到今天早上，我還沒見到他。是怎麼樣的人呢？」

「怎麼樣的人啊……」尚美在腦中整理思緒，揀選語彙。「他是三年前，從橫濱柯迪希亞飯店調來的。簡單地說，是很認真的人，做事絕不馬虎，嚴守規定。」

「哦。」新田點頭。

「人選是久我經理挑的嗎？」尚美問久我。

「不，是總經理指派的。據說和田倉部長商量決定的。」

「為什麼選氏原先生？」

「不知道。我沒問理由。」

「已經跟氏原先生說了嗎？」

「說了。」

「他沒有嚇到嗎？」

「這個嘛，」久我笑了笑說：「他整個驚呆了。上次那個案子的時候，他還沒調過來，後來不曉得聽誰說的，他覺得讓刑警站櫃台真是荒唐至極，非常不以為然。結果這回面對同樣的情況，而且是他被派去和刑警搭檔，突然不知所措也是理所當然。」

「不過，他有接受吧？」

「他接受了。他的說法是，雖然很反對協助警方潛入調查，可是決定了也沒辦法。既然要讓一個門外漢站櫃台，他一定不會把指導工作交給別人做。」

聽了久我的說明，尚美大表首肯，認同氏原的態度，並且輕易就能想像氏原說這話的表情。

「我是無所謂啦，誰來輔佐都好，只要能協助我偵查就行。」新田說得一派輕鬆，看向尚美：「倒是，等一下妳能不能給我一點時間，我有事要先和妳討論一下。當然是我本業的事。」

尚美看看手錶，確認時間，點頭應允。

「那我們去一樓談吧，我不能讓禮賓台空太久。」

兩人進了電梯，新田按下按鈕後，不曉得在嗅聞什麼。

「好像變了耶。」

「變了？什麼變了？」

「可能是洗髮精或香水吧……不，妳是不用香水的。」

「你到底在說什麼啊？」

「香味啊。妳身上的香味，跟以前有些微妙的不同。」

尚美做了一個深呼吸，擠出一個刻意的笑容：「隨著時間流逝，人也會有很多變化的。不，不只是人，飯店也是。」

「這是當然的。我會好好觀察哪裡變了，變得怎麼樣，這樣樂趣也變多了。」

「樂趣？你這身打扮不是為了偵查嗎？」

「當然是，可是找出偵查以外的樂趣，才是臥底的要訣。不這麼做的話，身心都受不了。」

「真是辛苦啊。」

「彼此彼此。」

兩人出了電梯後，並排站在禮賓台旁的牆邊。

「我做夢也沒想到，這種日子會再度來臨。」新田環視大廳，感慨良深地說：「穿這種制服，和妳站在一起。」

「完全同感。」尚美回應。「只不過我無法悠哉地說『很懷念』這種話，我現在想起當時的事，有時還會渾身發抖。」

「因為妳那時吃了不少苦頭啊。」

「我再也不想經歷那種事了，所以這次聽到你們又來臥底辦案，我真的眼前一片黑啊。」

「我想也是。我聽組長說，藤木總經理建議妳去休假。」

「是啊。他不希望我再捲進那種事情裡。」

「這也是當然的。可是妳拒絕了，不僅拒絕，還說我們潛入調查期間，基本上妳要自己一個人負責禮賓業務，為什麼呢？」

尚美端詳新田的臉，稍稍抬起下巴：「你猜為什麼？」

新田聳肩搖頭：「我就是不知道才問妳。」

尚美稍稍挺起胸膛說：

「因為禮賓人員，面對任何困難都不能說『不』，而且絕對不能逃避，更遑論隨便去休假，況且還有客人仰賴我們的服務。再加上，除了我，其他禮賓員的經驗尚淺，也不知道上次的案件，當然也不知如何應對警方的潛入調查。我總不能把他們放在如此重要的禮賓台吧？總之，只能由我來做。」

「可是這樣上班時間會很長吧？」

「從早上八點到晚上十點。不要緊，我對自己的體力有自信，更何況就幾天而已。」

新田佩服歸佩服，也一臉傻眼地緩緩搖頭說：「真是服了妳。」

「我也知道你們很辛苦，所以只要我辦得到的事，我會盡力協助你們。」

「聽妳這麼說，我吃了一顆定心丸，請務必幫忙。話雖如此，我們目前也束手無策，只能等下一個情報進來。」

「情報……是指告密者的聯絡吧？」

殺人案的兇手，會出現在這個飯店的跨年晚會──尚美也聽說了警視廳收到這封告密信的事。新田咬咬嘴唇，神情嚴肅偏著頭。

「既然知道兇手會出現的日期和地點，為什麼不一併說出兇手是誰，完全搞不懂告密者的目的為何。可是我們警方又不能忽視這個訊息，如果告密者又傳來新的情報，告訴我們兇手是誰，不管他有沒有證據，我們都會先逮捕這個人，如果這個人是真兇就萬萬歲了。但我不認為事情會這麼單純，因為看不出這個案子的走向，所以我們必須做好準備應付各種狀況。」

「我想也是如此。我們飯店這邊也一樣。」

新田的表情柔和了些，環視大廳。

「聽說這家飯店舉辦的跨年晚會，下了很多工夫，相當有特色。」

「沒錯，因為深獲好評，回頭客也不少。久我經理有跟你說明嗎？」

「他有跟我說了一點，也給我看了入場券。聽說預約跨年晚會的住宿客人，辦理住房手續時就會把入場券交給他。」

「是的。」

「參加人數有多少？」

「去年是四百人左右。」

「四百？真的假的？」新田皺眉搔頭。「這可麻煩了，而且變裝派對吧？」

「不是單純的變裝派對喔。」尚美搖了搖食指。「規定所有參加的人，都要把臉矇起來。」

「這真的是假面舞會啊，我光想到就覺得頭痛。對了，這個晚會叫什麼來著？好像有一個很長的名稱？」

尚美盯著這位喬裝櫃台人員的刑警，調整呼吸後說：

「我想你也會被客人問到這件事，請你先好好記住。這個晚會的正式名稱是『東京柯迪希亞飯店跨年假面晚會之夜』，簡稱『假面之夜』。」

5

貴賓櫃台辦理住房手續的時間到晚上十點。新田看了看手錶後，電梯廳出現一名男子，雖然穿著櫃台制服，但新田不認識他。稀疏的髮量梳成規矩的三七旁分，戴著金邊眼鏡，膚色白皙、輪廓平淺，眼眉都很細。

新田見狀暗忖，這個人很適合古代的貴族打扮，年齡大概四十開外吧。往他胸前的名牌一看，新田暗吃一驚，因為上面寫著「氏原」。對方也看了新田胸前的名牌，然後漠無表情地問：

「久我經理在哪裡？」

新田連眨了幾次眼睛，開口說：

「剛剛突然被叫走了，去一樓的辦公室。請問……你是輔佐我的氏原先生吧？」

「是的。」氏原冷冷地回答。

新田點頭致意。

「我是警視廳搜查一課的新田，很感謝你這次願意協助我們。」

氏原沒有回話，只是看看自己的手錶。「還不到十點吧？放一個門外漢在這裡幹什麼？」

「啊？」

新田納悶地反問，隨即聽到電梯抵達的聲音。接著出現的不是久我，而是一名穿西裝的男子，手上拿著大衣和包包：「還可以辦手續嗎？」

「您是要辦住房手續嗎？」新田問。

「嗯。」

「當然可以。」剛才面無表情的氏原，此刻堆了滿臉笑容，一個箭步搶到新田前面：「這邊請坐。」

氏原帶這名男子坐到桌區後，問他名字。男子回答：「日下部。」新田也聽到了。

新田想操作終端機時，又被迅速回來的氏原搶走了。檢索完畢後，氏原看著螢幕，挑了挑眉。新田也從旁偷瞄螢幕，姓名是日下部篤哉，訂的是總統套房，住到元旦當天，看來是打算在飯店跨年，可是沒有申請參加跨年晚會。氏原清了清喉嚨，拿起住宿登記表，走到日下部旁邊。

「您是日下部篤哉先生吧？」

「是的。」

「久候您的光臨。您訂的是總統套房，從今天起住四晚是吧？」

「對啊，沒錯。」

「那麼請您在這裡簽名。」氏原將住宿登記表和原子筆放在桌上。

新田在一旁觀察日下部簽名的樣子。這個人四十歲左右，中等身材、單眼皮、鼻樑高挺，長得算蠻英俊的。剪裁合身的西裝可能是登喜路，大衣是道地的喀什米爾羊毛，四方形的手提包是義大利名牌布里克斯吧。

「日下部先生，請問您這次要用什麼方式付費呢？現金？還是信用卡？」氏原等日下部寫完，開口詢問。

「信用卡。」日下部說著，從西裝內袋取出錢包，將信用卡遞給氏原。「你是要預刷吧？」

「是的，不好意思。」

總統套房住四晚，費用要一百萬以上。這麼高的金額，要是被客人賴帳開溜，飯店損失太大，因此通常會收押金，或是預刷信用卡。日下部看似也很清楚，想必已住慣飯店了，只是根據終端機顯示的資料，他不是這間飯店的常客。氏原返回櫃台，開始預刷信用卡，這是一張黑卡。氏原繼續操作終端機，辦理房卡，然後拿著房卡和信用卡，回到日下部那邊。

「讓您久等了，這是您的房卡。日下部先生，您是第一次住我們飯店吧？」

「是啊。」

「這樣啊，非常感謝您。是這樣的，我們有提供幾項特殊服務，我想稍微向您說明一下，例如早餐——」

可是日下部嫌煩地蹙起眉頭，搖搖手說：

「這種事就不用說了。如果有不懂的地方我會問，況且每家飯店提供的服務都差不多吧。譬如健身房和游泳池免費，護膚美容有打折之類的。」

「真是抱歉，我失禮了。」氏原行了一禮。碰到客人態度蠻橫，總之先鞠躬道歉，這是飯店人員必須恪守的原則。「那我就不多做說明了。這份小冊子有詳細的服務內容，有空的時候請您看一看。」

「我知道，我知道，可以了吧？我很累，想早點去房間休息。」日下部說完，拿起附有鑰匙圈的房卡，站了起來。

「好的，這樣手續就辦完了。——啊，你，你幫客人拿行李去房間。」氏原說。

新田一時沒反應過來，氏原說的「你」就是他。

「不用了，我自己拿。」日下部拎起手提包，走向電梯廳。

氏原連忙追上去，新田也跟在後面。氏原追過日下部，趕在他前面按下電梯鈕。

這時日下部卻說：

「一樓的禮賓台，幾點可以開始用？」

「禮賓台……是嗎？早上八點就開始了。」氏原回答。

「哦，八點啊。」

「不過日下部先生，有事的話，您也可以儘管吩咐我們櫃台。」氏原行禮致意。日下部沒有搭理。

電梯來了。門一開，久我在裡面，看到客人在門外等候，隨即退到一旁。但看到新田他們，顯得有些意外地眨眨眼，想必是氏原在的緣故吧。等日下部進入電梯後，久我走了出來。

「請您好好休息。」氏原說完，行了一禮。新田見狀也跟著行禮，抬頭時，電梯門已關閉。

新田往旁邊一看，氏原的笑容早已消失，變回能劇面具般的漠無表情。

「氏原先生，你怎麼來了？我記得是從明天早上開始吧？」久我問氏原。雖然久我的地位比氏原高，但氏原年紀比久我大，所以久我對他講話很客氣。氏原推推金邊眼鏡。

「是明天開始沒錯，不過很多事情我不放心，想早點掌握情況。穿制服來的原因是，想說或許能幫上忙。」氏原以沒有抑揚頓挫的口氣說完後，隔著眼鏡打量新田。「不過幸好我來了。第一次入住總統套房的尊貴客人，怎麼可以交給一個假櫃台人員來接待呢。」

「氏原先生，這一點倒不用擔心。新田先生已經能掌握整套流程，一般手續不會有問題。我和他在一起半天了，完全沒有令人擔心之處，所以剛才我才把這裡交給他。」

氏原冷眼看向久我。

「只是一般的手續沒問題吧？要是碰到超額預訂或重複預訂，該怎麼處理？或是沒有預訂的客人突然出現呢？」

「一樓的櫃台也就罷了，可是這裡的貴賓櫃台不會有這種事啦。」

「這就很難說了，凡事總要想到萬一。」

「是沒錯啦……」久我也不想多說了，重新打起精神看向新田。「做過自我介紹了嗎？」

「嗯，基本上……」

新田含糊其詞。氏原畢恭畢敬從上衣口袋掏出名片。

「敝姓氏原，請多指教。」

「哦，你好。」

新田想接過名片時，氏原卻突然收手了。

「都是成年人了，打招呼的時候居然說你好？」氏原皮笑肉不笑地說，眼光極其冷冽。

新田一肚子火，但不形於色的冷靜他還是有練過。

「失禮了。我姓新田，我才要請您多多指教。」

氏原再度遞出名片。新田收下一看，上面印著「櫃台副理　氏原祐作」。

「可以給我你的名片嗎？」

「名片啊……不好意思，我放在更衣室了。如果是警徽，我有帶。」新田將手伸向內袋。

氏原一臉掃興，搖頭說：

「那種東西，不用給我看。我說的名片，是飯店人員的名片，你該不會還沒準備好吧？」

「啊，還沒……」

氏原猛地擺出不耐的表情：「果不其然。我就知道你連名片都還沒弄好。」

「哎呀，別這樣啦，新田他們的潛入調查，今天才剛開始嘛。」

久我出面斡旋，但氏原不予理會，瞪著新田說：

「如果客人跟你要名片，你怎麼辦？這不是一句『我沒帶名片』就能解決的。」

新田一時語塞。雖然不甘願，但也認為氏原說的沒錯。

「氏原先生，你就別再挑剔他了。」久我又出面打圓場。「名片那種小事，隨便掰個理由就行了。」

「不，是我的疏忽。」新田對久我說，接著又面向氏原：「感謝你的指正，我會立刻準備。」

「那就好。不要以為剪了頭髮穿上制服，誰都可以當飯店人，請多加注意。」

「好的，我會小心。」新田說完，想撇過頭去彈舌，但還是忍住了。

「我把話說在前頭，我不贊成這種潛入調查。站在飯店立場，我也認為應該拒絕。可是，既然總經理答應協助警方辦案，我也必須遵從。只不過，如果凡事都聽警方的，飯店的服務一定會出問題。雖然我答應輔佐潛入搜查的刑警，但我是有附條件的，做法必須由我決定。——對吧，久我經理。」

「對。」久我一臉苦澀簡短回答。

「是什麼樣的做法？」新田問。

「基本上，在櫃台的時候，要聽從我的指示。接待客人的業務由我來做，請你不要插手。我不在的時候，你不可以站櫃台。還有，不可以接櫃台的電話，當然也不可以隨便跟客人聊天，沒問題吧？」

言下之意，就是不准新田做飯店人的工作。新田覺得被瞧不起，頓時怒火中燒，但轉念一想，這樣就能專心做刑警的工作，反倒求之不得，於是新田回答：「沒問題。」

氏原點點頭，看了看手錶，按下電梯鈕。

「這個櫃台快打烊了吧，那我就此告辭了。新田先生，你明天預定站哪裡？」

「現在還不知道，我是希望早上就去站一樓的櫃台。」

「那麼明天早上八點，在櫃台的辦公室見吧。恕我囉唆，在那之前，請你不要擅自去站櫃台，沒問題吧？」

「沒問題，請多指教。」

電梯門開了。氏原向久我說了一聲「告辭」就走進電梯了。

新田聳聳肩。

「這次的指導員，跟山岸小姐不同類型啊。」

「山岸也說氏原個性認真，工作能力很強，就是有點死板，你現在應該有所瞭解吧。」

「我很清楚他不歡迎我，我會小心謹慎不要被他罵。」

新田看看手錶，就如氏原所言，這個櫃台的打烊時間到了。

「那麼，今天就到此為止吧。」

「好的，辛苦了。」

「那我走了。」

新田搭電梯下到一樓，走過大廳時，瞄了一下禮賓台，不見山岸尚美的身影。

6

新田走飯店員工的通道口到了外面，過了馬路，看到掛著「東京柯迪希亞飯店別館」招牌的建築物。雖是別館，不僅沒有住宿設施，也沒有任何服務設施，這是一棟事務大樓，營業總部和管理總部都在這裡。裡面有員工的更衣室和休息室，也有會議室。

新田走進別館，步上樓梯來到二樓，打開走廊的第一個門。進門時，新田猜想全身會被菸臭味包圍，因為上次的案件，把這個會議室當現場對策本部用時就是這種狀況。可是這次出乎意料，室內的空氣乾淨得很，不僅不臭，也沒有煙霧瀰漫。裡面並非沒人，稻垣和本宮，還有新田的同事都圍坐會議桌旁，只是桌上沒有菸灰缸。

「我懂了。」新田鬆開領帶坐下。「這裡也禁菸了呀。」

坐在對面的本宮歪了歪嘴角。

「這個時代禁菸在所難免，可是連個吸菸區都沒有也太扯了。飯店那邊還有吸菸的客房呢，員工居然沒有抽菸的地方，實在太不近人情了。」

「菸味會附著在制服上，所以上班時間禁菸喔，因為很多客人對菸味敏感。」

聽到新田回答，本宮挑了挑眉。

「居然說起客人了。才來一天而已，你的感覺都回來了呀，有夠厲害的。」

「怎麼可能嘛。飯店的系統變了很多，也新增了不少服務項目，我真的很不習慣呢。而且從明天起，還有個死腦筋的指導員跟著我。」

「照這個情況看來，果然早點開始是對的呀。」稻垣說。

「嗯，也是啦……」新田搔搔頭。

今天是十二月二十八日，離除夕還有三天。新田曾說，這麼早潛入沒什麼意義，不過稻垣指示，要盡早融入比較好。告密信說兇手會出現在跨年晚會，但不見得當天才會來。若兇手提早幾天住進飯店，對飯店員工的長相會有一定的認識，除夕當天若看到一個陌生臉孔站在櫃台，兇手恐怕會起疑。

這時門開了，進來的是門房打扮的關根：「抱歉，我來晚了。」

「辛苦了。」稻垣說完，掃視部下們的臉。

「那我們趕緊開始吧。誰要先說？」

「我先說吧。」本宮舉手。「目前，沒有寄給飯店的可疑郵件，也沒有可疑電話或電郵。客訴的電話，這個月有幾通，但都是雞毛蒜皮的小事，也都解決了。目前飯店也沒有跟暴力團體有過糾紛。話雖如此，無論到哪裡都會有需要注意的人，我就請飯店把曾經引發問題的住宿客人名單列出來，現在正在調查這份名單的人是否跟這個案子有關。不過幾乎都是外地來的，目前看起來沒什麼關係。報告完畢。」

「我明白了，下一個。」

在稻垣的催促下，別的搜查員開始報告，內容是調查遇害的和泉春菜與這間飯店的關係，但查不到她的住宿紀錄，也沒用過飯店內的餐飲。甚至連這幾年婚宴的賓客名單都查了，依然找不到任何紀錄。

新田聽了報告有些吃驚，通常不管發生什麼事，飯店都不會輕易提供客人的個資。這次居然如此協助調查，看來飯店對這個案子抱持相當的危機感，而且是稻垣小組出動偵辦此案，想必也起了很大的作用。他們沒忘記幾年前，這個飯店差點就發生的殺人案，就是稻垣小組阻止的。逐一聽完部下的報告後，稻垣交抱雙臂低吟。

「雖然告密內容依然令人費解，也不知道兇手是不是真的會出現，可是為什麼挑這間飯店呢？或許是湊巧吧，真令人在意啊。」

「假設告密信的內容是真的，那麼關鍵就在於，兇手為什麼要來這間飯店？」本宮說：「說不定告密者也知道箇中原因。」

「兇手出現在這間飯店的理由啊……」稻垣喃喃自語說完後，再度環顧眾人：「關於這一點，大家有什麼看法？」

「我可以說嗎？」門房打扮的關根低調地說：「我只是突然有個想法。」

「無妨，儘管說，突然的想法很重要。」

「是。」關根點頭，略顯緊張地繼續說：「會不會只是在練馬殺了人，並沒有完成兇手的目的，為了完成最終目的，除夕夜必須來這裡。……這種想法會不會太離譜？」

在場的人，全部看向門房打扮的年輕刑警。

有人問，什麼意思？

「或許是這個意思吧。」關根回答前，新田先說：「除了和泉春菜以外，兇手還有非殺不可的人。打算在除夕，在這個飯店，殺掉那個人。也就是說，這是連續殺人案的一部分。」

「新田先生果然厲害，我就是這麼想的。」關根用力點頭。「因為目標人物會來這間飯店，所以兇手也非來不可。」

霎時，會議室鴉雀無聲，那氣氛像是下一秒會有人一笑置之地說「這麼無聊的事，虧你想得出來」，但這一幕並沒有發生。

「確實有點離譜。」稻垣沉著臉說：「除夕夜在一流飯店殺人？哪個世界會有人做這種愚蠢的事？我是很想這麼說。可是這次的案子，打從一開始就很離譜，所以我們也用離譜的偵辦方式跟它對抗吧。」稻垣以認真的眼神看向本宮：「你覺得呢？」

「這也不是不可能。」本宮皺著眉頭說：「關於殺害和泉春菜的動機，特搜總部那邊認為只是感情糾紛，但我不認為。如果還有別的動機，被殺的可能不止一人。神祕的告密者之所以能預測兇手接下來的行動，或許就是知道兇手的殺人動機，知道下一個要殺誰。」

「呼——」稻垣沉沉吐了一口氣，皺眉拍桌繼續說：「我實在很不喜歡聽這種討厭的推理，可是很不甘心，你們說的確實有幾分道理。既然如此，就以這個推理為前提擬定作戰計畫，你們認為該怎麼做？」

「告密信寫的，不只是會出現在這間飯店，還刻意說會出現在跨年晚會。」資深刑警渡部說：「這一點該如何解讀也是個問題。」

稻垣沉吟半晌，環視部下。

「跨年晚會是變裝派對吧，有沒有人可以說明得更詳細一點？」

「我不是知道得很詳細，可是知道一些。」新田稍稍舉起右手。「跨年晚會從除夕晚上十一點開始，地點在三樓最大的宴會廳。正式名稱是……」新田從口袋掏出記事本，翻開山岸尚美告訴他的內容。「『東京柯迪希亞飯店跨年假面晚會之夜』。」

坐在新田對面的本宮聽了張大嘴巴。

「這是什麼呀？簡直像咒語，再說一次。」

「『東京柯迪希亞飯店跨年假面晚會之夜』，因為太長了，簡稱『假面之夜』。參加的費用是一萬圓，住宿客人只要三千。據說歷年來參加的大多是住宿客人，採預約制，超過五百人就停止受理。」

「今年的參加人數有多少？」

「已經有三百多人報名了。不過，有些住宿客人住進來的時候不知道有這個晚會，不少人是後來才報名。照往年的情況來看，接下來可能會有一百人搶著報名。」

「晚會到底有什麼活動？」

新田看向記事本。

「會場分成幾個區塊，有爵士演奏、魔術秀、街頭藝人表演。啤酒、葡萄酒、紅酒無限暢飲，也提供點心小吃。和一般站立式酒會不同的是，參加者都必須變裝。」

包括稻垣在內，很多人都露出苦笑。

「只要不是太低俗，任何變裝打扮都可以。喜歡玩角色扮演的人很多，再加上最近萬聖節的影響，一般人也不太排斥變裝了，所以精心打扮的人也變多了。」

「參加者都要變裝啊。可是沒辦法準備衣服的人也不少吧，臨時報名的客人怎麼辦？」

「飯店有提供出租服務。至於不喜歡穿奇裝異服的人，只要穿普通衣服戴上面具就行了，飯店也準備了面具，免費租給這些人。」

「真是用心周到，無微不至啊。」本宮顯得有些受不了。「為什麼要做到這種地步呢？」

「現在每家飯店都會辦跨年晚會，他們想做得出色點，風評也不錯，參加人數年年增加，不認識的人互相拍照，也能把氣氛吵得很熱。但是變裝只能持續到新年那一刻，開始跨年倒數後，數到零的時候，所有人都必須摘下面具，以真面目示人。氣氛來到最高潮之後，飯店會向大家獻上香檳。」

「我光聽就覺得胸口難受……」稻垣歪著頭。「應該不會在這麼華麗的場所殺人吧？」

聽到上司的意見，部下都沉默以對。新田也沒有證據敢斷言，不會發生這種事，因為這起案子實在太詭異，會發生什麼奇妙的事都不足為奇。

「你說晚會採預約制，那可以弄到參加者的名單嗎？」稻垣問新田。

「飯店可能會面有難色，不過我想應該沒問題。只是就算弄到名單，也不見派得上用場，我不認為兇手會用本名登記。」

「參加者大多是住宿客人吧？如果用假名入住，應該會用現金支付，只要鎖定這些人就不會白費。」

「好的，我知道了。」

「已經入住的，會一直待到除夕夜的客人有多少？」

新田再度翻開記事本。

「到今晚為止，有三十組客人，幾乎都是外國人。有些是商務出差，有些是來體驗日本新年的外國人。」

「如果是最近才來日本的外國人可以剔除吧。日本人有幾組？」

「五組。攜家帶眷的四組，情侶一組。根據住宿登記表的記載，攜家帶眷那四組的住址，分別是札幌、鳥取、福島，還有富山，都是帶著小小孩的三人家族，或四人家族；至於那一組情侶，登記的是男方，地址在大阪。根據負責接待的櫃台人員說，他操的確實是關西腔。攜家帶眷的都沒有報名晚會，一方面小孩也有年齡限制，情侶倒是報名了。……啊，對了。」新田在報告之際，想起剛才那位入住客人。「還有一位男性客人，剛才入住了。從今晚起，連住四天，而且是總統套房。」

「哇！」發出驚訝聲的是關根。他身為門房人員去過總統套房，知道裡面有多豪華。

「那麼大的房間，一個人住啊？」稻垣問。

「以訂房內容來看是一個人，不過說不定之後會有女人來會合。他用信用卡預刷，所以應該不是假名，還有，他目前沒有報名晚會。」

「用信用卡預刷，也不能保證是真正的信用卡，至於晚會，也有可能到快開始才報名。要拋開先入為主的想法，除夕一個人住飯店的男客人，一定要特別注意，絕對不能鬆懈，只要有點不自然的地方，就要徹底緊盯。不，不僅如此。」稻垣環顧搜查員。「就算外地來的家族或情侶，也不能掉以輕心，因為我們不知道兇手會偽裝成什麼模樣。明天起，一路住到元旦的客人會增加吧。這種新入住的房間，清潔人員打掃的時候要跟著去，盡可能檢查客人的行李。飯店可能會抱怨，反正到時候再說，現在別管那麼多。」

「是！」搜查員一同回答。

「那個命案現場的公寓共同玄關，設有監視錄影器。」稻垣拉高音調繼續說：「犯案時間推定為十二月三日傍晚到四日之間，這段時間的影像一定有拍到犯人。我會把影像傳到大家的手機，各位要記住這裡面出現的人，只要發現和疑似影像裡的人，立刻通知本宮或是我。」

「不分男女吧？」本宮想確認。

「對，不分男女，雖然被害人有孕在身，但兇手未必是男的。我再說一次，要拋掉先入為主的想法，把來這間飯店的人都當作嫌疑人，絕對不能讓兇手逃掉。已經知道兇手會現身的時間和地點，這樣還抓不到人的話，不只在警視廳裡，我們會成為全日本警察的笑柄。到除夕之前，一定要想辦法掌握線索。我要說的就這些。」

7

更衣室在事務大樓的三樓，新田洗完澡後，在共用桌操作筆電時，發現好像有人進來。

「辛苦了。」對方先向新田打招呼。原來是能勢，他拎著超商的塑膠袋走來，戴著褐色針織帽，西裝外面套著羽絨衣。

「你查訪到這麼晚啊？」新田看看牆上的時鐘，早就過了午夜十二點。

「沒辦法，對方只有晚上有空。」能勢摘下針織帽，脫掉羽絨衣，就近拉了椅子坐下。

「只有晚上有空？那個人是誰？」

「我跟你說過，被害人的老家在山形縣吧，為此去山形出差的年輕刑警，傳來值得注意的消息。和泉春菜有位女性友人，國中和高中都在一起，兩人幾乎同一個時期來東京。這位女性友人還進了東京的大學喔，是最難考進去的那間，也是你畢業的大學，而且是醫學院。」

「哦哦哦……」新田嘴巴半開，摸摸下巴暗忖。以前法學院也有幾個成績優秀的女生，輕輕鬆鬆就通過司法考試，現在很多都在律師事務所大展長才，每個都是氣勢逼人的女強人。醫學院可能也是這樣吧，或者更厲害。「為什麼只有晚上有空？」

「因為很忙。」能勢答得乾脆。「她還在當實習醫生，工作繁重。我們在醫院的昏暗會客室見面，她一直很在意呼叫器，不曉得幾時會被叫走。」

「我也聽過實習醫生真的很辛苦。她和被害人感情很好嗎？」

「她說算是感情不錯。國中一年級的時候同班，兩人就熟了起來，畢業後也進了同一所高中。和泉經常去她家玩，兩人在學校的成績也差不多，也會一起核對考試的答案。不過來到東京後，兩人的生活形態不同就慢慢疏遠了。畢竟一個是醫學院的學生，一個是邊工作邊念專門學校的社會人，時間上很難搭在一起。」

「最近她有和被害人聯絡嗎？」

「已經好幾年沒有聯絡了。」能勢將超商的塑膠袋放在桌上，從袋中取出罐裝啤酒與罐裝威士忌蘇打。「要不要喝？」

「要，謝謝。」新田伸手拿威士忌蘇打。

能勢想必記住了，昨天在居酒屋，新田喝的是威士忌蘇打。新田看到這種細心周到，不禁心想，這種人才適合當飯店人。

「這位小姐知道和泉被殺嗎？」

「不知道。她忙到沒時間看電視新聞，國中和高中的朋友現在也都幾乎沒聯絡了，所以我見到她的時候，反而被她問到底出了什麼事？為什麼會被殺？我跟她說，我就是為了查明真相來拜訪她。不過她完全不知道和泉的近況，所以我主要問她以前學生時代的事。」

「和泉以前是個怎樣的女孩？」

能勢放下啤酒，照例從懷裡掏出記事本。

「不是什麼太顯眼的學生，也沒有參加社團活動，不是積極在人前出鋒頭的類型，午休時間大多在看書。」

「跟男生交往方面呢？」

「她說就她所知，絕對沒有。說得相當有把握，我想應該錯不了吧。」

「昨天好像也有朋友說，她對男人沒興趣，會不會從以前就這樣？」

「有可能。穿著打扮，也是從那時就喜歡男孩子氣的服裝，頭髮也剪得短短的，私底下大多穿牛仔褲。」

「你有沒有問關於少女趣味的事？」

「有呀，當然問了。」

「那位小姐有很驚訝嗎？」

「嗯，這個嘛……」能勢噘嘴。「倒是沒有的樣子。」

「啊？她沒有驚訝？」

「她說和泉喜歡穿男孩子氣的服裝，可是也不討厭女孩味的東西，譬如有些小東西或文具之類的，反倒都是少女趣味的。」

「意思是她有兩面性？」

「這也有可能，不過跟這次的案子有沒有關係就不知道了。」能勢將記事本放回口袋，拿起罐裝啤酒。

新田腦海浮現穿著打扮男孩子氣的少女，和朋友一起玩的景象，那種打扮通常給人活潑的印象，但和泉春菜似乎並非如此。接著他又想起能勢一開始說的話。

「你說那個女實習醫生跟和泉，在校成績差不多，既然成績那麼優秀，和泉為什麼沒有繼續升學？」

能勢含著啤酒，點點頭。

「我也問了這件事。實習醫生說，其實她也一直很納悶，她原本以為和泉當然也會升學。」

「結果去當了寵物美容師，她那麼想當寵物美容師嗎？如果是，確實沒有必要念大學。」

「問題就這裡。據實習醫生所言，有點令人費解。」

「她怎麼說？」

「她說她的記憶裡，沒聽過和泉說要當寵物美容師，她只記得，和泉說不念大學，要去東京工作。問她為什麼不升學，她說沒那個必要性。」

「必要性啊……」新田將罐裝威士忌蘇打放在桌上，交抱雙臂暗忖。現役大學生，或是已經大學畢業的人，有多少人能反駁這個看法呢？「覺得沒必要升學了，卻覺得有來東京的必要？」

「我也問了她相同的問題。結果她說，來東京對和泉是必要的，總之和泉想離開家裡。」

「果然是母親離婚的關係？」

「她說這一點她不清楚，畢竟家家有本難念的經，她也不好過問。」

「她的態度還蠻成熟的嘛，當時應該是好奇心旺盛的年紀吧。」

「你也這麼認為？其實我也覺得怪怪的喔。」能勢淺淺一笑，歪了歪頭。

「怎麼個怪法？」

「談到這部分的時候，那個實習醫生的口風突然變緊了。淨說她不記得了，或是不能說沒有根據的想像，總之吞吞吐吐，我懷疑她隱瞞了什麼。」

「隱瞞？譬如什麼事？」

「我也不清楚，感覺是不方便公開說的事，至少是不能隨便對剛見面的刑警說的事。」

「到底是什麼事？實在令人好奇。」

「她說今晚沒有時間慢慢聊，就把我趕走了。不過明天我還會去問問看。話雖如此，也有可能只是我想太多。」

能勢握著啤酒罐，出神地凝望半空中。新田看著他的表情，知道他確實掌握了什麼，他很清楚，這個刑警的直覺相當敏銳。

過了半晌，能勢回過神來問新田：「你那邊情況如何？」

新田搖搖頭。

「今天目前的成果掛零。我們徹底查了飯店的紀錄，沒看到被害人的名字。」

能勢愁眉苦臉，嘆了口氣。

「果然查不到啊。我也問了一些人，沒人聽被害人提過這間飯店。物證採集組去搜了被害人的房間，也沒找到和這間飯店有關的東西。手機裡也沒有任何相關紀錄，電郵和社群網站也沒出現過，被害人和這間飯店可能沒有直接關連吧。」

「這麼說的話，」新田摸摸稍微冒出鬍渣的下巴。「挑這間飯店，果然是因為兇手那邊的因素啊。」

能勢猛然挑眉問：「這話什麼意思？」

「剛才會議上，有人提出令人擔心的看法。」

新田向能勢說明，和泉春菜遇害可能不是單一事件，而是連續殺人的一環。

能勢表情嚴肅，低聲說：「意思是兇手來這間飯店，是為了要殺下一個人？雖然很大膽，不過新田，這個看法很犀利喔。」

「你也這麼認為？其實我也覺得很有可能。通常殺人之後，在風頭還沒過去之前，兇手不會出來拋頭露面，這回居然要來飯店派對這種地方，想必有相當的理由。」

「同感。而且打從一開始，我對這個案子就嗅到獨特的氣味。」

能勢說完，用指尖彈了彈自己的鼻子。

「哦？名刑警嗅到了什麼？」

能勢皺起眉頭，搖搖手。

「你別說這種話。昨天我也說過了，我不習慣這樣被人恭維。我說嗅到了什麼只是在耍酷，其實根本沒什麼，我只是覺得，兇手的手法太高明了。」

「高明？……你是說他的手法很巧妙？」

「對。讓被害人吃了安眠藥，再用電線電死，一般人想不到這種方法，直接勒死還比較快。兇手之所以沒這麼做，可能有他的執著吧，包括隱藏自己的身分，這都說明了這個兇手已經很習慣了。」能勢停了半晌，補上一句：「習慣殺人。」

「意思是，兇手殺害和泉春菜，並非第一次殺人？」

「我不敢斷言，但有這個可能性。」

「原來如此。」新田再度摸摸下巴，點點頭。剛才會議上沒有出現這種看法，倘若真是連續殺人案，沒理由斷定和泉春菜就是第一個犧牲者。「也就是說，過去未破案的殺人案裡，也有可能是這次的兇手所為。」

「這值得查一查，這交給我來辦吧。」能勢取出記事本，開始寫筆記。

「對了，上次的案子也是這樣，未破案的懸案也是請能勢兄調查，你說你有個同期的朋友在搜查一課的資料組。」

「很幸運的，那傢伙現在還窩在資料組。他喜歡喝酒，這次也請他喝酒的話，應該會跟我透露一些情報。」能勢胸有成竹地舔舔嘴唇。

「關於告密者呢？有沒有掌握到什麼線索？」

「哎呀，這個嘛……」能勢擺出苦瓜臉。「我有查到印製告密信的印刷機型，不過這年頭，這算不上什麼線索。至於裡面附的那張照片，只知道是在附近建築物的暗處拍的，沒發現什麼新線索。」

「說到那張照片，你認為為什麼要偷拍？是告密者已經知道和泉春菜會被殺嗎？」

能勢用力抿嘴，搖搖頭。

「這我真的不知道啊。對於兇手當然沒有頭緒，對於告密者也是一頭霧水，告密者為什麼知道那個房間有人被殺，令人費解。」

「關於這件事，有一點我很在意。告密者寄給匿名通報專線的內容到底是什麼？是那間公寓有屍體，去調查一下嗎？」

「等等，我看一下。」能勢舔濕手指，翻閱記事本。「正確的內容是這樣的，『請去調查練馬區霓歐魯姆練馬公寓的六〇四號房，說不定有女性屍體』。」

「說不定……」新田喃喃唸著這一句。「不是有屍體，是說不定有屍體。你不覺得這句話很怪嗎？」

「經你這麼一說，確實有點怪。」能勢盯著記事本。「為什麼要寫得這樣模稜兩可？」

「會不會是因為告密者也不確定，覺得可能有屍體，但無法斷定。」

「會讓人覺得有屍體的狀況很少吧。」能勢說：「會不會是告密者看得到室內情況？」

「只有這個可能了。發現遺體時，室內的窗戶是什麼狀況？尤其窗簾，是完全拉上的嗎？」

「等一下，我叫我們組裡的年輕人去確認一下。他住在特搜總部，現在應該還沒睡。」能勢開始操作手機，可能在發簡訊，他的手指粗粗的，但滑起手機很靈活。

操作完畢後，能勢看向新田。「告密者，會不會是從某個建築物看到那個室內？」

「這個可能性最大吧。被害人是躺在床上死掉的，偷窺那個房間的人，覺得那名女子一直躺著不動很奇怪，所以才通報，也是有可能。」

「原來如此。如果直接報警的話，會被警方問為什麼偷窺女人房間，所以……」

「所以才用匿名通報專線。」

能勢莞爾一笑，指著新田的臉。「出現了，新田的剃刀推理。」

「你別虧我了，不是大不了的推理，說不定還推錯呢。」

這時，能勢的手機響起。他接起手機，說了兩三句就掛斷了，朝著新田比出大拇指。「當時的窗簾是開的。」

「開多開？」

「一扇玻璃窗的寬度，將近一公尺吧。」

「查一查從附近建物中，能看到什麼程度吧？」

「好，我來查查看。」能勢起身，拿起針織帽。「謝謝你給了我很棒的啟示。」

「如果這樣能找出告密者，然後順藤摸瓜抓到兇手就太棒了。」

新田如此一說，能勢歪歪頭，一臉質疑，穿上羽絨衣。

「能這麼順利是最好的，不過我覺得這個案子沒這麼簡單喔。」

「這是能勢兄的直覺？」

「可以這麼說啦，可是新田你也這麼認為吧？都已經發展到如此大規模的潛入搜查了，這麼簡單就破案未免太無趣了。你應該也是這麼想的吧，我有說錯嗎？」

新田清了清喉嚨：「也是啦，不過我們都只是聽命行事。」

「沒問題的啦。」能勢開心地說：「兇手一定會落網的，我很期待那一刻到來。」

「可是我們不知道對方的真面目呀，而飯店正是一堆來路不明的人接二連三來的地方。」

「你們一定能摘下兇手的面具。」能勢舉起罐裝啤酒。

「希望摘下兇手的面具之前，我們的真面目不要先被拆穿就好。」新田嘆了口氣，拿起罐裝威士忌蘇打，輕輕碰了碰能勢的罐裝啤酒。

8

禮賓台從早上八點開始服務。尚美在準備開張工作時，穿櫃台制服的新田走過來：「早安。」

「早安。新田先生，你剛才在大廳走來走去，為什麼不去站櫃台？」

新田蹙起眉頭，歪了歪嘴，雙手往褲袋一插：「我很想去站櫃台，可是……」

尚美指向他的手，「手不要插在褲袋裡！」

「啊，抱歉。」新田趕忙抽出手來，內心暗忖，難得想撒個嬌就兇巴巴的。

「所以呢？你很想去站櫃台，可是怎樣？」

新田以拇指彈了彈鼻尖：「有人不准我獨自站櫃台。」

「誰？」

「昨天提到的那個氏原。」

「你已經見過他了？」

氏原昨天應該是大夜班。

「昨晚我在貴賓櫃台，他突然出現，那時候跟我說的。他說他才是專業的，接待客人由他來，叫我這個刑警退到後面去。」

「我不認為他講話會這麼粗魯，這應該只是他的意思吧。」

「他還叫我不要隨便跟客人說話。不用做櫃台的工作，我是很感激啦，可是我也得臨機應變採取行動，有時候也得直接和住宿客人交談。可是他囉哩叭唆的連芝麻小事都要碎唸，我根本沒辦法偵查。坦白說，我寧可妳來當我的指導員。」

「寧可？這種說法真是令人反感。」

「我是在誇獎妳。啊啊～～，想到今後要一直跟他在一起，我就鬱卒。兇手能不能早點出現啊，別等到跨年晚會才來，我實在很想趕快抓到他，早早撤離這裡。」

「新田先生，你是來向我抱怨的？」

「抱怨只是開場白，我來是有事要跟妳說。」

「什麼事？」

新田說起昨夜很晚來入住的男性客人日下部篤哉，他住的是總統套房，問了禮賓台幾點開始服務。

「氏原先生告訴他早上八點開始，所以我想他可能會來這裡。」

「原來是這樣啊，謝謝你專程來告訴我。」

新田打量了一下四周，將臉湊過去。

「那個傢伙很討厭喔，辦住房手續時還故意掏黑卡來炫耀。那種東西，只要多刷點卡誰都嘛可以拿到，有什麼稀奇嘛，我記得我爸就有一張黑卡。」

尚美眨眨眼，看向新田，心想他大概沒意識到，自己現在說的這番話也相當令人討厭。

「怎麼了？」新田納悶地問。

「沒有，沒什麼。」尚美心想，他果然沒意識到。

「如果他來了，能不能請妳事後跟我說，他來這裡問什麼事？因為上面有交代，只要住到除夕夜的客人，都要徹底收集情報。」

「我不認為殺人案的兇手，會來禮賓台問事情。」

「這就很難說了，上面也嚴格交代我們，絕對不能先入為主，可以請妳幫幫忙吧？」

「要看內容而定，畢竟也有隱私的問題。」

新田又湊過臉去：「妳知道嗎？現在緊急狀態。」

「我知道得很清楚，但這是兩碼子事。我們有義務保護客人的隱私，不過……」尚美繼續說：「看情況需要，有時我們也必須和你們共享客人資料。到時候我會跟你說，但不是對新田刑警說，是對新田櫃台說。」

新田嘆了口氣，隨後好像發現什麼之際，氏原已進入尚美的視野。尚美轉頭向他致意：「早安，氏原先生。」新田聞言，驚愕回頭。

「早啊，新田先生。我昨晚應該說過，今天早上八點在辦公室碰頭。」

新田看看手錶。「還有兩分鐘，我去上個廁所馬上去。」

看他快步離開後，氏原低聲問尚美：「妳跟那個刑警談了什麼？」除了面對客人以外，這個人的表情和語氣幾乎沒有起伏。

「聽說有位總統套房的客人，在問禮賓台的服務時間吧，因為是除夕夜也住房的客人，新田先生希望我告訴他，這位客人希望禮賓台提供什麼服務。」

氏原的眼睛，在鏡片後面瞇了起來：「妳該不會答應他了吧？」

「我跟他說，這要看情況而定。」

聽到新田跟尚美說的事，氏原毫不掩飾地沉下臉來。

「他只是一身飯店人的打扮，但從頭到尾都是假的，是外人。不可以把客人的事告訴外人，這是飯店人的鐵則。」

「可是總經理也交代，要把新田先生當作正規員工同等對待。」

氏原捏著眼鏡的鏡架，盯著尚美的臉猛瞧。

「有什麼問題嗎？」

「我聽說了喔。上次他們潛入偵查的時候，妳負責輔佐那個刑警。」

「是啊，有什麼問題嗎？」

氏原歪了歪嘴角。

「那時候妳太放縱他了，所以他才會得意忘形，居然想做根本做不來的櫃台工作。我和妳不一樣，只要我在櫃台，我不會讓那個男的靠近客人一步。」

「你要怎麼跟他相處，是你的自由。可是這樣新田先生會說，他沒辦法辦案吧？」

「那不關我的事。對我來說，最重要的是這間飯店，是客人。不管他們破案立功，還是失敗也罷，都與我無關。」

「他們在抓的可是殺人犯喔。」

「我知道。但這又怎樣？這間飯店每天都有數百人造訪、住宿，這裡面有形形色色的人，說不定也有殺過人的人。不，妳我至今接待過的客人裡，一定有一兩個，或許更多吧。只是有人密告除夕夜那天，住宿客人裡說不定有殺人犯，除此之外，這和平常的夜晚沒兩樣嘛，平常就可能有了。既然如此，我們只要一如往常的工作就行了。

總經理交代，要把那個粗俗的男人當成正規員工同等對待？好啊，那我就遵從總經理的指示，以正規飯店人來看，那個男人根本是半吊子，不，比半吊子還不如。我無法把櫃台業務交給這種新手來做，算是合理的判斷吧。」

尚美暗自佩服，他居然能落落長講了一大堆，而且表情幾乎沒有變化。但她沒有顯露出這種心思，等氏原說完後，停頓了一下開口說：

「我剛才也說過了，你要怎麼跟新田先生相處，是你的自由。但恕我僭越地說句話，我勸你下結論之前，最好先瞭解他一下，他不是你想的那種人。」

氏原的臉頰微微抽動。

「妳是在給我建議嗎？姿態蠻高的嘛。妳被提拔成禮賓人員，所以有自信說這種話了？」

「我沒這個意思……」

「不用妳多說，我也會好好監視那個叫新田的刑警，因為我有必要向總經理報告，他對飯店是多麼有害的人。然後向總經理建言，不要再做這種協助警方偵查的蠢事了。」

尚美輕聲喟嘆，對氏原擠出微笑。

「是嗎？那就請便。」

氏原眉頭輕蹙，但立刻就恢復能劇臉，用指尖摸了摸鏡架，轉身走人。

9

上午十一點過後，櫃台熱鬧了起來，因為接近退房的正午時刻了。商務客通常會早點退房，這個時段大多是觀光客。尚美從禮賓台，窺看櫃台的情況。氏原和其他櫃台人員一樣，忙著處理退房業務，臉上黏著與尚美獨處時絕不會出現的和藹笑容，俐落地處理手續。那動作沒有多餘的部分，充滿自信，他可能有一種自負，認為自己才是這間飯店首屈一指的人。

尚美調去新設的禮賓部之後，氏原才從橫濱柯迪希亞調來這裡。尚美不清楚他的經歷，但聽說他待過幾家知名飯店，也聽過一個小道消息，說他的野心是當總經理。如果這個傳聞屬實，他平常可能就在想像，自己當上總經理後要做哪些事情，也因此才那麼露骨地反對藤木這次答應協助警方潛入搜查的事。

尚美看向氏原的後方，新田站在那裡，裝作在看終端機的樣子，其實一定在觀察住宿客人的動靜吧。辦理退房手續的客人即將離開飯店，理應與案件無關，但如新田所言，這種先入為主的想法是禁忌吧。

望著新田的模樣，尚美也更深切體會到，飯店正面臨非比尋常的緊張事態。雖然外表是櫃台人員，但他是不折不扣的警察，而且還是警視廳搜查一課的刑警。尚美由衷祈禱，但願不要發生任何事。

和櫃台一樣，禮賓台也開始忙了起來，這個時段來的客人，大多是希望禮賓員推薦午餐的餐廳。若只是推薦餐廳，小事一樁，可是客人通常會附帶困難的條件，譬如不在意小孩有點吵的店；或是有包廂，酒類無限暢飲，一個人一萬圓以內的店；或是可以在自己的座位抽菸的店——簡直把禮賓人員當魔法師，提出各種任性要求。甚至有客人說，要去半年前早就預約客滿的超級名店，而且現在就要去。

可是禮賓人員不能發牢騷。若只是要去價格低廉、料理美味的店，現在這個時代，用手機查一查就知道了。會特地來禮賓台詢問，一定有相當理由，面對任何困難問題，禮賓人員絕對不能說「辦不到」，難以實現客人的要求時，一定要提出讓客人能接受的替代方案。

剛才有一對義大利情侶前來詢問，說想吃回國後能向朋友炫耀的餐點，不要壽司或天婦羅這種司空見慣的食物，要外國人很難得吃到的東西，如果因此稍微不合口味也會忍耐。尚美問了一下，得知他們已經挑戰過納豆與海鞘，於是尚美幾經思量，推薦了兩道料理。一道是臭魚乾，一道是鯽魚壽司，並補充說明，兩道都臭得令人印象深刻，連很多日本人都不敢吃。

「妳喜歡哪一道？」男性客人問尚美。

「我兩道都喜歡，覺得很好吃。」尚美答道。雖然事實並非如此，但這種時候說謊也是權宜之計。

這對情侶討論後得出答案，說兩種都要吃，請尚美介紹店家。尚美頓時眼前發黑，因為臭魚乾是八丈島的名產，鯽魚壽司是滋賀縣的名產，實在想不出同時提供這兩種料理的店家。

於是她立即一家家打電話給做八丈島料理的店家，詢問他們有沒有做鯽魚壽司，結果都沒有。放下電話，沉思片刻，心想若打給做鯽魚壽司的店家，問他們能不能出臭魚乾料理，答案想必也一樣吧。

這對義大利情侶，坐在大廳的沙發區，看著手機，一邊開心地談笑，可能在搜尋臭魚乾或鯽魚壽司的資料。尚美見狀，實在說不出找不到店家。此時，一位客人從眼前走過，拎著超商塑膠袋，裡面裝的像是便當，可能打算在房間吃吧。為了省飯錢，不少住宿客人都這麼做。

尚美靈光一閃，若沒有能同時吃到臭魚乾和鯽魚壽司的店，只要把其中一種帶進來吃就好了。如果臭魚乾需要店家料理才能吃，那就外帶鯽魚壽司。

查了一下，尚美發現滋賀縣觀光物產中心在有樂町，那裡就能買到鯽魚壽司。接著，她再度打電話給八丈島的店家，問他們能不能帶鯽魚壽司進去吃。結果問到第三家時，對方一口答應，還說都是臭臭的東西，吃起來一定很有趣。

那對情侶聽了尚美的說明後，非常高興，立刻用手機記下賣鯽魚壽司的店，以及能吃到臭魚乾料理的店，開開心心手牽手外出了。那兩個人，看到鯽魚壽司會露出什麼表情呢？聞到臭魚乾的臭味時，會出現什麼反應呢？光想就覺得很有趣。但無論如何，尚美祈願這能成為他們在日本的美好回憶。

尚美出神想著這些事時，一名男子走向禮賓台，穿著高級西裝，年約四十左右。「可以打擾一下嗎？」男子問。

尚美連忙起身：「您好，有什麼事嗎？」

「我是一八〇一號房的日下部，有事想請妳幫忙。」

聽到日下部這個姓氏，尚美立即想起新田說的事。

「好的，日下部先生，您先請坐。」

看著對方坐下後，尚美也坐下，開始操作終端機。一八〇一號房，日下部篤哉，果然是新田說的人沒錯。

「日下部先生，感謝您的入住。」尚美低頭行了一禮。「您覺得飯店的服務如何呢？若有什麼需要改進的地方，請別客氣告訴我們。」

「目前還好，早餐也很好吃。」日下部翹起二郎腿，意味深長地打量尚美。「不過問題現在才開始。」

尚美微笑詢問：「您的意思是？」

「這間飯店的服務是否一流，要看能滿足我的需求到什麼地步來判斷。」

尚美心想，新田說的沒錯，看起來是很難搞的人。但不管如何，仍然是重要的客人。

「有什麼我們能幫得上忙的，請儘管吩咐。」

「嗯，是這樣的。」日下部稍稍探出身子。「今晚七點，我預約了這裡的法式餐廳。」

尚美看向終端機畫面，他確實預約了法式餐廳。

「是的，您確實預約了。從晚上七點開始，兩位，要能欣賞夜景的座位是吧。」

「沒錯。可是我想變更一下。」

「您想變更什麼呢？」尚美從口袋掏出記事本，並拿起原子筆。

「也不是大不了的事，只是我想包場，把整個餐廳包下來。」

尚美嚇得暫停呼吸，強忍不露出驚慌之色。

「好的，我問問餐廳那邊，能否請您稍等一下？」

日下部大手一揮。

「這就不用了，我已經打電話去拜託餐廳了。可是他們說不行，所以我才來這裡，想說你們會想辦法幫幫忙。」

「……原來是這樣啊？」

尚美暗忖，這當然不行。這個熱門時段一定也有很多人預約了，現在打電話去拒絕客人根本不可能。

「妳能不能想想辦法？我無論如何都想兩人單獨用餐。當然我會付錢，多少錢我都付。」日下部說得自信滿滿。

「如果是這樣的話，我來問問包廂有沒有空吧？如果沒有空的包廂，也可以用隔板將兩位和其他客人隔開。」尚美以替代方案，對抗這種無理要求。

這回日下部不僅揮手，還搖頭。

「那樣太狹窄了不行，我預定的事無法進行。一道牆都無法掩蓋其他客人的動靜，更何況隔板什麼的。」

「既然如此……」尚美出動所有的腦細胞，尋思其他方案。「那麼在您的房間，享用法式全餐如何？您住的是總統套房，空間應該夠寬敞。」

日下部的表情出現變化，像是在說原來還有這個方法。尚美見狀鬆了一口氣，心想他終於接受了，不料日下部說：

「不，這樣還是不行。服務生進進出出，動不動就傳來門開開關關的聲音，這樣會打亂我的計畫。」

「剛才您也提到同樣的事，說這樣您預定的事就無法進行了。如果不介意的話，能不能告訴我您的計畫是什麼？」

「我當然不介意。我正想告訴妳我的計畫，因為這個計畫需要你們很多幫忙，總歸一句話，我想製造一個驚喜。」

「是什麼樣的驚喜呢？」尚美再度準備筆記。

「是玫瑰喔！」日下部睜大眼睛，鼻孔也稍稍擴張。

「玫瑰……？」

尚美不解，光說玫瑰還是不懂。

「今晚共餐的人，對我來說是很重要的女性，我打算在餐後，向她表明我的心意。」

「您的意思是……您要求婚是嗎？」

日下部用力點頭：「要這樣解釋也沒問題。」

尚美「呼」的吐了一口氣，心情輕鬆了許多。這樣啊，原來是這麼回事，既然這樣就早說嘛，尚美在心中暗忖。

我想做一個戲劇性的求婚，要請你們幫忙——這種案例，禮賓部每年都接到好幾樁。為了因應此時的需求，飯店平常就準備了很多點子，把可能會用到的東西都庫存起來了。可是日下部，似乎已經有了自己的想法。

「您想怎麼安排呢？」尚美問。

「時機在上甜點之後。」日下部將食指當指揮棒揮動。「甜點結束，進入餐後茶時間，我希望你們演奏鋼琴，曲目是〈回憶〉，妳知道這首歌嗎？就是音樂劇《貓》的主題曲。」

「我知道。」尚美迅速做筆記。「這首歌有什麼特別回憶嗎？」

「我們第一次約會，就是看這齣音樂劇，她聽到這首曲子一定會很驚訝，心想接下來可能會有什麼吧。」

「然後呢？您準備怎麼安排？」

「鋼琴演奏快結束時，燈光也慢慢暗下來。」日下部大大地張開雙臂，又慢慢地縮小。「曲子完全結束時，光源只剩我們桌上的燭光。」日下部悄聲地說，想表現這時餐廳的昏暗。

尚美隨即寫筆記：事先在桌上擺好蠟燭。

「事出突然，她可能摸不著頭緒，這時我不發一語，只是吹熄蠟燭，餐廳當然變成一片漆黑。然後我就跟她說，妳回頭看看後面，這時你們要把聚光燈打在她背後。」日下部的聲音又大了起來。「然後出現一條玫瑰之路。」

「玫瑰之路？」尚美做完筆記抬頭問：「具體是怎麼樣的玫瑰之路？」

日下部將雙手筆直往前伸：「就是從我們的餐桌到餐廳門口，鋪一條寬度大約一公尺的紅毯。」

「要鋪紅毯是嗎？」尚美寫了下來。紅毯可以向宴會部借。

接著，日下部繼續說：

「紅毯的兩側，要擺滿玫瑰花，鮮紅的玫瑰花。盡量不要有間隔，擺得滿滿的。」

原來如此，這就是玫瑰之路啊。尚美邊筆記邊思索，從餐廳裡面到門口，沒有間隔地擺放玫瑰，到底要準備多少才夠？一兩百朵可能不夠吧。

「她看到這一幕，可能會驚得說不出話來，這時我就拿出預先藏在腳邊的玫瑰花束，遞到她面前。紅玫瑰，一百八十朵，花束的中央放著戒指。」日下部說到這裡，清咳兩聲。「這時我要對她說什麼話，沒必要現在跟妳說吧，然後她收下戒指，我們就走上玫瑰之路退場。如何？」

「我明白了……」尚美反芻日下部的話，揣想那幅情景。

這種老掉牙的點子，光聽就令人難為情。可是尚美覺得還不錯，相當有衝擊性，如果那位小姐喜歡日下部，可能會很感動吧。問題要怎麼實現？必須不讓那位小姐注意到，迅速在她背後擺放數百朵玫瑰，而且只能在燈光暗下來的短短時間裡，只靠一兩位工作人員可能沒辦法。

尚美也明白日下部說不能在房間做的理由，儘管總統套房很大，進餐中要無聲無息從外面運進大量玫瑰，根本不可能。要做的話，果然還是得包下餐廳，事先將玫瑰藏在裡面。

「怎麼樣？這種需要強大動能的事，你們飯店辦不到吧？」日下部挑起雙眉，像是在挑釁般，只差沒直白地說，若要我肯定你們是一流飯店，就看你們能不能達成我這個要求。

「不，我們辦得到。」尚美說得斬釘截鐵。「日下部先生，您的用餐時間，可不可以稍微挪一下？」

「時間？要挪到什麼時候？」

「可不可以晚一小時？我可以跟餐廳商量，調整您的上菜時間，確保您用餐結束時，其他客人已經離開。也就是說，上甜點開始等同包場，您覺得如何？」

尚美窺看他的神色。日下部托著下顎，陷入沉思，可能在斟酌這個新提案吧。尚美見他蹙起眉頭，內心不禁忐忑。但那眉間的皺紋轉眼就消失了，日下部凝望尚美，點頭應允。

「嗯，這個主意不錯。好，就這麼辦吧，用餐時間改成八點開始。那麼，這件事可以安心交給妳辦嗎？」

尚美落下心中大石：「沒問題，請放心交給我。」

「那就拜託妳了。我現在得出去辦事，有事打我手機。」日下部從懷裡取出名片放在桌上，站起身來。「用餐前一小時我會回來，到時候我再來問妳情況。」

尚美也跟著起身：「好的，您請慢走。」

目送日下部走到大門玄關後，尚美拿起話筒，首先和餐廳的工作人員交涉，然後處理紅毯和玫瑰。內心默默祈禱，希望今天不會再出現更麻煩的事。

10

「那麼下午六點半，請您直接送到餐廳，拜託您了。謝謝您答應我這強人所難的要求，真的非常感謝。」尚美掛掉電話，吐了一口氣。因為紅玫瑰順利調到了，雖然飯店裡也有花鋪，但那些數量根本不夠。

餐廳方面，和工作人員也談妥了。調整上菜時間、鋼琴演奏、還有燈光等等都是小事，日下部要獻上的一百八十朵玫瑰花束，事先放在餐桌的暗處即可。

最難的還是玫瑰之路。餐廳的主廳和入口是用一扇門隔開，其他客人離開後，就能著手進行入口到門前的作業。只要鋪上紅毯，排上玫瑰即可。問題在門後到主廳這段距離，要怎麼不讓那位小姐發現，並在她身後鋪上紅毯，擺上玫瑰？預定讓這位小姐坐在背門的位置，但若不小心弄出聲音，她只要一回頭，計畫就泡湯了。

大家商量的結果，決定在上甜點之前，找空檔在她背後擺一面屏風。這樣萬一她回頭也看不到工作人員在排放玫瑰，然後趁著鋼琴開始演奏時，撤掉屏風，一口氣將玫瑰擺到她身後。她一定沒料到會演奏〈回憶〉，注意力被琴聲吸引時，就不會察覺後面正在進行什麼事。為了以防萬一，工作人員也決定稍微挪動鋼琴的位置，讓她能筆直看向正前方。

尚美心想，禮賓部能做的都做了，接下來就看日下部的本事了。他說他準備了求婚的話語，會是什麼內容呢？事情忙到一個段落後，尚美對此好奇了起來，但想到那一百八十朵玫瑰，也能猜個八九分。

就在尚美天馬行空想像之際，一名女子走近禮賓台，年約三十左右，或者再多個幾歲，顯得端莊沉著，是位典型的日本美女。

「不好意思，我想詢問一些事情，您現在有空嗎？」女子講話非常客氣，彬彬有禮。

尚美迅速起身：「您好。請問您想問什麼呢？」

女子做了一個深呼吸，穩定情緒後，開口說：

「昨天有位姓日下部的先生，入住你們飯店吧？全名叫日下部篤哉。」

竟然出現剛剛還在思索的人的姓名，尚美頓時有些驚慌失措。但碰到這種情況，該如何回答是固定的，因此尚美毫不猶豫地說：

「這位小姐，不好意思，我們沒辦法回答這一類的詢問，希望您能諒解。」尚美說完，鄭重行禮致歉。

女子露出些許惱色，但也無可奈何地點頭接受。

「我明白了。可是我知道他住在這裡，因為我今晚要和他，在這間飯店裡的餐廳用餐。」

尚美暗忖，原來是這位小姐？努力壓抑自己別過度凝視她的臉。

「這樣啊，那麼祝您用餐愉快。」

「他沒有拜託妳什麼事嗎？」

「啊？」尚美不由得望向她的眼睛。

「他沒有拜託你們，用餐時要做什麼特別服務嗎？」

面對這個質問，尚美怔住了。為什麼她會知道這件事？這讓尚美深感疑惑，此外她的眼神相當認真，也讓尚美很在意。

尚美窮於回答，啞口無言之際，女子又問了：「到底怎麼樣？」

「真的很抱歉，這種問題我們也……」

「無法回答是嗎？」

「是的，真的很抱歉。」尚美再度低頭致歉。道歉也是飯店人的工作之一。

「好吧，那就算了。」女人轉身離去。

尚美猶豫了。可以讓她就這樣走掉嗎？她剛才那認真的神情，顯然非比尋常。

「這位小姐。」尚美叫住她。女子止步回頭後，尚美繼續說：

「關於客人的隱私，我們無法回答。除此之外，若有其他是我們能幫得上忙的事，我們一定會盡量幫忙。」

女子垂眼思索。這個姿勢持續了幾秒後，她緩緩走回禮賓台。

「既然妳這麼說，那就請妳幫忙一下好了。」

「別客氣，請儘管說。」尚美說完，請她坐下。

看到她坐下後，尚美也坐下。女子做了一個深呼吸。

「剛才我也說過了，今晚我要和日下部先生一同用餐。他因為工作關係住在美國，我們已經很久沒見面了，而且過完年他又得回美國了，這次回去有一陣子不能再來日本，所以他今晚——」女子吞了口水繼續說：「我猜他今晚打算向我求婚。他是個喜歡排場的人，所以我想他會下很多工夫，請飯店幫忙吧。如果你們沒辦法跟我說這件事，那就算了。不過，我這邊有件事要先跟你們說。」

「……是什麼事呢？」

「關於他的請求，也就是求婚，我不會說 Yes。」

尚美倒抽一口氣，凝視著她：「您打算拒絕啊？」

「是的。」她點頭。「我會拒絕。」

「這樣啊，這種事我們沒有立場插嘴……」

尚美腦海浮現日下部篤哉的臉，求婚遭拒的話，他自信滿滿的態度會變成怎樣呢？

女子莞爾一笑。

「妳可能覺得我是個奇怪的女人吧。明知對方會求婚，而且打算拒絕，為什麼還答應與他共進晚餐？」

「沒有這回事……」

尚美答得模糊，但其實被說中了，她心中滿是疑問。

「我邂逅日下部先生，是在三年前，那時我去北海道滑雪，在滑雪場的纜車裡遇到短暫回國的他，兩人聊了一會兒。他的老家在橫濱，我住在埼玉，所以滑雪之旅結束後，我們又立即見面了。第一次約會去看音樂劇《貓》，不過我不太記得劇情，因為那時我像國中女生似的，一直小鹿亂撞。」

「那時您已經被日下部先生吸引了吧？」

女子輕輕點頭。

「他因為工作關係不得不回美國，所以在他回去之前，我們一直盡量找時間見面。當然我也有去成田機場送機，約定他回國時，我們一定要見面。實際上每隔幾個月都會見到面，他在美國的時候，我們就傳簡訊或用視訊聯絡。」

「真是很美好的關係啊。」

「謝謝。」女子微微一笑，繼續說：「我不想結束現在的關係，如果能一直持續下去，我也覺得保持這樣的關係是最好的。不過這畢竟是我自私的想法啊。」

尚美側首不解：「這話怎麼說？」

「對我們兩人而言，結婚不等於維持現在的關係，因為結婚的話，我就得辭去工作，和他一起去美國了。」

「您的工作是？」

「教師。可是，不是普通的教師，我在特殊教育學校工作，教導身心障礙的學童。」她筆直地凝視尚美的眼睛，展現出對自己的工作引以為傲的神情。

「這是很有意義的工作。」尚美由衷地說。

「謝謝。」她再度致謝。「所以，我沒辦法跟他一起去美國，因為我有我該做的事。我必須照顧身心障礙的學童們，讓他們對自己有信心，教導他們勇氣與力量，得以自力更生活下去。我也苦惱了很久，終於找到了答案，我只能在這條路一直走下去。所以他提出今晚的邀約時，我一度想拒絕，因為我發覺他想求婚。可是我不想用電話或簡訊談分手，他也不會接受吧。而且，我也想和他好好享受最後一頓晚餐。」

「沒有兩全其美的辦法嗎？譬如不結婚，但保持現在的關係繼續交往？」

聽到尚美這個建議，女子露出一抹淡淡苦笑。

「我說過了，這是我自私的想法。既然我不願離開日本，他就必須找別的伴侶，不可以讓他把時間耗在我身上，而且，我說不定也會有新的邂逅。」

「……確實，您說的沒錯。」聽到她這番冷靜的話，尚美也只能低調回應。「既然如此，您希望我們做什麼協助呢？」

「我剛才也說了，」女子打直背脊。「他提出求婚時，我只能回答No。可是這樣美好的夜晚，氣氛會變得很差吧？我希望你們想辦法幫忙。」

「想辦法……譬如您希望我們怎麼做？」

女子搖搖頭。

「我也不知道該怎麼做，所以才找你們商量。看有沒有能不讓他丟臉、尷尬，我又能婉拒他求婚的好辦法？」

尚美怔住了。哪有這麼巧妙的辦法？可是禮賓人員不能回答「不可能」，於是尚美答道：

「我明白了，我們會想辦法。您能不能給我們一點時間？」

「當然可以，萬事拜託了。」女子打開包包，掏出一張名片。「敲定方針以後，請妳跟我聯絡吧。」

名片上印著特殊教育學校的名稱，以及她的職稱姓名「教員　狩野妙子」，此外也附上手機號碼與電郵地址。尚美收下名片後，也遞出自己的名片。「如果您有什麼變更，也請隨時和我們聯絡。」

「我不會變更的，我會拒絕他的求婚。」狩野妙子露出皓齒微笑，然後說了一句：「那就拜託妳了。」便轉身離去。

11

宴會部的江上經理，長得一臉喜氣洋洋就和他的頭銜一樣，今天卻愁容滿面地遞出幾張文件。文件的最上方印著「假面之夜　參加者名單」，下面一整排都是姓名。

這是在事務大樓的三樓，宴會部的辦公室，江上的座位在窗外陽光照得到的地方。名單上，分欄記載著代表者姓名、參加人數與代表者聯絡方式。聯絡方式，有人只寫了手機號碼或電郵地址，也有人兩者都寫了，但沒有住址欄。

「除了代表者以外，不知道其他參加者的姓名嗎？」

「是的，沒記載到那麼詳細。」江上說：「幾乎所有人在訂房時就報名參加這個晚會，訂房手續本來就只需代表者姓名，所以其他人的姓名我們也不知道。」

「這樣在會場入口，無法確認身分吧？」

「客人來辦理住房手續時，我們就按報名人數，將入場券發給客人了。新田先生做過櫃台業務，理應明白才是。」

「只要有那張入場券，誰都能進場嗎？」

「我想您也知道，參加這場派對的人，必須變裝參加，所以確認身分沒什麼意義。」江上正經八百地說。

「哦，確實如此。」

「新田先生。」江上眼神銳利，看向新田。「希望您能明白，站在飯店的立場，極度不願讓這份名單外流。」

「不用擔心，我們會慎重使用。」新田拿起文件，轉身離開。

走出宴會部辦公室，下了樓梯，新田來到二樓會議室，看到上島刑警在操作電腦。上島是對電腦和網路犯罪很強的年輕刑警，新田站在背後窺看，他似乎正在檢索警視廳的資料庫。

「你在查犯罪紀錄嗎？」新田問。

「我只是核對住宿客人的名字。」

「有什麼線索嗎？」

「目前沒發現什麼線索。輕微犯罪或違反交通這種，我都略過了，如果連這個都要查，多少時間都不夠。」

「如果是重罪的前科犯，很可能會用假名。」

「沒錯，所以我把駕照也放進檢索範圍裡，結果出現一堆同名同姓的。」

「只要有大頭照就很夠了，至於是不是本人，我來比對就好。」

「那就拜託你了。」

新田將拿來的文件放在桌上：「這份資料交給你了。」

「這是什麼資料？」

「假面之夜的參加者名單。只有記載代表者姓名，而且不知道是不是真名。」

「好的，我明白了。」

新田步出會議室，看看手錶，快要下午兩點了。這是開始入住的時間，但新田就以往的經驗知道，這個時段的客人很少。不過櫃台還有很多事要做，譬如確認房間清掃狀況，以及對連續多日預訂與多間房間預訂進行房間配置。

但喬裝櫃台的新田不用做這些工作，更何況有氏原盯著，他也不能做。比起這些，新田反倒更掛心別的事。他來到本館，走向禮賓台，看見山岸尚美滿臉認真，眉頭輕蹙在操作電腦。

「妳好像很忙的樣子啊。」新田開口說。

尚美似乎早就察覺他走過來，眼睛沒有離開電腦螢幕，回了一句：「與其說很忙，不如說很煩惱。」

「接到什麼困難的任務嗎？」

尚美抬眼看向新田，眼神嚴厲：「有事快說。」

「我是想問日下部的事，他上午有來這裡吧？我在櫃台看到了。他來跟妳商量什麼？」

尚美報以微笑。「日下部先生確實有拜託一些事情，不過我可以斷言與案件無關。希望你信得過我這個禮賓員，感激不盡。」她故意說得非常客氣，想打發新田。

「可是妳說過，飯店人員必須共享客人資料喔。」

「可是我也說過，關於客人的隱私另當別論。」

「這麼說，除了妳以外，其他工作人員都不知情吧？可是妳應該已經跟協助人員說了。」

「你說的沒錯，但我沒有請你協助。」

新田一臉不悅。「拜託啦。我跟妳說過了，上面交代我們要逐一掌握住到除夕夜的客人動向。跟案件有沒有關係，我們會判斷，拜託請協助警方辦案。」

尚美無可奈何，深深嘆了一口氣。

「真拿你沒輒。不過，你不能隨便說出去喔。」

「我不會的，請妳相信我。」

聽了尚美說的內容，新田感到很掃興，根本就是老掉牙的事，就是日下部篤哉準備用玫瑰花進行求婚計畫。

「這事聽起來確實和案件無關。」聽完尚美說明後，新田脫口而出說了感想。

「我就說嘛，跟案件無關。這樣可以了吧？我正為了這件事在煩惱。」

「這樣啊？可是我不認為這件事有多難啊。總之只要準備大量玫瑰，配合他的安排演出就行了吧？」

「事情沒這麼簡單，因為對方那位小姐也提出別的要求。」

「對方那位小姐？到底怎麼回事？」

尚美原本猶豫該不該說，結果結結巴巴地還是把事情說出來了。新田聽完，不由得身體往後仰：「她要拒絕求婚？」

「小聲點。」尚美蹙起眉頭。

「這個要求也太扯了吧。不讓對方丟臉，又不讓對方尷尬，並且能拒絕求婚的方法？哪有這麼好康的事。」

「是很難沒錯，可是我們得想辦法，因為這是禮賓員的工作。」尚美的口氣有些強勢地說完後自己點點頭，可能是在說服自己吧。

「男人會決定求婚，通常是確定有把握的時候，腦海裡出現的畫面，是女方說 Yes 的場景，結果居然被說 No，他一定會陷入恐慌吧。」

「我就是擔心這個。日下部先生自信滿滿，想必做夢也沒想到會被拒絕。」

「要不要乾脆跟他說，說你求婚會被拒絕喔。」

山岸鼓起雙頰，瞪著新田：「這種事我怎麼能說？」

「不行啊？」

「當然不行。萬一他問我，為什麼我敢說得這麼篤定，我該怎麼回答？」

「妳實話實說不就得了，就說那個小姐跟妳說的。」

「這種事輪不到我來說。要說的話，也只能由狩野小姐親自跟他說。」

新田皺起臉：「麻煩死了。」

「確實有點麻煩。可是這關係到兩個人的人生，一定要小心謹慎。」尚美的表情相當認真。

「真是辛苦啊。妳果然是專業的，我就看妳展現本領，怎麼處理這件事吧。」

這時新田的手機響起。他掏出一看，是能勢打來的。接聽後，應了一聲「喂」。

「新田，我是能勢。昨天打擾你了。」

「說什麼打擾。有什麼事嗎？」

「就是昨晚我們談的那個假設。這次的案子，如果連續殺人，兇手可能是過去未破案的殺人案裡的一個兇手。今天一早，我就去找資料組的同期朋友。」

能勢外表看似鈍重，但行動相當迅速，新田不禁暗自佩服。

「有發現什麼嗎？」

「哎，這個嘛……」能勢的語氣顯得不太樂觀。「我請那個朋友先查了過去一年份的資料，找不到和這次案件有關的內容。年輕女性被殺的案件有很多起，可是沒有共同的關鍵字。」

「關鍵字？」

「資料組將以前案件的偵辦資料，全部做成資料庫，所以只要用關鍵字搜尋，立刻能找出含有這個關鍵字的資料。比方說這一次，主要的關鍵字是電死和告密信，此外也用了被害人姓名、工作店鋪的名稱、還有公寓名稱，當然也用東京柯迪希亞去搜尋。」

「可是都沒有查到相關資料？」

「就是啊。我想增加一些搜尋的關鍵字，可是不知道要選什麼關鍵字，一個頭兩個大呢。」

「哦，關鍵字啊？」

「你有想到什麼嗎？」

新田沉吟。這個案子，自己知道的並沒有能勢多，於是回想之前和能勢的談話內容。

「『改變造型』怎麼樣？或是『少女趣味』之類的？」

「有道理，確實值得一試。好，我就用這方面的詞，請我朋友再查查看，你果然很厲害。」

「也很有可能猜錯喔。」

「猜錯也沒關係，亂槍打鳥也是刑警的工作。」

這個比喻真有趣，新田也同意地說：「沒錯。」

「另一件事，我也正在調查，就是告密者是否有偷窺被害人的房間。」

「結果如何？」

「很遺憾的，那附近沒什麼能偷窺的建築物。仔細想想也理所當然，所以被害人才敢把窗簾開著吧。如果附近有能偷窺的建築物，通常會把窗簾拉上。」

「有道理。」

新田因推理落空而失望時，不料能勢繼續說：

「如果用高倍望遠鏡，可以看得更遠。我現在請那個朋友在查，能不能看到一公里以外。」

「一公里？這也太厲害了。」

「我越想越覺得，你的推理是正確的，總之我會再深入查查看。還有就是那位女實習醫生，我今晚也打算去找她，這次我一定要讓她坦白說出來。」

「我知道了，祝你有所斬獲。」

新田掛斷電話後，跟尚美說打電話來的是能勢，上次潛入飯店辦案時，她也見過能勢。

「這樣啊，他現在也在警視廳……是升官了吧。」

「他本來就很優秀的刑警，而且和我完全不同類型，他是個腳踏實地，到處搜集情報，一步步查出真相的人。有所隱瞞的人，到了他面前也終究會說出實話。」

「他是個很懂話術的人吧。」

「話術……那倒不是話術。」新田偏頭想了想。「他有個很強大的武器，那是我沒有的。」

「什麼武器？」

「誠意。」新田說：「無論對方是誰，他都先示出誠意，不僅說話小心謹慎，姿態也擺得很低。但也絕非人前一套人後一套，看到他那誠懇的態度，誰都會覺得要真誠回應他。」

「誠意……是嗎？」

「是的。哪像我，總是不由得就玩弄手腕，這樣是無法打動人心的，雖然我自己也知道。」

「手腕……」

尚美低吟後，猛地睜大眼睛，一副恍然大悟的表情。接著她眨眨眼，凝視新田說：

「說得也是，玩弄手腕不好啊。」

「妳怎麼啦？」

「日下部先生的事，我可能找到答案了。」

「真的嗎？怎麼說？」

「我一直在想一些小伎倆的事，這是無法讓人感受到誠意的。狩野小姐的心意也不是鬧著玩的，說不定直接表達出來比較好。」尚美的語氣，逐漸變成自言自語，盯著半空沉思了半晌後，回過神來看向新田。「新田先生，不好意思，我接下來得安排很多事情。」

「我明白了，妳去忙妳的工作吧。不好意思，打擾妳了。」

山岸尚美坐回椅子，開始打電話。她的側臉，洋溢著頗具她風格的自信。

12

晚上七點多，日下部篤哉回到飯店，前往禮賓台問尚美：「事情安排得如何？」

「一切都照您的指示準備妥當了，餐廳的工作人員已經掌握一切，到時候您只要隨著服務生的帶領入席即可。」

「好，那我八點去餐廳。」

「上甜點之前，我會在餐廳裡待命，當然不會站在打擾兩位的地方，請您安心。」

「那就拜託了，我有點緊張起來了。」日下部露出滿意的微笑，走向電梯廳。

三十分鐘後，這回狩野妙子帶著略顯僵硬的表情出現。尚美帶她搭手扶梯去二樓，因為生怕萬一，被日下部看到她們在一起。尚美瞄了瞄婚宴廳，四下無人，於是找了角落的桌子坐下。

「妳有想到什麼好辦法嗎？」狩野妙子問。

尚美挺直背脊，筆直凝望她的雙眼。

「我也想了很多，可是最後我認為，還是不要模糊其詞、拐彎抹角，既然『No』說『No』就好了。」

狩野妙子沉下臉：「意思是要我直接了當拒絕他？」

「No 也有分很多不同的層面。您不是要拒絕日下部先生的求婚，而是無法結婚後搬去美國住，您愛他的心是沒變的，是這樣沒錯吧？既然如此，把您這種想法坦白告訴他不就好了。」

「要怎麼說？」

「這不難，只要準備同樣的東西即可。」

「同樣的東西？」狩野妙子一頭霧水。

「是的。」尚美點頭微笑。「和日下部先生同樣的東西，鮮花之路。」

13

新田看了看手錶，指針指在九點五十分。距離上次看錶才過十分鐘，新田望向禮賓台，山岸尚美坐著在寫筆記，沒有要動身的樣子。

「出了什麼事嗎？」一旁的久我低聲問新田。「你剛才就頻頻看錶。」

「沒有，沒什麼大不了的事。」新田答道：「我只是在想，今晚我們又要在事務大樓開會，我可不能遲到。」

久我搖搖頭，一副真要命的樣子。「你這個工作真辛苦，換成我絕對做不來。」

「彼此彼此。其實我也一樣，只能短期間做做樣子，要我一直當飯店人，我會想逃走。」

聽了新田這番話，久我苦笑：「聽你這麼說，我安心了點。」

「你現在馬上逃走也沒關係喔。」面對櫃台的氏原回頭說：「這樣我反而高興。」氏原話中不帶玩笑意味，似乎是真的這麼想。

久我面露難色：「氏原先生……」新田聞言搖搖手，像是在跟久我說別在意。

住房手續告一個段落後，櫃台只剩這三人，這個時段宛如真空狀態，大廳一片靜謐。

「我要坦白招認。」新田悄聲對久我說：「其實比起搜查會議，我更掛念法式餐廳的事，不曉得現在情況如何？」

「哦。」久我驚訝張嘴，看了看禮賓台那邊。「這件事我聽說了，好像有位客人要在法式餐廳進行氣派的求婚計畫。」

「就是昨夜很晚來入住的日下部先生，他會住到元旦，所以上司要我掌握他的動向。可是撇開這一點，這件事的走向也令我在意啊。」

「你是指求婚會不會成功？」

「不只是這個，這事好像沒這麼單純。」

「怎麼說？」

「實在太不像話了。」氏原再度回頭。「你們不是在共享客人資訊，根本就是單純在八卦而已嘛。」

「啊，抱歉。那就到此為止吧。」久我苦笑道歉後，隨即打開後方的門，進入辦公室。

「如果，」氏原看著新田繼續說：「這件事跟新田先生的工作有關，請去餐廳看看情況吧。在櫃台以外的地方，你要做什麼都跟我無關。」氏原說完，再度轉身面向櫃台。

「這樣啊。那麼看情況需要，我會去的。」

「請便。」氏原沒好氣的回答。

緊接著，一名高挑的女子走進大門，朝著櫃台走來。看似歐美混血，輪廓很深，美麗動人，穿著深棕色毛領大衣。門房小弟看到她拉著行李箱，連忙跑過去，和這名女子交談幾句後，拉著她的行李箱來到櫃台，看了看新田和氏原說：「這位是仲根女士，要辦理住房手續。」

新田操作手邊的終端機。預約名單只出現「仲根伸一郎」，沒有其他姓「仲根」的名字。

女子來到櫃台前說：「我姓仲根。」

「不好意思，能不能請教您的名字？」氏原問得極其溫柔，與新田說話時天差地遠。

「啊，」女子微微張口，恍然大悟地點頭說：「名字是仲一郎。不好意思，訂房的本人等一下會來，他叫我先來辦住房手續。」嗓音沙啞，說得嬌滴滴。

「我明白了。那麼跟您確認一下訂房內容，入住時間從今天起到一月一日共三晚，兩位，訂的是景隅套房，沒錯吧？」

「沒錯。」女子回答。

「現在還可以使用貴賓櫃台，您要去那裡辦手續？還是在這裡辦？」

「在這裡辦就好。」

「那麼請填寫這份資料。」氏原將住宿登記表放在她前面。

女子拿起原子筆，躊躇了半晌開始寫。

「這樣可以嗎？」

新田越過氏原的肩，看著她遞出的住宿登記表，署名欄寫的是「仲根綠」，住址是愛知縣。照理說要填寫訂房者的名字，但兩人姓氏一樣就沒問題。氏原也沒請她重寫，說了聲謝謝，收下住宿登記表。

「仲根女士，關於費用的支付，請問您要用信用卡？還是現金？」

面對氏原這個問題，她偏了偏頭說：「我想，大概是信用卡吧。」

「大概」，表示她不確定，想必付錢的是仲根伸一郎吧。

「這樣啊。用信用卡支付的話，能不能讓我們預刷一下？」

「啊，可是他本人還沒來……可以換成現金支付嗎？」

「當然可以。用現金支付的話，我們要收住宿費的 150% 當作押金。這次您訂的房間，住三晚的話……」氏原開始打計算機，得出的數字超過六十萬圓，然後將計算機拿給女子看。「大概是這個金額。」

女子面露難色，再怎麼樣也不可能帶這麼多現金在身上。

「仲根女士，讓我們用來預刷的信用卡，不是實際支付費用時使用的信用卡也沒關係。如果您現在有信用卡，用這張預刷也沒問題。」

「可以用我的信用卡？」

「是的。」

女子垂眼思考後，點頭打開包包，從錢包掏出金色信用卡，放在氏原前面：「這張可以嗎？」

「請稍等。」氏原收下信用卡去預刷時，臉上頓時浮現詫異之色，而新田也沒看漏這一幕。預刷完畢後，氏原說了聲謝謝，將信用卡還給她。氏原在準備房卡之際，新田偷看了信用卡的預刷單，上面印的名字是「MITORI MAKIMURA」。照理說，仲根綠應該是「MITORI NAKANE」才對。

「讓您久等了，仲根女士，我們為您準備的房間是一七〇一號房。這是早餐券，還有這是跨年晚會的入場券。」氏原這麼一說，新田看向櫃台桌面，好像有兩張入場券。

氏原大致說完服務內容後，招手喚來一旁待命的房門小弟，將房卡遞給他。女子在房門小弟的帶領下，走向電梯廳。

「這不是本名吧？」新田拿起住宿登記表說：「名字『綠』是一樣，可是信用卡的姓氏是『MAKIMURA』，這是『牧村』吧？而且她也沒戴婚戒。故意報同一個姓氏，是為了讓人以為他們是夫妻吧？」

早已變回面無表情的氏原不悅地歪了歪嘴角，從新田手裡搶下住宿登記表。

「那又怎樣？」

「沒結婚的男女來住飯店，本來就沒什麼。可是他們居然還報同樣的姓氏，說不定有什麼見不得人的地方。」

「你是想說不倫嗎？」

「是啊，不過我不敢斷言就是。」

「很有可能吧。不過這種客人對飯店是貴客，因為想避人耳目，不太去餐廳用餐，所以一定會吃冰箱裡的東西，或是叫客房服務，這兩項的利潤都很高。」氏原淡定地繼續說：「用我們的行話來說就是風流韻事。」

「哈哈哈！」新田大笑，「風流韻事啊，還滿直接的嘛。」

「如果要委婉含蓄，我們就沒生意做了。」氏原笑也不笑地說完後，轉過身去。

之後，禮賓台那裡傳來電話鈴聲。新田舉目一看，尚美正接起電話。

14

打電話給尚美的是，法式餐廳的經理大木。

「剛才上主菜了，接下來就是甜點了。」

「我知道了，我立刻過去。」

禮賓台的營業時間早已結束。尚美步向電梯廳。

尚美進了電梯後，新田也追了進來：「我也可以去看看嗎？」

尚美眨眨眼，看向新田：「為什麼？」

「我說過了，日下部是需要注意的人，我得盡可能掌握他的動向。」新田語畢笑了笑，摸摸鼻子下方。「其實這是藉口，我只是想去湊熱鬧。一方面也很好奇，妳會怎麼解決這個難題。請放心，我絕對不會礙事。」

尚美苦笑。「哎，好吧。畢竟是你給我的靈感。」

「妳是說誠意？那給了妳怎麼樣的靈感？」

「你看就對了。……不過，不曉得會不會順利，這次我完全沒有自信，說不定會被日下部先生責罵。」

「這樣我更有興趣看了。」

新田露出好奇的眼神時，電梯也到了。

「你要答應我一件事。」出了電梯後，尚美對新田說：「進入餐廳後，你絕對不能出聲，也絕對不能亂動。你能答應嗎？」

「意思是叫我默默地看？好啊，我當然答應。」

「那就好。」

兩人來到法式餐廳，門是關的，大木神情奇妙地等在門前。

「好像晚了很多啊。」尚美說。

「還有一組外國客人遲遲不走，搞得我們也很晚才上日下部先生的主菜。不過現在已經不要緊了，只剩日下部先生他們。」大木說完後，詫異地看向新田。

「請不用管我。」新田說：「我只是觀摩學習。」

大木一副難以釋懷的樣子，但也沒再多問：「入口通道的燈調暗了，裡面也是暗的，走路請小心。」大木說完，打開大門。

新田跟在大木後面走進去，裡面確實很暗，但隱約看得出地板鋪了紅毯，兩側排滿了花。新田看到花，一副想說什麼的樣子，尚美見狀，連忙豎起食指抵在唇上。紅毯的前方有一扇門，門的後面是主廳，日下部他們在那裡用餐。門前站了幾位工作人員，他們的旁邊也放了很多花束，大約有二十幾個。這時門開了，一名男性工作人員走了出來，在大木耳邊竊竊低語。

「上甜點了，屏風也擺設完畢，鋼琴師也就位了。」大木低聲對待命的工作人員說。

門一開，工作人員便迅速行動，一個負責鋪紅毯，其他人抱著花束，彎腰前進。尚美站在大木旁邊，窺看裡面的情況。無人的餐桌皆已清理完畢，唯一還在用餐的一桌，被窗邊高約一公尺半的屏風擋住，從尚美的位置看不到他們。

轉眼間，紅毯已鋪到屏風前，花束也快擺放完畢。工作人員的動作迅速確實，沒有多餘的部分。推著飲料餐車的服務生出現，走向屏風另一側的桌子，餐車上放著各種飲料。過了片刻，服務生緩緩退下，餐後茶時間開始了。

「快要開始了。」尚美悄聲對大木說：「照明的調整呢？」

「沒問題，設施部的人已經準備就緒。」

女鋼琴師開始演奏，曲目是音樂劇《貓》的主題曲〈回憶〉。這是耳熟能詳的名曲，突然聽到印象深刻的旋律，想必很震驚吧。

兩名工作人員躡手躡腳走近屏風，將屏風往旁邊一挪，出現日下部他們面對面坐著的景象。背對這邊的是狩野妙子，可能陶醉在琴聲裡，絲毫沒有要回頭的樣子。

尚美站的地方，看得到日下部的臉，所以他也應該看得見尚美他們。但他的視線完全沒有拋過來，只是扭著身子凝望鋼琴那邊，可能是不想讓狩野妙子察覺異樣吧。

不久，燈光慢慢暗了下來，鋼琴演奏也來到了高潮。工作人員將紅毯鋪到狩野妙子的後面，花也擺上去了，順利佈置完畢後，工作人員又躡手躡腳迅速撤離。鋼琴演奏結束時，燈光也全部暗了，剩下的唯有兩人桌上的燭光。

狩野洋子背對著這邊，看不到她的反應。她似乎說了什麼，但尚美這邊聽不到，可是日下部的表情顯得很滿意。接著日下部湊近蠟燭，吹熄燭火，餐廳裡全暗之後，聚光燈立即打在狩野妙子後方，霎時出現整排滿滿的紅花，美得令人驚豔屏息。

「妳看看後面。」靜謐中，響起日下部的聲音。

狩野妙子轉頭一看，雙眼綻出驚訝之色。雖然她早就料到會有一幕，但此刻的反應不像演戲，想必這幅景象之美，徹底超乎她的想像。

「妙子。」日下部再度喚她。狩野妙子回頭看時，日下部已起身，懷裡抱著一大束玫瑰。

「妳知道紅玫瑰的花語嗎？」日下部問。

「我記得是……愛情？」狩野妙子回答。

日下部點點頭。

「沒錯。但是，這束玫瑰是特別的，有一百八十朵。這個數字有特別的含意，如果妳不知道，我希望妳現在立刻用手機查查看。」

尚美心想，果然來了，和預料中一樣。狩野妙子從包包拿出手機，上網查詢，一百八十朵玫瑰的花語是——請和我結婚。狩野妙子抬頭，看向日下部。

「謝謝你。我很高興。」

日下部稍顯緊張的表情緩和了些，從花束中取出一個小盒子，裡面放的可能是戒指。

「請妳收下這個，然後我想和妳一起走玫瑰之路，直到永遠。」日下部打開盒子，遞上前。

狩野妙子來回看著戒指與日下部的臉，但沒有伸手去拿戒指，倏地站了起來。

「謝謝你。」她再度致謝。「你居然為我做到這種地步……我永生難忘。我會把這個回憶，當作一生的至寶。」

「可是，」狩野妙子繼續說：「我們接下來該走的路，很遺憾的不是玫瑰之路，也不是熱情的愛情之路。」

日下部依然拿著戒指盒站著，不曉得狩野妙子究竟要說什麼。

「你過來這裡，仔細看擺在紅毯兩側的花。」

日下部照她所言，繞到桌子的另一邊。原本他的位置，看不太清楚擺在地上的花。

「咦？」日下部驚呼，睜大眼睛。彎下腰來，湊近花朵仔細一看：「這……這是什麼回事？這不是玫瑰。」

「對。」狩野妙子說：「這不是玫瑰，是香豌豆花。」

「香豌豆花？為什麼……」

此時，日下部首度看向尚美他們，臉上滿是憤怒與困惑，還交雜了疑問。

「請不要責備山岸小姐，是我拜託她的。」狩野妙子說：「我有料到，你今晚可能會向我求婚，我不知道怎麼告訴你我的回答，所以找山岸小姐商量。她向我建議，如果今晚我不選玫瑰之路，那就明確表達要選什麼路。我覺得她說的很有道理，就採納了她的建議，我想這樣可以真誠地回答你的求婚。」

日下部凝望狩野妙子，久久說不出話來。

「你知道香豌豆花的花語嗎？」狩野妙子問。

日下部搖搖頭，然後像是想起什麼似的，掏出西裝裡的手機，開始操作，可能在查花語吧。

不久他抬起頭來，表情混雜著驚愕、茫然與失望。

「是什麼？」狩野妙子問。

日下部為了保持冷靜，做了好幾個深呼吸，擠出落寞的笑容。

「有『離別』的意思對吧。」

「應該也有『啟程』的意思喔，此外還有『甜蜜溫馨的回憶』。」

「這就是……妳對我求婚的回答嗎？」

「對不起。」狩野妙子語氣堅定地說：「我想把今夜，當作我們重新啟程的日子。」

「這樣啊。啟程啊……」日下部凝視手上的戒指盒片刻後，闔上盒蓋，看向尚美：「居然能收集到這麼多香豌豆花。」

尚美只默默行了一禮，不知該如何回答。

「真是了不起。」日下部搖搖頭。

「篤哉。」狩野妙子輕喚。「你願不願意和我一起走香豌豆花之路退場？」

日下部重新眺望排得滿滿的香豌豆花，緊繃的表情緩和了，嘴角也浮現笑容。

「真諷刺啊。我覺得〈回憶〉這首曲子竟然比較適合這條路。」

「謝謝你給了我一個這麼美好的夜晚。」狩野妙子話聲帶淚。

「服務生！」日下部呼叫。

服務生快步走來，日下部向他要兩個香檳杯。

「退場前，為我們的啟程乾杯。」日下部面帶微笑，對狩野洋子說。

15

新田進入會議室，會議已經開始，正在報告的是資深刑警渡部。渡部負責監控大廳與飯店內外的可疑人物。

「今天下午四點多，在警備室看監視器的刑警跟我聯絡，說發現一名行動可疑的男子。具體來說，就是那名男子走進大門後，搭手扶梯上二樓，然後窺探沒在使用的宴會廳和休息室。繼續監視他的行動後，發現他走樓梯去偷看教堂，又打開員工專用門。他回到大廳後，我開始跟蹤他，他搭手扶梯到地下二樓，往直通地鐵的車站走去。在他通過驗票口前，我出聲叫住他。」

渡部對他進行盤查。

「我問他為什麼在飯店做那些事？他說他的獨生女打算在這間飯店舉行婚禮，跟她母親商量很多事情，卻什麼事都沒告訴他這個當父親的，所以他無論如何要親自來看一看。我要求他拿駕照給我看，也確認了他的本名和住址。」

「當父親的悲哀啊。」稻垣苦笑。「看起來應該沒問題吧。」

「不過，我被反問了。」

「反問？他問你什麼？」

「他問東京柯迪希亞飯店，是不是常有警察監視，看到可疑的人就盤查？」

稻垣挑眉問：「你怎麼回答？」

「我說今天只是湊巧。」

「他接受這個回答嗎？」

「我也不知道。」渡部歪著頭說。

「好吧，辛苦了。下一個。」

渡部坐下，本宮起身報告。他今天隨著清掃人員去過好幾個房間，檢查住宿客人的行李。

「那四組攜家帶眷住在到元旦的客人，我查了他們的行李，都沒有發現可疑之處。從鳥取來的家族行李中找到了藥，但那是降血糖的藥，父親可能有糖尿病。」

「你檢查客人行李，沒有被清掃員發現吧？」

「應該沒問題，我趁他們不注意的時候偷查的。」

「那就好，繼續說。」

「那對操關西腔的情侶，行李箱沒有查出可疑之物。總之，他們應該是真正的情侶，昨晚最少做了兩次。」本宮說得雲淡風輕。兩次，指的當然是做愛。

「你怎麼知道次數？」問的人是渡部。

本宮莞爾一笑。「垃圾桶有兩個保險套。」

渡部皺起臉。「你連這個都查啊？」

「當然要查，不然我幹麼在打掃的時候去。」

「你沒把保險套拿回來嗎？」稻垣問。

「沒有，我哪有辦法拿回來，清掃員在那邊盯著。」

「牙刷跟刮鬍刀呢？」

「這也拿不到。清掃員的動作很快，轉眼間就全換新的了，用過的都收到袋子裡。」

聽到本宮的回答，稻垣一臉不悅。因為牙刷和刮鬍刀是鑑定DNA的最佳物品，這次的被害人和泉春菜有孕，若能查出胎兒的親子關係是一條大線索。但是這方面，飯店完全無法提供協助，因為未經客人同意，不能隨便調查客人的DNA，因此搜查員才會趁打掃時間混進去，企圖偷偷回收這方面的物品。可是聽本宮所言，似乎不太順利。

「那個客人怎麼樣？」稻垣問：「就是獨自住進總統套房的客人。」

「那個客人姓日下部，詳細情況我不清楚。他帶了很大的包包進去，門還上鎖。」

新田憶起，那是義大利名牌布里克斯的包包。

「你有沒有掌握到這個客人什麼資料？」稻垣看向新田問。

「他是住在美國的生意人，這次回國的目的，好像是要跟心儀的女性求婚。」

新田這番話聽得大家目瞪口呆。稻垣接著問怎麼回事？於是新田說了剛才在餐廳看到的事。

「居然發生了這麼浪漫的事啊。那個姓日下部的客人，想必深受打擊吧？」

「不過最後顯得很釋懷喔，我原本以為他是討人厭的傢伙，後來稍微對他改觀了。」

「可是他接下來怎麼辦？」本宮說：「他總統套房訂到元旦，應該是打算那位小姐接受求婚後，跟她一起住吧？」

「或許吧。不過目前他沒有取消房間。」

「想一個人孤單跨年嗎？實在太淒慘了。」

「這麼看來，這個叫日下部的人，今後不用再怎麼盯了。——上島。」稻垣叫坐在邊邊的年輕刑警。「找找看有沒有他的資料。」

「犯罪紀錄資料庫，沒有這個人的名字。駕照資料庫有一個同名同姓的男子，住在東京。」上島將筆電轉過去給大家看。

新田湊過來，看到筆電螢幕上的駕照照片，搖頭說：「完全不同人。」

「我想也是。」上島將筆電轉回來。「剛剛聽你說，我就覺得年齡不符，因為這個人現年五十八歲。」

「有沒有其他同名同姓的人？」新田問。

「我查了一下全國駕照，這個姓氏比較罕見，就只有這個人。」

「這是怎麼回事？難道他沒有駕照？」稻垣低吟般提出疑問。

「這不可能吧。不會開車，在美國是沒辦法生活的。」新田斷言。

「既然住在美國，拿的是美國的駕照吧。」上島說。

「怎麼樣？」稻垣問新田。新田回答：

「很有可能。日本人取得美國駕照，通常是先示出在日本取得的駕照，然後接受考試，我父親也是這樣。不過，在日本沒有取得駕照就去美國的話，可能就直接在美國考駕照，那邊的考試很簡單。」

「原來是這樣啊。」稻垣似乎可以接受了。「好，換下一個。那個跨年晚會的參加者名單好像到手了吧，有沒有發現什麼線索？」

「和日下部一樣，我也拿這份名單去核對犯罪檔案和駕照資料庫。」上島回答：「犯罪紀錄裡有幾個人吻合，但很有可能只是同名同姓；駕照方面，幾乎每個名字都出現好幾個，所以沒辦法鎖定。」

「沒關係，把所有人的臉部照片先搜集起來，等他們入住後，立刻可以分辨是哪些人。」稻垣說：「今天入住的客人資料呢？」

「在這裡。」新田遞出資料。「入住的全部有一百四十二組，住到元旦的有四十五組。」

稻垣大吃一驚：「一口氣增加這麼多。」

「明天可能會增加更多。」

「有沒有覺得詭異的客人？」

「單獨的男性客人，住到元旦的有十九人，日本人有十一人。全部都用信用卡支付，其中七個人早就用網路付清了，也就是說，這些人可能都是用本名，沒有可疑之處。」

「其他客人呢？」

「目前沒有特別可疑的客人。只有一個，在住宿登記表寫了假名。」

「假名？」

稻垣一副緊咬不放的架式，新田於是說起仲根綠的事。

「我猜他們是想假裝成夫妻。至於，訂房者仲根伸一郎是不是到飯店了，我還沒確認。」

上島舉手發問：

「跨年晚會的參加者名單有這個名字，我已經確認過駕照，是住在愛知縣吧？」

「沒錯，住宿登記表寫的確實是愛知縣。」

上島敲完鍵盤後，跟剛才一樣又把筆電轉過去。液晶螢幕顯示的駕照裡，有一張中年男子照片，方形臉，表情穩重。

「這名男子應該到了。」說這話的是打扮成門房小弟的關根。「剛才他叫了客房服務點了香檳，是我送去的，兩個酒杯。」

「你有看到這個人嗎？」稻垣指著筆電畫面。

「沒有。我交給門口的一位小姐，沒有進房去。」

「是個美女吧。」

新田這麼一說，關根也眉飛色舞地附和：

「頗有異國風情的美女。」

「就目前聽來，大概沒什麼問題。查一查這名女子的同伴是不是這張駕照裡的人。」稻垣說：「光靠監視器的影像可能看不清楚，新田或關根，你們找個理由直接去看看他本人。」

新田和關根對看了一眼，答道：「好的。」

「組長。」本宮開口說：「住到元旦的客人有四十五組的話，和清掃員去檢查房間的，除了我以外，最少還要三個人。」

「說得也是，明天監視組也過去幫忙。其他還有什麼事嗎？沒有的話，我要通知大家一些事。新的影像送來了，就是和泉春菜常去的寵物美容沙龍，監視器拍到的三個影像，都是一個月內的東西。拍到和泉春菜的只有前三天，可是如果她的交往對象是店裡的客人，那就有可能被拍到。我會把這份影像傳給大家，大家要仔細看。」

「是！」聽到部下們的回答後，稻垣起身說：

「雖然只剩兩天，但真正的勝負現在才開始。兇手一定會出現在這家飯店，不，說不定早就來了，大家要謹慎行動，絕不能讓人發現警方在這裡埋伏。就這樣。」

新田洗完澡後，照例待在電腦前，忽然手機響起，是能勢打來的。新田看看手錶，已經過了午夜十二點。

「辛苦了，能勢兄。這麼晚還在工作啊？」

「你還不是一樣，反正一定待在電腦前吧？我都能想像你的樣子了。」

「真是逃不過你的法眼啊。你該不會是去見了那個女實習醫生了？」

「沒錯。我事先去拜託她的指導醫生，讓她騰出時間和我談一談，還送了一盒點心給指導醫生。這一招奏效了，那個女實習醫生雖然心不甘情不願，但還是和我見面了。」

「果然厲害。結果你掌握到什麼線索？」

「我發現相當令人玩味的事。」能勢低聲說：「不過，在電話裡說不清楚。我知道你也很累了，我現在可以過去找你嗎？」

「歡迎之至，我等你喔。」

「我三十分鐘就到，威士忌蘇打兩罐夠嗎？」

「不好意思，能不能也帶柿種米果來？」

「沒問題，那麼待會兒見。」

掛斷電話，三十五分鐘後，能勢到了，一進來就說：「不好意思我來晚了。」今晚他也穿羽絨衣，戴著針織帽。

「可能是年底的關係吧，一直攔不到計程車。可是都這麼晚了，街上行人還是很多，連超商都很擁擠呢。」能勢將超商塑膠袋往桌上一放，脫掉羽絨衣之前，先把罐裝威士忌蘇打和柿種米果遞到新田面前。

「年關一到，日本人好像很難坐得住。不像美國人，不是外出度假休息，就是和家人輕鬆待在家裡。——那我不客氣了。」新田拿起罐裝威士忌蘇打。

「日本人大概是閒不住的民族吧，還把十二月叫做『師走』呢，連平常穩重的老師都得四處奔走。」能勢脫掉羽絨衣，摘下帽子。落坐之後，從超商塑膠袋取出罐裝啤酒，舉起來說：「辛苦了。」

「你也辛苦了。」新田也舉起罐裝威士忌蘇打。「趕快把你的戰果說給我聽吧，那個女實習醫生說了什麼令人玩味的事？」

能勢喝了一口啤酒，將罐子放在桌上。

「老是叫女實習醫生太繞口了，我跟你說她的名字，她姓早川，早退的早，河川的川。」

「好。這位早川說了什麼？」

能勢沉沉地點了個頭：「極其敏感的事。」

「敏感？怎麼說？」

「早川跟我說，接下來她說的內容都是她自己的臆測，希望我不要當作證詞處理，也不要留下任何紀錄。」

「原來如此。」

新田認為這是要用心聽的事，因此將罐裝威士忌蘇打放在桌上，端正姿勢。

「早川說，和泉春菜的穿著變得有些男孩子氣，是從國二夏天開始。她認為這個轉變可能跟和泉的家庭因素有關，但她沒有確切的證據，也沒問過和泉本人，所以只是臆測。」

「家庭因素影響她的穿著？這確實令人玩味啊。」

「早川說，她們從國中熟起來以後，和泉就常常跟她說母親的壞話。你猜是什麼壞話？」

「我猜不出來。」新田歪著頭說：「父母離婚是因為父親的外遇，照理來說應該沒有理由數落母親呀……」

能勢莞爾一笑，豎起大拇指：「因為母親有了男人。」

新田驚愕地「啊」了一聲。母親恢復單身後，開始和別人交往，也是很有可能的事。

「我之前跟你說過，她母親是老字號和菓子店的繼承人吧。那個男人就是店裡的掌櫃，也是實質上掌管這間店的人。感覺像就近湊合在一起，可是說不定從以前就互有好感。」

「這樣的話，和泉春菜也應該從以前就知道這個男人吧？」

「沒錯，所以她才會排斥。如果是完全不認識的男人就算了，可是從以前認識的大叔和母親居然做起那檔事，光是想像就覺得噁心吧。」

新田低吟：「這種心情我可以理解。」

「據早川說，和泉死也不叫那個大叔『爸爸』。」

「所以母親和那個男人分手了？」

「不，沒有分手，現在也還住在一起。」

「咦？這樣啊。可是也沒有辦結婚登記吧？」

「沒有。」

「為什麼不辦？」

「因為不能辦。」能勢立即回答：「那個男人有個正式的老婆。」

「啊……」新田張口點頭。這是常有的事，雖然分居，可是還沒離婚。大多是丈夫想離婚，但要求生活保障的妻子不肯在離婚協議書蓋章。

「和泉升上國二不久，那個男的就住進她們家裡了。從那時起，和泉也不太發牢騷了，早川認為她可能死心了，或是習慣了。」

「可是實際上不是如此？」

「可能不至於如此吧——」能勢的瞇瞇眼，閃現些微光芒。「這是早川的想法。到了暑假的某天晚上，和泉突然來早川家，說是晚上，應該說是深夜了。早川聽到有人在敲玻璃窗，喊著自己的名字，一看是和泉。和泉哭著求她，讓她在這裡住一晚，早川問她出了什麼事，她搖頭什麼都不肯說，只邊哭邊說她受夠了，不想回家。這時早川忽然反應過來，問她是不是被誰怎麼樣了？結果和泉像貝殼啪地閉口，什麼都不說了。」

「然後呢？」

「然後早川迷迷糊糊睡著了，醒來已經天亮，和泉也不見了，只在桌上留了一張紙條，寫著『抱歉』。」能勢抓起罐裝啤酒，猛灌一口。「下一次見面時，和泉顯得若無其事，完全沒提那晚的事。不過，有一個很大的改變。」

「該不會是……剪頭髮了？」

「厲害！沒錯。她把頭髮剪得像男生一樣短，穿著也變得男孩子氣。早川問她為什麼？她說天氣很熱所以剪短了，而且暑假是改變造型的好時機。」

新田以手指輕敲桌面：「原來是這麼回事啊……」

「早川也沒再提那晚的事，所以她並不知道實際上發生了什麼事，一切只是想像而已，徹底只是臆測。」

「和泉遭母親的男人騷擾吧？」

「照常理推斷，只能得出這個答案。可是騷擾到什麼程度？有多麼頻繁？是不是能用騷擾這個不痛不癢的詞帶過，誰都不知道。」

「改成男孩子氣的造型，是為了自我防衛吧，因為這樣男人比較不會起色心。」

「應該是吧。」能勢點頭。「高中畢業後，為什麼執意要來東京，理由也很清楚了，總之就是想遠離那個男人。」

「她母親知道嗎？」

「這就很難說了。早川認為，和泉應該沒說。要是母親知道的話，應該會把那個男的趕出去吧，只是我回想見她母親時的印象，我覺得她那種愧疚非比尋常。」

「雖然女兒沒跟她說，可是她隱約感覺到了？」

「對。」能勢答得明快：「我認為極有可能。可是她沒有向女兒確認，因為沒有勇氣，害怕知道真相吧。」

「呼～」新田吐了一口氣，抓起威士忌蘇打猛灌：「這種事真討厭。」

「抱歉。在你這麼累的時候，我還跑來跟你說這麼不愉快的事。」能勢原本就短短的脖子縮得更短了。

「這也沒辦法，刑警的工作就是要搜集這種事情。問題是，這件事和這個案子之間有什麼關連？」

「你說的沒錯。目前明白的只有，和泉春菜改變造型以及來東京的理由。這件事先放在一邊，你記不記得，有段時期她房間有很多少女趣味的衣服？」

「這有什麼問題嗎？」

「那個資料組的同期朋友，跟我說了一個很有價值的情報。」

新田睜大眼睛。

「我記得你請他用關鍵字搜尋，過去未破案的案件裡，是否有跟這個案子類似的東西。結果他找到了？」

「可能，找到了。」能勢遣詞用字謹慎地說：「他把時間上溯到一年以前的案子，用「電死」這個關鍵字去查，出現幾個相關的案子，其中還有包含『蘿莉塔』這個關鍵字的。」

「蘿莉塔？」

這時能勢慣例地掏出記事本。

「情況非常相似，就是讓被害人吃下安眠藥熟睡後，再將其電死。和這次不同的是，以前那起案子是被害人在浴室的浴缸睡著後，再通電電死。當初發現時，被當作單純的心臟病發作，可是年紀輕輕的，應該沒有心臟病，再加上房間到處都有指紋被擦掉的痕跡，所以懷疑是他殺。這種情況最有可能的是電死，所以查了電器使用狀況，結果發現用電量曾經瞬間爆表導致跳電，而且和推定死亡的時間一致。」

「情況確實很像，被害人是女性嗎？」

「二十六歲的女子，長得相當漂亮，外縣市出身的，死亡的時候是在東京獨居，這一點也一樣。平常穿著很普通，可是衣櫃裡有好幾件蘿莉塔風格的衣服，報告書裡是這麼寫的。」

「意思是我猜對了吧？」

「只不過。」能勢稍微降低聲調：「以連續殺人來看，時間隔得有點長。那是三年半以前。」

「三年半啊，確實隔得滿長的。」

「可是我很在意，明天我會再詳細查查看。」能勢小心翼翼收起記事本。

「那條線查得如何？就是告密者可能平常就在偷窺被害人的房間，有沒有發現其他可疑的建築物？」

「這個還在查。畢竟距離拉到一公里的話，有幾棟可以看得到的地方。不過麻煩的是，搞不好也有可能超過一公里。」能勢一臉為難，眉梢下垂。

「意思是有可能更遠？」

「不是天體望遠鏡那麼誇張的東西，可是市售的望遠鏡，也可以看到三公里遠的人影喔。範圍擴大到這麼遠的話，實在有點難以鎖定。」

「三公里啊……」

新田的腦海浮現東京地圖。他以前查過，從這間東京柯迪希亞飯店，到櫻田門的警視廳總部，距離大約三公里，光是想像這之間的建築物數量都快昏了。

「我會找找看啦。倒是新田你那邊查得怎樣？有什麼收穫嗎？」

「很遺憾的，沒有一件可以跟你報告的事。不過飯店這種地方很特別，每天來的人形形色色，倒是發生了幾件讓我感觸很深的事。」

「什麼事啊？我很好奇。」

「等案子辦到一個段落，我再跟你說。」新田說。日下部篤哉的求婚故事是最佳的下酒菜，不過說來話長。「希望那一天能早點來。」

「意思是要好好地聽這種有趣的故事，得先破案才行對吧。我又多了一個提起幹勁的理由了。」能勢說得像俏皮話，但也是他的真心話。

16

早晨，尚美來到禮賓台最先做的是，確認擺在旁邊的日曆小面板。夜班櫃台人員，更換櫃台的日曆小面板時，也會一併更換禮賓台的。今天是十二月三十日，今年就剩下最後兩天了——每年到了此時，回顧這一年發生的事，總覺得時光如梭，轉眼就過去了。可是今年無法如此悠哉地感嘆。

警視廳的潛入搜查，今天進入第三天。到目前為止，沒有發現與殺人案有關的事，也看不出會發生什麼事的徵兆，但也不能因為沒有證據就安心。如果會出事，就是在跨年晚會，距離那時還有四十個小時。

尚美望向櫃台，看到已經換上制服的新田，以飯店人不該有的銳利眼神盯著終端機。尚美很想勸他，但也明白他的心情，畢竟明天就是除夕了，打算來飯店過年的人，今天起會蜂擁而至來辦住房手續，人數絕對超過百人。想要檢視這些住宿客人的所有資料，眼神變得像獵犬也是情非得已。尚美由衷祈願，那雙眼睛能看穿可疑之處，在事情還沒發生前就逮到犯人。

這時電梯聽出現一位身材高大的外國人，往櫃台走去，是喬治．懷特。氏原在為他辦退房手續，看起來好像沒問題。懷特結完帳後，朝禮賓台走來，臉上帶著溫和笑容，尚美起身迎接。

「謝謝妳，尚美。這次我住得很開心喔。」懷特伸手要求握手。

尚美握了他厚實的手：「您要離開了啊？接下來要去哪裡？」

「去京都。我在京都有個朋友，他邀我去一起過年。」

「這真是太好了。祝福您有個愉快的新年。」

「妳也是啊，尚美。過年沒有休假嗎？」

「很遺憾的，我得上班到一月三日。」

「新年頭三天都在工作啊？太辛苦了。身體也要保重喔。」

「我會的，謝謝您。」

懷特微笑點頭後，轉頭環顧大廳，一臉納悶的樣子。

「有什麼問題嗎？」尚美問

懷特帶著迷惑的表情說：

「這次我來這裡一直有種感覺，氣氛跟以往不太一樣。」

尚美心頭一驚：「哪裡不一樣？」

「有一種奇妙的緊繃感，是不是有什麼特別的 VIP 住在這裡？哦，我不是想知道那個人是誰喔。」

尚美持續保持笑容，但感到臉頰有些僵硬。

「為什麼您會這麼想呢？」

懷特看著尚美，以拇指指向後面。

「有個男人站在手扶梯旁，從剛才就站在那裡什麼也不做，只是一直眼神銳利地掃視四周，仔細一看，他還戴著對講機。如果是單純的警衛，應該會穿飯店制服吧，而且這種人，到處都看得到，所以我覺得不尋常。」

尚美在思索該如何回達之際，懷特接著說：

「沒問題喔。不好回答的話，就不用回答。不過我認為，感到怪異的客人應該不止我一個，我只是想先跟妳說一下。」

「謝謝您。不過絕不是飯店發生了什麼事，請您放心。」

「我知道，我很相信你們喔。或許我說了多餘的事，把它忘了吧。」

「不，我很感謝您的寶貴意見。請慢走，祝您一路順風，也願您的京都之旅有非常美好的回憶。」

懷特恢復無憂無慮的表情，以日文說了謝謝，朝大門走去。尚美目送他的背影離開，嘆了一口氣，轉而環顧大廳。其實不用懷特來說，尚美放眼望去，也看得出哪些是搜查員喬裝成一般人，不僅站在手扶梯旁的男子很明顯，連坐在沙發假裝看報的大概也是刑警。

誠如懷特所言，其他客人應該也會覺得這裡氣氛怪怪的，萬一在這種狀態下發生重大事件就難以收拾了。輿論一定會抨擊飯店，為何明知會發生重大事件，卻沒有告知客人。究竟該怎麼辦才好？——明知區區一名飯店員工煩惱這個也無濟於事，但尚美還是忍不住思索。殺人案的兇手會出現在跨年晚會，究竟怎麼回事？到底有什麼目的？真是麻煩透了。

尚美操作終端機，調出晚會的參加者名單，看著一整排的名字，想著殺人犯可能在這裡面，可是絲毫沒有真實感。尚美嘆了一口氣，從終端機抬起頭時，發現前面站著人，心頭一驚，而且不是一個人，是一對情侶，兩人都年近三十。

「小姐，能不能打擾妳一下？」男子一口關西腔，略帶顧慮地開口問。旁邊的女子擺著一張臭臉，看著下方。

「您好。」尚美立即起身，面帶笑容地回應。「請問有什麼事？遇到什麼困擾嗎？」

「倒也不是困擾，只是有事想跟飯店確認一下，可是我不知道要跟哪個部門反應，所以來這裡問。」

「出了什麼事嗎？」

這時男子瞥了一眼身旁的女子，又將視線轉回來。

「我們是前天入住的，昨天上午外出，晚上十點左右回到飯店。」男子說到這裡又看了女子一眼，然後繼續說：「她說她的包包被人翻過了。」

「咦？」尚美不禁出聲驚呼。「這是怎麼回事？遺失了什麼東西嗎？」

「沒有，沒有遺失任何東西。我也跟她說，可能是她想太多……」

正當男子支支吾吾想繼續說，女子猛地抬頭插嘴：

「我才沒有想太多！一定有人翻過我的包包！我的化妝包居然跑到最下面！這是不可能的，我絕對不會這樣放。請妳查一查，飯店的清掃人員有沒有動過我的包包！」女子以關西腔說得激動，聲音大到響徹大廳。

藤木坐在總經理位子上，聽到兩聲敲門聲，應了一句：「請進。」

門一開，出現的是警視廳搜查一課的稻垣，跟在他後面進來的，藤木記得是個叫本宮的刑警。第一次見到他時，看起來像黑道份子，覺得這種人假裝客人待在飯店裡實在很麻煩。緊接著在兩人之後出現的是新田，可能是跟一臉凶神惡煞的本宮後面，相形之下沒那麼可怕，加上舉止彬彬有禮，看起來比平常更像飯店人。

「抱歉，突然把你們叫來。」藤木起身說。

「不會。」稻垣簡短回答，表情僵硬。

「坐下來談吧。」藤木指向沙發。

總經理室的會客間相當豪華，大家圍著長茶几而坐。飯店方面有藤木、住宿部部長田倉、房務清掃領班濱島，還有尚美。

「你知道要談什麼事吧？」藤木問稻垣。

「田倉部長跟我說了。」

「我說的只是一個大概。」田倉說：「而且我也是聽來的，恐怕無法正確傳達，還是由山岸直接說明吧。山岸，麻煩妳了。」

尚美點頭，吞了一口口水，面向刑警們。

「住在〇九二三號房的一對情侶，來禮賓台詢問，說昨晚十點他們回房後，發現放在房裡的包包有遭人翻過的跡象。包包是那位女客人的，她是相當有條理的人，為了使用上的方便，包包裡什麼東西放在什麼位置都是固定的。可是昨晚她回房後，發現包包的位置被調動了。出門時，她打算回來就要用化妝包，所以把化妝包放在最上面，不知為何竟然跑到下面去，她懷疑一定有人動過。雖然沒有遺失東西，可是置之不理，心情實在很差，希望我們能查一查，所以來禮賓台反應。」

稻垣交抱雙臂，看著半空中，臉上沒有表情。相對的，坐在他旁邊的本宮倒是繃著一張臉。尚美見狀暗忖，罪魁禍首大概是本宮吧。

「所以妳怎麼處理呢？」新田問。

「我立即和房務清掃聯絡，說明情況。」尚美瞄了一眼旁邊的濱島。

「我聽山岸說完後，馬上問負責打掃〇九二三號房的清掃員，兩人都說他們怎麼可能去翻客人的東西！」身形微胖的濱島可能有些緊張，聲音比平常高八度。「不過他們也說，打掃〇九二三號房時，有一位刑警在場，無法斷言那位刑警沒有碰客人的東西。我如實把清掃員說的話轉告給山岸。」

「然後呢？」新田再度看向尚美。

尚美沉沉吐了一口氣，開口說：

「那個時間點，我還無法斷定，但也不能讓客人一直等。所以我就合理判斷是刑警碰了包包裡的東西，在這個前提下做出應對。」

「妳做了什麼對應？」新田眼神充滿好奇。

「我跟客人說，清掃人員在打掃時，想移動客人的包包卻不小心掉在地上，這一掉可能弄亂了裡面的東西，為此向客人道歉，並問他們要不要叫負責清掃的人來直接說明。他們好像安心了，說沒這個必要。」

「原來如此，果然厲害。應對得太好了。」

「哪裡，不敢當。」尚美不由得行了一禮，隨即後悔為什麼要在這裡行禮。

「怎麼樣？稻垣警部。」藤木說：「聽了這些說明，我也和山岸一樣，認為是刑警翻動包包裡的東西。你有什麼要反駁的嗎？」

稻垣依然交抱雙臂，稍微轉頭看向旁邊的本宮。「不到翻動的程度吧？」

「不到。」本宮回答：「我只是看了一下裡面。」口氣粗魯。

「只是看了一下裡面，最上面的東西不至於掉到最下面吧！」尚美忿忿地說。

「我打開包包的時候不小心掉到地板上，這一掉裡面的東西可能倒過來了，所以山岸小姐，妳向客人說的事情是實際發生過的喔。」

「聽你在胡說八道……基本上，你擅自打開客人的包包就違反規定了。」

尚美狠狠瞪著本宮的骸骨臉，但本宮一副不痛不癢的樣子。

「稻垣警部。」藤木低聲說：「照理說，飯店是絕不允許外面的人，未經客人的同意進入房間。這次我答應讓刑警隨著清掃人員進入房間，儘管只是部分的房間，是因為我知道現在情況非比尋常。」

「您的判斷相當明智。」

尚美只覺得稻垣這話說得假惺惺，藤木也是同樣的想法，不耐煩地搖搖手說：

「但是，無論情況如何特殊，有些規定是絕對不能違反的。對與案件無關的客人帶來困擾，讓他們感到不舒服，這就違反了絕對不能犯的規定。這種客人，我們要一如往常，不，我們必須努力提供比往常更好的服務才能挽回。」

「我明白您的意思。」稻垣終於鬆開交抱的雙臂，挺直背脊端坐。「這次似乎做得有點超過，今後我會提醒部下小心點。」

「你打算怎麼叫他們小心點？」

「就是小心點……不要給客人造成困擾。」

藤木嘴角泛起笑容，但怎麼看都是冷笑。

「恕我失禮，請問當警察的人，沒有辦法判斷怎麼做才不會給客人造成困擾，怎麼做才不會讓客人不舒服嗎？」

「沒有這回事。警察也是受過訓練的社會人，常識都是有的。」

「那只是警察的常識吧？」

稻垣蹙起眉頭：「您這話什麼意思？」

藤木向田倉使了個眼色，示意他說話。

「昨晚，門房領班跟我說。」田倉開始說：「說大廳的客人問他，飯店人員裡，為什麼有分戴對講機的和沒戴的？領班覺得這問題很奇怪，但不管怎麼樣要先回答客人，於是他說，需要不停移動的員工。例如，門房小弟和門僮都會佩戴對講機，像櫃台人員在固定地方工作的就不會戴對講機。

結果客人又問了，說他看到沒穿飯店制服卻佩戴對講機的人，問這些人到底是什麼人，其中有個坐在大廳沙發的人讓他覺得很可怕。領班回答那不是我們飯店的人，不過會查查看。然後領班問我，下次被問到該怎麼回答。還有，山岸今天在禮賓台也碰到同樣的問題，由於對方外國人也是常客，覺得飯店的氣氛和以往不同有點怪怪的。另外還有一件事。」

田倉豎起食指繼續說：「這是總務部跟我說的，昨天有位事先來勘查婚宴會場的客人打電話來，說他出了飯店，前往地鐵月台時，被人從後面叫住，一名自稱警察的男人對他進行盤查。他問為什麼要盤查，對方說因為他在飯店裡的行動很可疑，那位客人很生氣，說你們飯店是叫警察來監視客人的行動嗎？」

田倉說完後，掃視刑警們的臉，窺探他們的反應。

「我想你們應該明白了。」藤木對稻垣說。「我知道你們很積極在偵查，戴著對講機巡視飯店內外，尾隨可疑份子進行盤查，這都是你們身為警察的常識吧。可是對飯店客人是極度不尋常的事，會給他們造成困擾和不愉快，希望你們不要忘記這一點。飯店的客人也是百百種，你們不可能完全理解，光是眼前有個能正確記住包包裡的東西擺放順序的女人，你們就無法想像吧。」

藤木揶揄地看向本宮，再將視線轉回稻垣。「我說得沒錯吧？」

稻垣輕咳一聲。「你希望我們怎麼做？」

藤木微微挺起胸膛。

「你們可以在飯店內巡視，但請盡量避免用對講機，除非逼不得已，請不要隨便對客人進行盤查。還有，今後隨清掃人員進入房間的刑警，若想查看客人的行李，以後我一概拒絕你們進去。我會下令客房部，絕對要盯著刑警們。濱島，把我的指令傳給所有工作人員。」

「好的，我知道了。」濱島鞠躬回答。

「總經理，請等一下。」稻垣一臉焦慮地說：「這樣我們沒辦法。」

「什麼沒辦法？」

「沒辦法逮捕兇手。我很明白，您想為客人提供最好的服務，我們也沒有輕視這件事。可是為了逮捕殺人犯，有時會稍微踩線也是逼不得已。我們會節制使用對講機，需要盤查也會以不給飯店帶來麻煩的方式進行，不過不讓刑警隨清掃人員進去調查行李，這一點能不能請您重新考慮？在案情的偵辦上，檢查行李非常重要。」

「那麼在檢查之前，請取得客人的許可。客人答應的話，我沒意見。」

稻垣傻眼地搖動雙手。

「這麼可能嘛，你應該也很清楚吧。」

「那你就死心吧。平常我們就規定清掃人員，盡可能避免碰到客人的衣服和隨身物品，更何況擅自檢查客人的行李，這件事我絕對不會答應。」

「總經理，請仔細想想看。」稻垣探出身子。「有人要在這間飯店行兇犯罪，阻止慘案發生才是最該優先處理的吧？」

藤木挑起雙眉。

「這跟你最初說的不一樣喔。你只說殺人犯可能會出現在跨年晚會上，可沒有說會在飯店內行兇犯罪啊。」

「告密者的目的，和殺人犯出現在這間飯店的理由，目前都不清楚。如果認為告密內容是假的，或者殺人犯只是單純來享受跨年樂趣，未免太樂觀了。」

「你說的沒錯。以這個層面來說，飯店這種地方總是帶著危險，沒有人能保證客人裡沒有一個罪犯，而且完全安全。可是就算如此，我也絕不讓房務部檢查客人的行李。」

尚美認為，藤木的回擊和氏原的想法有相通之處，兩人都明白飯店絕非只是優雅華麗的場所，也是處處隱藏危險的空間。

稻垣沉沉嘆了口氣：「怎麼樣都不行嗎？」

看來他反駁的辦法已用盡。

「請您諒解。」藤木低頭行禮。

「我明白了。那麼總經理，這樣如何？既然我們不能用阻止犯罪最有效的檢查行李，那唯一能仰賴的只有個人資料了。我希望您能將飯店掌握到的客人資料，全部提供給我們。此外，我們如果提出問題，也請務必配合回答。」稻垣說得毅然決然，態度堅定。可以感到他受身為偵辦案件負責人的尊嚴。

「關於這一點，我們不可能不協助吧。」藤木眼神認真地回答。「只不過，請你們務必慎重使用這些資料。」

「當然，我向您保證，絕對不會讓資料外洩。另外，我還有一個請求，希望從今天起負責住房業務的櫃台人員，都能協助我們。」

「怎麼協助？」

稻垣從西裝內袋掏出名片。

「入住的客人若有申請參加跨年晚會，櫃台將入場券交給客人時——」稻垣將名片舉到臉的旁邊。「請把入場券拿到這個高度。」

藤木臉上浮現警戒之色。

「意思是要讓大廳的刑警能立刻辨識，該名客人是否有參加跨年晚會？」

「對，就是這樣。雖然櫃台有新田在，可是同時來辦住房手續的客人也很多，他一個人難以掌握。」

藤木凝視稻垣，緩緩吐了一口氣。

「你能向我保證，絕對不會給案件無關的客人添麻煩嗎？」

「當然，我可以保證。」

藤木點頭後，轉而對田倉說：「跟櫃台交代下去。」

「好的。」田倉回答。

「其他還有什麼嗎？」藤木問。

「目前就這樣，感謝您的協助。」稻垣語畢起身，對兩位部下說：「走吧。」

看到本宮與新田起身後，稻垣向藤木說了一聲：「告辭了。」便朝門口走去。新田他們也跟在後面，離開了總經理室。

藤木靠坐在沙發上。「我已經把話說到那種地步了，應該沒問題。不過為了以防萬一，濱島，你要好好交代清掃人員，有刑警一起進去時，一定牢牢盯著他們。」

「我會的。」濱島回答。

「如果沒有其他的事就解散吧。呃，山岸，妳留下來。」

「啊？哦，好。」尚美的身子抬起了一半，又坐了回去。

田倉和濱島出去後，藤木坐到尚美的對面來。

「上次的案件也是，這次也讓妳辛苦了。我真的很抱歉。」

「請別這樣。總經理沒有理由向我道歉。」

「可是上次，是我硬把妳推去協助警方。如果沒有那一次，這次妳就不會被捲進來了，我真的很過意不去。」

「總經理，這事就別再說了……」

藤木「呼」的吐了一口氣。

「說得也是，那就到此為止。我留妳下來，不是要跟妳談案件的事，反倒是一件對妳很有幫助的事。」

「是什麼事呢？」

「妳可能也聽說了，洛杉磯柯迪希亞飯店要重新裝修，趁這個時候想找日本的工作人員，而且能勝任櫃台工作的優秀人才。他們也來向我打聽，有沒有適合的人選可以推薦。說到這裡，妳應該知道我想說什麼了吧？」藤木打量尚美的臉色。「我想推薦妳過去，不知道妳意下如何？」

聽到這突如其來的事，尚美霎時腦中一片空白。

17

步出總經理室不久，本宮旋即向稻垣致歉：「抱歉，我把事情搞砸了。」

「別在意，這沒什麼。」稻垣邊走邊輕輕回應。

「可是，以後我們不能檢查客人行李了。」

「今天起入住的客人，大多會住到元旦。如果全部檢查這些客人的行李，遲早也會被飯店發現吧，到時候那個總經理一定也會採取同樣的態度。」

「是沒錯啦……」

「沒關係。就算不能檢查行李，只要打掃時能進入客房就很夠了。」

「這一點我也有同感，所以剛才我很提心吊膽，生怕總經理會禁止我們進入客房。」

聽到本宮這句話，稻垣嗤笑一聲。

「他不會這麼做。他是怕又有客人來投訴，才會強硬禁止我們碰客人的東西。可是他應該也希望我們去檢查可疑客人的房間。他不是說會提供情報給我們，還讓我們看跨年晚會的參加名單嗎？他想是藉由這次的交涉，讓他的部下明白，飯店該對警方讓步的大義名份。」

新田看著稻垣的側臉問：「藤木先生的抗議，是故意做給部下看的？」

「這也是其中之一。你別看他那樣，其實他是城府很深的策士。他也戴著面具。」

「原來如此。」新田明白了，也深深佩服稻垣的慧眼能看穿這一點。看來大家剛才是被迫陪兩個老狐狸過招啊。

「話說回來。」稻垣止步，轉身對新田說：「看了住宿中的客房，也不見得能掌握什麼線索，想要找出兇手，最好還是一個個接觸客人。換句話說，你的任務還是最重要，這一點沒變。雖然人數眾多，只要發現有些可疑就要報上來，不得有絲毫遺漏。」

「是，我知道了。」

「你可別忘了，喬裝的不是只有你，對方也會喬裝。千萬別被騙了。」

上司的話在新田腦中迴響。

之後討論完幾個細節後，新田回到大廳時，尚美正準備往禮賓台的椅子坐下去，可是愁眉苦臉，看似有什麼心事。新田緩緩走過去，尚美發覺新田走過來，雙唇抿成一條線。新田看她雙肩些微上下晃動，可能是在做深呼吸吧。

「抱歉，給你們添麻煩了。」新田低頭致歉。

尚美抬眼看他，眼神銳利。

「真是難以置信，居然擅自檢查客人的行李。」

新田搔搔頭。「因為太投入了，不小心做過頭。那位姓本宮的刑警是統括警部補，在組裡的地位僅次於組長，雖然個性強悍，但責任感也比人強一倍。」

「做過頭也要有個程度。不過既然你們答應今後會謹慎行事，我也不想多說什麼。」

「不好意思，請多指教。話說回來，妳看起來沒精神的樣子，是我多心嗎？」

「沒精神？我沒精神？」

「剛才妳坐下的時候，表情好像有心事的樣子。」

「我露出這種表情？」尚美輕拍了幾下雙頰。「糟糕，我得小心點。」

「出了什麼事嗎？」

新田這麼一問，尚美瞬間似乎想說什麼，但隨即回過神來搖搖頭。

「這件事與你無關，也跟案子無關。」

「是妳個人的私事？」

「嗯，是啊。」

「既然是私事，那我就不多問了。」

新田打算返回櫃台，忽地又停下腳步，因為他看到仲根綠——牧村綠從交誼廳走出來，穿著深藍洋裝，露出一雙纖細美腿。她在交誼廳門外穿上深棕色羽絨衣後，繼續向前走，只拎著一只手提包。

新田望向她的背後，但沒有人跟著出來。看來她的「丈夫」仲根伸一郎，可能還在交誼廳裡。仲根綠似乎在思索什麼，心事重重地朝大門玄關走去，經過新田旁邊時，新田向她打了招呼「請慢走」，但她看也沒看新田一眼。

「真漂亮啊。」不知何時，尚美已來到新田旁邊。「那位小姐有什麼問題嗎？」

「是有一點可疑之處。」

新田跟尚美說，這位小姐在住宿登記表寫的仲根綠是假名，真名可能是牧村綠。

「這樣啊。不過，這是常有的事。」

「風流韻事是常有的事？」

新田如此一問，尚美淺淺一笑：「也可以這麼說。」

「所以她從交誼廳一個人走出來，因為不想讓人看到他們兩人在一起吧。可是在交誼廳裡，他們怎麼坐的呢？」

「通常也不會坐在一起吧。」

「這樣啊？」

新田想去交誼廳確認之際，一名男子大步走來。正是策劃昨晚那場令人印象深刻的求婚場面，卻被甩得很漂亮的日下部篤哉。

「山岸小姐。」日下部叫尚美。

「早安，日下部先生。」尚美向他打招呼。「昨晚，您睡得好吧？」

「託妳的福，我睡得很好，早上醒來神清氣爽，簡直像脫胎換骨。」日下部語氣開朗，表情也神采奕奕。

新田在一旁暗忖，看來他的抗壓性很強啊。通常被甩得那麼戲劇化，一般人短時間很難振作起來。

「這真是太好了。」尚美微笑以對。

「所以呢，我想把那個離去的女人忘得一乾二淨，重新開始，請妳務必幫我這個忙。」

「我當然樂意幫忙，有什麼事請儘管吩咐。」

「聽妳這麼說，我就放心了。那麼首先告訴我她的事吧，她把交誼廳的帳單附在房費一起算，所以我知道她是這裡的住宿客人。她喝了咖啡歐蕾，可是沒有碰附帶的蛋糕，可能不喜歡吃甜食吧。」

日下部說得滔滔不絕。新田聽得一頭霧水，搞不懂這男人到底在說什麼。

「呃，日下部先生……」尚美雖然面帶微笑，但也同樣摸不著頭緒，眼裡滿是困惑之色。「不好意思，我不太明白是什麼情況。您說的『她』，指的是誰呢？」

「她就是她呀，就是剛才你們目送出門的那位小姐。」

尚美難得驚慌失措「啊？」了一聲，一旁的新田當然也怔住了。

「您說的小姐，是穿焦糖色大衣的那位嗎……？」尚美問得戰戰兢兢。

「對對對！」日下部喜孜孜點頭。「就是她，長得很像安潔莉娜．裘莉的那位小姐。我剛才在交誼廳喝咖啡，她就坐在我旁邊。我看到她，非常震驚，但不是負面的意思，就是這裡猛然心跳的感覺。」日下部指著自己的胸口。「我被愛神邱比特的箭射中了！我從沒想過，這世上居然有這麼符合我理想的女性。妙子也是非常出色的女性，可是那位小姐更勝妙子。經歷那麼戲劇性分手的隔天，居然有這種邂逅，真的只能說是奇蹟，她才是我命中註定的真命天女！」

新田強忍著不讓自己的嘴巴張開。大失戀之後緊接著一見鍾情？到了這種程度已經超越抗壓性了，新田認為他只是單純輕浮。

「日下部先生。」尚美焦急地說：「您對那位小姐一無所知吧，這樣就認定是您的真命天女，好像不太好吧？」

日下部面露慍色，瞪著尚美。

「有什麼不好？世上有很多事情，靠直覺決定的結果都比較好，結婚對象大概也屬於這一類吧，這是我從昨天的經驗得出的結論。結果今天那位小姐馬上就出現在我眼前，這如果不是命中註定，不然是什麼？」

尚美不斷地眨眼，彷彿為之語塞地別開視線，想必不知該如何回答吧。

「妳是禮賓員吧？」日下部指著尚美。「那妳就有義務回應客人的要求。明天除夕夜，我要約那位小姐吃飯，妳去搜集她的資料，我想知道進餐時要說什麼話才能炒熱氣氛。怎麼樣？難道妳想回答，不可能，辦不到嗎？」

18

尚美是很想回答，不可能，辦不到。可是身為禮賓員，死也不能說這種話。但話說回來，這也不是能輕易答應的事，據新田所言，仲根綠好像有伴，而且極有可能是不道德的關係。站在飯店立場，實在不想刺激這種客人。

「您的要求，我已經充分明白了。」尚美說：「只是未經客人同意，我們不能擅自透露客人的資料，況且這也是法律明文禁止的。我得去問問她本人，是否願意讓您知道。如果她願意，我就告訴您，您覺得這樣如何？」

日下部滿臉慍色，雙手叉腰：「真是麻煩死了！」

「對不起。」

「我明白了。不然這樣吧，關於她個人細節的部分，等見面的時候我自己問她，妳把我和她吃飯的事搞定就好。明天晚上六點，餐廳交給妳選。」

「這個嘛……日下部先生。」尚美努力保持笑容。「我可以跟那位小姐說，您想邀她一起共進晚餐，但我無法保證她會答應。……其實我覺得，她可能不會答應，萬一她拒絕怎麼辦？」

日下部不滿地嘟嘴：「妳怎麼知道她會拒絕？」

「會吧，這通常會拒絕。」新田以不像飯店人的語氣從旁插嘴：「貿然去問一位小姐，說別的客人想請妳吃飯，妳願不願意？通常沒有女人會欣然答應喔。」

日下部聳起怒肩，轉頭看向新田。

「新田先生。」尚美嘴角泛著笑容，以眼神要他閉嘴。

日下部轉回來看向尚美：「妳的想法也一樣嗎？」

「我覺得很難。」尚美慎重揀選用詞。「除夕夜對誰都是很重要的日子，更何況打算在飯店度過的客人，極有可能都擬定好計畫了。問已經有計畫的客人，說有位客人想在除夕夜和您一起用餐，不知您意下如何？想必不會得到好回覆吧。」

日下部抬起下巴，冷眼看著尚美：「那替代方案呢？」

「啊？」

「你們禮賓員，絕對不能說『辦不到』吧？一定會提出替代方案，所以我在問妳替代方案。不用管費用，多少錢都無所謂。」

「替代方案，是嗎……」尚美快速在腦中思索。提替代方案，必須先瞭解客人要求的本質，日下部現在要求的究竟是什麼呢？

「我可把話說在前頭，不可以找別的女人代替喔。真要那樣，我寧可一個人吃飯。也不可以改日期，因為我元旦就得離開這裡了。」

也就是限定時間，吃飯對象也限定仲根綠。不，等等——尚美察覺到了，日下部的目的應該不是吃飯。

「日下部先生。」尚美抬頭看他。「您看這樣如何？在您離開飯店之前，我安排一個讓能您和那位小姐單獨談話的機會，這樣好嗎？」

新田驚愕地轉頭看過來，尚美的餘光瞄到了。但依然目不轉睛看著日下部，等著這位拋出無理難題的客人回答。

「如果妳辦得到就辦吧。」

「我會想辦法。」

「這麼做也沒有用喔。」新田又插嘴了。

「怎麼說？」日下部問。

「因為那位小姐有伴——」

「新田先生！」尚美狠狠制止他。

「哦？那位小姐有伴啊？」日下部緊追不捨。

「很抱歉，我們沒辦法回答這個問題。」尚美低頭致歉。

日下部沉默了，不曉得又在想什麼，臉上已失去剛才的亢奮。

「無所謂。」他如此低喃，凝視尚美。「不管她有沒有伴，就算有的話是什麼關係，這些我問她本人就行了。不過她左手的無名指沒有戴戒指，剛才在交誼廳也一直是一個人。換句話說，今後她也有可能一人獨處，我還是有機會和她單獨聊天。」

尚美點點頭：「或許就如您說的。」

「妳說妳會想辦法，那妳何時要告訴我？」

「現在是有點困難……能不能請您給我一點時間？」

「好吧，就這麼辦。我現在要出去，傍晚回來，在我回來之前，妳要把辦法想出來。」

「好的，我會備妥替代方案。」

「看來我們達成共識了。」日下部看看手錶。「都這個時間了。我本來以為三兩句就能搞定，想不到談了這麼久。那就拜託妳了。」語畢快步走向大門。

尚美嘆了一口氣，頭痛了起來，按著太陽穴。

「不要緊嗎？」新田湊近說：「接下那種強人所難的要求。」

「沒辦法，這是工作。」

「那個人太怪了，被甩的第二天居然對別人一見鍾情？到底有多正能量啊？」

「這裡的客人，什麼千奇百怪的都有。倒是新田先生，請你不要亂插嘴，而且說話的語氣也太粗魯，差點惹惱了日下部先生。」

「我是看妳很困擾，想拔刀相助。」

「拜託你不要亂拔刀，而且你本來就不是飯店的人，跟案情無關的事，請不要亂插手。」

「我剛才說過了吧，那個姓牧村的女子，是我們的監視對象之一。」

尚美將手移開太陽穴，搖頭說：

「既然她報的姓名是仲根綠，請別亂叫她的名字，至少在你穿櫃台制服的時候。」

新田噘起下唇，聳聳肩。

「我知道了。那妳打算怎麼做？難道妳要跟仲根綠小姐說，有位姓日下部的先生說想和妳單獨見面，請妳和他見面？」

尚美由下往上，望著新田：「你覺得這樣會成功嗎？」

「百分百會遭拒，引來反感。」

「那就不行嘍？」

「所以我很想知道，妳要用什麼方法處理這件事。」

「坦白說，目前我完全沒有主意，接下來才要想。即使除夕夜無法一起吃飯，只是見個面，說不定有可能，如果你猜想的是正確的。」

「我猜想的是，那兩位姓仲根的先生和小姐是不倫關係，我的意思是這樣喔。」

尚美點頭回應：

「如果那位先生真的是她丈夫，那事情就難辦了。夫妻外出旅行，妻子居然和別的男人見面，以常識來說不可能；如果是不倫關係就另當別論。日下部先生也說了，今後那位小姐一人獨處的情況可能也很多，我是覺得說不定男方有什麼事情。」

「怎麼說？」

「那位小姐獨自待在交誼廳，可能是男方去了該去的地方吧？比方太太或家人那裡。」

「對哦，有可能。」新田恍然大悟點頭：「他可能住在東京或東京周邊，白天陪陪家人，晚上找個理由溜來這裡。嗯，有可能。」

「倘若情況真是如此，一個女人獨自在這裡等待實在很心酸，這時如果出現一個可以解悶的對象……」尚美說到這裡不禁閉嘴。

「發展一段新的感情也不錯，是嗎？」新田賊賊一笑，舔了舔嘴唇。擺出這種表情卻不顯低級，可能是氣質教養的緣故。

「我可沒說到這種地步，只覺得喝杯茶應該沒關係吧。」

「原來如此，確實有理。」

「不過光想像也沒用。」尚美搖搖頭，看向禮賓台。「得先掌握客人的資訊才行。」

「房號是一七〇一，景隅套房。」新田緊接著說。

尚美返回禮賓台，操作終端機。訂房者是仲根伸一郎，第一次來訂房的新客人，除了申請跨年晚會，沒有預約飯店內的設施或餐廳。昨天深夜點了香檳，今天的早餐叫了客房服務，早餐是兩人份。

「遺憾。」尚美低喃。

「遺憾什麼？」新田問。

「我是在想，如果今晚仲根小姐預約了飯店裡的餐廳，我也可以預約日下部先生的份，請工作人員把他們的位子挪得近一點。只要坐得近，搭訕就不難，之後能否聊得起來，就看日下部先生的本事了。」

新田苦笑：「這和所謂『兩人見面』的要求不太一樣吧，日下部會接受這種情況嗎？」

「這也沒辦法，所以才叫做替代方案。不過實際上仲根小姐並沒有預約，所以這個辦法也行不通。」

「除夕夜呢？她有沒有預約了什麼？」

「明天啊……」尚美操作終端機，嘆了一口氣：「明天晚上訂了客房晚餐，而且是兩人份。除夕夜是特別餐點，所以需要預約。」

「他們想在房間用餐啊，不倫的氣味越來越濃了。」

餐後，他們兩人會去參加跨年晚會吧。換言之，想安排日下部和仲根綠見面，只能在明天晚餐前。尚美盯著終端機，沒看到其他重大訊息。站在一旁的新田，像是想到了什麼，說了一聲「對哦」，隨即掏出手機開始撥打，然後遮著嘴巴不曉得在說什麼。但尚美聽到「打掃房間」這句話。

新田講完手機，對尚美說：

「剛才在總經理室提到的，打掃房間的時候搜查員可以在場，其實一七〇一號房也在我們監控之列。打掃時間好像快到了，我決定去看看，妳要不要也一起來？」

「進到房間裡嗎？」

「對啊，說不定能想到什麼好主意喔。要不要去？」

尚美暗忖，這個主意不錯，至少比一直盯著終端機有用多了，於是她起身說：「好吧，那我也去看看。」

仲根綠他們住的是景隅套房，顧名思義在建築物的角落。這個房間賣的當然是景觀，可以從不同角度欣賞東京夜景。尚美隨著兩名女性清掃員步入房內，在起居室入口處環顧房間，第一印象是，房間保持得乾淨。尚美在研習時期也當過清掃員，碰到被客人搞得亂七八糟的房間，儘管沒見過面也想詛咒這個客人。若只是垃圾亂丟還好，把布製品和壁紙弄得又濕又髒的最差勁，清掃起來格外麻煩。

但仲根伸一郎和仲根綠，似乎很有教養，沒有把濕毛巾或濕浴巾隨便亂扔，零食也不會吃得到處都是。據客房紀錄顯示，昨天深夜點了香檳，今天早餐叫了客房服務，房裡看不到空盤空瓶，可能是放在餐車送到走廊上了。

沙發有雙人座與單人座，排成L型。茶几上有一本精裝書，以皮革書套包起來，還有一包菸，及銀光閃閃的長方形打火機。這個房間沒有禁菸，桌上也有菸灰缸。

「這是 Flat Top 吧。」站在旁邊的新田指著茶几說。

「你說什麼？」尚美問。

「我在說那個打火機，那是 Zippo 的復古款打火機，因為是複刻的，大概只值幾千圓。」

「你還真熟啊。我記得你不抽菸吧？」

「我不抽菸，可是為了瞭解抽菸者的心情，也做了很多調查。」

尚美激賞地看著他。

「了不起。我的前輩也常提醒我，面對不同興趣或嗜好的人，要試著將心比心，站在他們的立場想事情。」

「這挺有意思的。我還以為刑警和飯店人是完全相反的工作，想不到也有共通之處嘛。」

「不同的是目的吧。我們瞭解對方，是為了款待對方。」

「我們是為了洞悉謊言，這一點確實截然不同。」新田忽然拿起茶几上的書，不知何時已戴上白手套。

「喂，新田先生，不可以亂碰客人的東西！你剛才不是答應我了？」

「總經理只有嚴格禁止檢查行李，沒有禁止摸東西。比方這本書掉在地上，把它撿起來放回桌上，這種程度的事，身為飯店人是理當該做的服務吧。我不認為有客人會發牢騷。」

尚美嘆了一口氣，輕輕瞪他一眼：「你還是老樣子，能言善道啊。」

「我希望妳說，我說的很有道理。」新田打開書。「哦，是這本書啊。」

「什麼書？」尚美問。因為包著黑色書套，看不到封面。

「就是這個。」新田拆掉書套。「這是幾年前的暢銷戀愛小說。」

尚美雖然沒看過，但也知道這本小說。她看過這本書的廣告，號稱令百萬讀者淚流不止，後來也改拍了電影。

新田隨意翻了起來，歪著頭說：「真是怪了。」

「哪裡有問題嗎？」

「嗯，等一下……」

新田把書放回茶几，掏出手機，開始操作，好像在查什麼。

「怎麼了嗎？」

「這本小說，今年春天已經出了文庫本，為什麼要讀精裝本呢？」

「可能買的時候，文庫本還沒出吧。買了就一直放著，最近才開始讀，應該沒什麼吧。」

「可是，外出旅行，特地帶這麼重的精裝本也太奇怪。」新田再度拿起書。

「說不定是愛不釋手的書。」

「我不認為。」

「怎麼說？」

新田把書翻開，拿給尚美看，裡面夾著文宣和讀者回函明信片。

「如果已經看過了，這種東西會扔掉吧？既然是喜歡到會帶來旅行的書，更應該會再買一本文庫本吧？」

刑警指摘犀利，尚美不知如何反駁：「這個嘛……或許吧。」

「不過，說不定沒什麼特別的重大理由，只是整理行李的時候，剛好看到這本還沒看的書，隨手就放進包包裡了。」新田包好書套，把書放回茶几。接著拿起那包菸，這是一包硬盒的菸，已經開封。新田打開盒蓋，一臉沉思，隨即又放回香菸，環顧室內。

兩名女性清掃員，正在俐落地打掃、換毛巾、補充消耗品和清理垃圾。新田走向一名清掃員，她正把垃圾桶裡的東西倒進垃圾袋。

「不好意思，借看一下。」新田在一旁蹲下，探頭往垃圾袋裡看。之後一臉難以釋懷地起身，往房間裡面走去，尚美跟著進去。新田打開衣櫃一看，衣架上沒有掛半件衣服。關上衣櫃門後，新田默默地走進旁邊的臥房，臥房裡特大雙人床有睡過的痕跡，但整理得相當整齊，可能是仲根綠整理的吧。行李箱放在床邊，新田走過去，凝視行李箱。

「別亂碰這個行李箱。」尚美說：「萬一不小心蓋子開了，事情就麻煩了。」

新田以半邊臉頰苦笑回應，但隨即又變回一臉正經，接著他看向緊臨的浴室。浴室鑲著玻璃，無法直接看到洗臉台，清掃員將浴巾整齊疊放在架上。新田走進浴室，指著洗臉台，不曉得問了清掃員什麼。年輕的清掃員一臉困惑，也不曉得在回答什麼。

新田走出浴室，對尚美說：

「我忽然想起有急事要辦，就此告辭了。妳要一起走？還是留下來？」

「我啊……難得來了，我想再看一下。」

「這樣啊，那我失陪了。」新田語畢，大步走出房間，接著清掃員也從浴室出來了。

「剛才新田先生問妳什麼？」尚美問這位清掃員。

「他問客房備品，補充了哪些東西。」

「妳怎麼回答？」

「我說牙刷套組、洗髮精、潤絲精、沐浴乳，各兩套，還有一塊香皂。」

「新田先生怎麼說？」

「他說謝謝，只有這樣。」

「其他還問了什麼？」

「沒有了。」

尚美側首尋思，為何新田要問這種事？他說忽然想起有急事要辦，肯定是什麼刺激到他的腦細胞了。

「刑警的工作真辛苦啊。」年輕清掃員一邊清點冰箱裡的東西，一邊說：「為了逮捕犯人，居然連垃圾桶都查。正義感不夠強的話，沒辦法做這種職業啊。」

「這就很難說了。我覺得新田先生，不只基於正義感。」

「這樣啊？」

「他是個絕頂聰明的人，或許也在享受破案的樂趣吧，就是所謂遊戲感覺。越是離奇的案件，越能激發他的好奇心，不斷思索犯下這麼離奇案件的究竟是怎樣的人，無論如何想知道犯人的真面目。」

「好奇心啊？這麼說我就有點懂了。像我在打掃的時候，也會想像住這個房間的客人是怎樣的人。」

「這樣啊？譬如房間很髒的時候？」

「這種時候，我只會火冒三丈。不是這種時候，而是有點感激的時候。比方說最近，有位客人在桌上留了一張紙條，上面寫著『感謝您的打掃，非常舒適』，我看了好感動，恨不得馬上衝去櫃台看這位客人。」

「這真的會很感動啊。」

「因為不知道客人的長相，反而會有很多想像。例如，可能是個帥哥之類的，就這樣胡思亂想，真的好白痴喔。」

年輕清掃員自嘲地說完後，自己也笑了起來，隨後和同伴開始清點打掃項目。

尚美再度環顧室內後，走向房門。但途中止步，想起這句話。

不知道長相，反而會有很多想像——

尚美靈光一閃，終於找到答覆日下部的方法。

19

稻垣看著文件，聽完新田的報告後，抬頭問：「沒有？」

「是的。」新田站在會議桌前回答：「只是裝作兩人來住飯店的樣子，但其實並沒有那個男的存在。」

「有什麼證據？」

「桌上放著香菸和打火機。外出時，通常會一起帶走吧？」

「說不定他還有另一份。」

「菸灰缸也很乾淨。我查了垃圾，沒有看到半個菸蒂。」

「說不定只是剛好昨晚沒抽。」

「洗髮精之類的和牙刷都各用兩個，可是刮鬍泡和刮鬍刀都沒碰。」

「雖然是男人，也不見得會用吧。」

「早餐叫了客房服務，是關根送去的。關根說跟昨晚一樣，沒有看到男人，在房門口收餐點的是女人，簽名的也是女人。」

稻垣放下文件，交抱雙臂：「只是這樣，還不能斷定。」

「我有決定性的證據，我查過飯店監視器了。」

稻垣的右眉抽動了一下。這間飯店裝了很多監視器，比一般場所多很多。原因是幾年前那件案子，警視廳進來時增設了很多監視器，之後飯店全部買下來繼續使用。監視螢幕羅列在地下一樓的警備室裡，以客房樓層來說，可以監視到電梯裡、電梯廳，還有走廊，完全沒有死角。每個房間的門口都拍得到，可以確實掌握進出狀況。

「結果如何？」稻垣低聲問。

「從昨晚，到今天開始清掃房間之前，只有兩次，有人進出一七〇一號房。第一次是，昨晚自稱仲根綠的小姐入住時；還有一次是今天上午十點多，仲根綠離開房間時。除了她以外，沒人進入那個房間。」

稻垣盯著新田的臉，胸腔大幅起伏做了一個深呼吸，隨後轉頭看向旁邊的本宮。現在會議室裡，只有三個人，其他搜查員都隨清掃員去看房間了。

「這是他的壞毛病。」本宮以下巴指向新田。「老愛裝模作樣，總是把最重要的事情放到最後才說。」

「我只是照順序說。」

「好了，我懂了。」稻垣拉下臉。「看來你的直覺是對的，確實有問題。你覺得她為什麼要做這種事？」

「問題就出在這裡。如果只是單純因為那個男的臨時有事不能來，她沒必要叫兩份客房服務吧，牙刷也沒必要用兩隻，這顯然是要讓飯店認為她有同伴。但是，這麼做有什麼好處呢？以一般想法來說，除了多花錢，應該沒有好處吧。」新田豎起食指，繼續說：「但是，不能排除另一種可能性。」

本宮不耐煩地大啐了一聲：「嘖！你少在那邊裝模作樣了！有話快說！」

新田對前輩刑警淺淺一笑，轉而看向稻垣：「為了做不在場證明。」

「不在場證明？」稻垣蹙眉。

「從昨天到明天晚上，假裝男女兩人住在這間飯店。這段時間，如果男方在哪裡犯罪了，遭到懷疑，就可以用這個說詞逃脫。」

「這樣啊，原來是這麼回事。」稻垣似乎也同意。「男人在計畫什麼犯行，仲根綠是幫他做不在場證明的共犯。」

「實際上，監視器可以拍到每個房門口的進出情況，警方只要查一查就能發現，他們可能沒想到這一點。畢竟監視器裝得這麼密集的飯店，真的很少見。」

稻垣輕輕闔眼，以指尖敲敲桌面，然後睜開雙眼。

「如果這個推理正確，有沒有可能和我們在查的案子有關？」

「這我就不敢說了。」新田立即回答。「不過我猜，要是這個男人企圖犯什麼罪行，地點應該離這間飯店不遠，否則這個不在場證明就沒有用了。」

「不管怎樣，這麼可疑的人不能放著不管。好，那名女子……叫什麼來著？」

「她自稱仲根綠，本名牧村綠。」

「有夠亂的，先統一叫仲根綠吧。加強監視這名女子，要是能得到飯店的協助就太好了。」

「關於這點，還有一件很有意思的事。」

新田報告了日下部交代尚美做的事。果不其然，稻垣和本宮聽完都愣住了。

「這也太扯了吧。大失戀的隔天，對第一次見面、連名字都不知道的女人一見鍾情？這男人還真忙啊。這個叫日下部的傢伙，已經排除嫌疑了吧？真想拜託他別在那裡轉來轉去刷存在感了。」本宮這個感想極其中肯。

「山岸小姐，打算怎麼處理？」稻垣問。

「她好像還沒想到好辦法。不過她很厲害，一定會想出很棒的解決方式。」

「仲根綠沒有男伴這事，你還沒跟山岸小姐說吧？」

「我沒說。」

「好，很好。這件事先瞞著她，若無其事地向她打聽狀況。」

「好的，我知道了。」

新田對上司點頭應允，內心總覺得瞞著尚美過意不去，可是為了辦案也無可奈何。

20

新田從事務大樓返回飯店櫃台，往貴賓台一看，尚美正在打電話做筆記，或許是忙著安排日下部交代的事吧。氏原在為一位男性客人辦住房手續，將跨年晚會的入場券舉到臉的高度，開始向客人說明。看來稻垣請藤木下達的暗號指令，已經開始執行了。

原本坐在大廳沙發玩手機的中年男子，開始起身走動。他是搜查員，但沒有戴對講機，往電梯廳走去的途中，停在一根柱子旁，窺看櫃台情況。男子辦完住房手續，走向坐在沙發的女子，不曉得對她了說什麼，拎起旁邊的旅行包。女子隨後也起身，兩人笑咪咪地走向電梯廳。

站在柱子暗處的搜查員開始操作手機，肯定是在偷拍這對情侶。但這對情侶似乎完全沒發現。影片會經由特搜總部，傳到所有搜查員的手機裡。得空的搜查員，會把影片裡出現的人和目前收集到的監視器影像進行比對，看是否有出現相同的人。

「希望別被客人發現就好。」氏原瞥了新田一眼，嘆著氣說。他也發覺搜查員的行動了。

「不要緊的。就算被發現了，我們死也不會說飯店跟我們是同夥的。」

「當然不能說。要是世人知道飯店允許你們偷拍客人，事情會很嚴重。」

「會在網路上被罵爆吧。」

「不止這樣。所有高階主管會被開除，我們也會大幅減薪，搞不好連工作都丟了。」

「這真的很慘啊。」

「對你來說，反正事不關己吧。」氏原又瞥了新田一眼，重新看向正前方。

這時有位新客人走進大門，年約四十五的中年男子，穿著藏青色粗呢牛角釦大衣，大衣裡穿著夾克。門房小弟推著行李車跟在後面，上面載著高爾夫球袋和旅行包。

男子走向櫃台，在氏原前面止步，原本抿成一條線嘴巴，開口說：「我姓浦邊。」

新田在氏原後面操作終端機，確認有個「浦邊幹夫」已經訂房，標準雙人房，兩晚，沒有申請跨年晚會。氏原向浦邊確認訂房內容後，請他填寫住宿登記表。浦邊開始寫了起來，但手的動作有些不靈活。

「這樣可以嗎？」

「可以，謝謝您。浦邊先生，請問您要用信用卡支付？還是現金？」

「啊……現金。」

「好的。以現金支付的話，通常要收住宿費的 1.5 倍當作 deposit，以您的房間來算大約是六萬圓，可以嗎？」

「啊？什麼？你說 depo 什麼？」

「抱歉，是我措詞不當，就是押金的意思。當然最後結帳時，多的差額會退還給您。」

「哦，這樣啊。」

「您還是要現金支付嗎？如果用信用卡支付，只要預刷就行了。」

「我要用現金支付。」浦邊將手伸進牛角釦大衣裡，掏出錢包。是個皮製錢包，看起來用很久了。「這樣可以吧？」他放了幾張鈔票在櫃台上。

氏原收下鈔票，開始數。一萬圓紙鈔五張、一千圓紙鈔十張，千圓鈔票幾乎都皺皺的。

「沒錯，確實收您六萬圓。我立即開押金收據給您。」

氏原開了押金收據，接著挑選房間，新田朝終端機一看，房號是〇八〇六。然後氏原將押金收據、房卡和早餐券遞給浦邊，因為不是參加跨年晚會的人，氏原沒有擺出那個暗號。大廳的搜查員，一副漠不關心的樣子看著手機。

「不好意思……」浦邊不安地拿起房卡：「請問，這要怎麼用？」

「對不起，怠慢了。」氏原語畢，招來行李車旁的門房小弟，將房卡遞給他。

新田向前跨出一步，迅速打量行李車上的高爾夫球袋，想確認一些事情。浦邊隨門房小弟走向電梯廳，背影顯得忐忑。新田拿起櫃台上的住宿登記表來看，住址是群馬縣前橋市，連門牌號碼和公寓名稱都寫得一清二楚，二〇一號室，電話是留手機的。

「這是高爾夫之旅？還是已經旅行回來了？不管怎樣，為何從除夕的前一夜起，有必要在東京的飯店住兩晚？而且是獨自一人。」新田將疑問說出口。

「說不定明天，有人從別的地方來這裡會合，然後一起待到元旦，出發去旅行。」氏原也立即回答。

「對方是女性嗎？」

「有可能。」

「會做這種浪漫安排的人，談吐舉止應該更洗鍊吧？他看起來不常住飯店喔。」

「凡事都有第一次。」氏原堅持自己的答案。

「過年會做高爾夫之旅的人，就算不用信用卡，現金也帶得太少了吧。看他剛才那樣，身上剩下的錢可能都不夠搭計程車了。」

「可能忘記提錢了，這是常有的事。」

「今天是十二月三十日喔，明天起，有些 ATM 都不能用了。」

氏原難得沒有立即回答，停了半晌才說：「有些 ATM 還是可以用。」接著打量著新田：「你對那位客人有什麼不滿嗎？」

「名牌。」新田說：「我看到他的高爾夫球袋沒有掛名牌，通常不會把整個名牌摘掉吧。」

「會不會是你看漏了？」

「我看得很仔細，確實沒有掛名牌。」

氏原思索片刻，最後搖頭說：「他就是會把整個名牌摘掉的人，只是這樣而已，我不在意這種事。」語畢，看向櫃台。

之後辦理入住的客人也絡繹不絕。今晚起，大多住宿客都是住兩晚或三晚，打算在飯店過除夕和元旦。為了招待這種客人，飯店也推出新年首次去神社參拜的初詣之旅，還有特選的新年套餐，以及日本橋七福神巡禮之旅等一系列活動，首先上場的當然就是跨年晚會。

氏原嚴格禁止新田碰櫃台業務，新田當然很不是滋味，但確實也逃過了一劫。他有自信處理一般住房手續，但過年時期，每位住宿客人挑選參加的活動都不同，種類又繁多，不是新田應付得來的。

接著又有一對男女客人來到櫃台，這時氏原忙著招呼其他客人，雖然還有吉岡這位櫃台新手，但他也在忙其他客人的住房手續。這對男女客人，看似覺得新田有空就走過來了。實際上，他們兩人一直看著新田。新田也不能視而不見，於是走上前去，面帶笑容說：「兩位要住宿嗎？」

「嗯。」男子點頭：「我姓曾野。」

年齡莫約五十左右，身形稍胖，西裝外面穿著米黃大衣、方形臉、眉毛粗濃。新田操作終端機，出現曾野昌明這個名字，訂了豪華雙人套房，多加了一個床位，三個人住。也就是除了眼前這兩位，還有一個人會來。此外，預約了跨年料理、新年料理，以及美容沙龍，但沒有申請跨年晚會。

備註欄寫著「R：GOLD 現金支付」。「R」是「Repeater」的縮寫，也就是回頭客。後面註記的是入住頻率，東京柯迪希亞飯店獨特的表記方式，「GOLD」指一個月來住一次以上，再往上是「PLATINUM」，一周住一次以上則是「DIAMOND」。「現金支付」就不用說了，就是以現金結帳。

「讓您久等了，曾野昌明先生。」

「嗯。」曾野點頭。

新田鞠躬致意：「感謝您經常——」正要說光臨本飯店時，腳被狠狠踩了一下。新田大驚轉頭一看，氏原已來到旁邊，踩腳的就是他。氏原面帶笑容看著曾野，一邊在櫃台下方推新田的側腹，新田只好困惑地退到後面去。

「曾野先生，您訂的是豪華雙人套房，外加一個床位，是吧？」

「對，沒錯。」曾野回答。不知為何，他的表情僵硬了起來。

「那麼請您填一下資料。」氏原將住宿登記表遞到曾野前面。

曾野寫完住宿登記表。氏原行了一禮：

「謝謝您。請問曾野先生，您要以現金付費？還是信用卡？」

聽了氏原的問題，新田在心中納悶，訂房資料已特別載明是回頭客，以現金支付，為何還要問客人？而且面對常客，通常不會問付費方式，當然也不會預刷信用卡。

「那我用信用卡。」曾野答道。新田聽了不禁皺眉。

「好的。曾野先生，您是第一次入住本飯店嗎？」

「嗯，第一次。」

聽了這段對話，新田更摸不著頭緒了。氏原也應該看過終端機資料，為何會這麼問？曾野又為何要說謊？

「很抱歉，曾野先生。第一次入住的客人，我們要照規定預刷信用卡，您的信用卡能不能借我刷一下？」

「哦，好啊。」曾野從錢包抽出信用卡，放在櫃台上。

氏原不理新田的困惑，兀自淡定地辦手續，那付模樣，和面對第一次來訪的客人沒兩樣。新田偷瞄著曾野，只見他左顧右盼，顯得心神不寧。相反的，站在他後方的女子幾乎動也不動，年齡約三十五到四十之間，短髮、妝容很淡、長相平平。

「讓您久等了。」氏原將房卡和優惠券等遞給曾野，繼續說明。但曾野似乎沒在聽。

氏原說明結束後，曾野拒絕門房小弟帶他去房間，自己拿著房卡離開櫃台。與此同時，一名坐在稍遠沙發處的少年，起身向曾野走來。看似國中生，連帽外套外面穿著羽絨夾克，手上拿著遊戲機。曾野與女伴走向電梯廳，那名少年也跟上去，看起來像一家人。

氏原開口埋怨新田。「真是傷腦筋，我不是叫你不要插手櫃台業務嗎？」

「可是那是情況特殊，我也是出於無奈啊。他一直看著我，我總不能不理他吧？」

「這種時候，你要假裝忙著操作終端機，讓客人稍等。客人又不是笨蛋，看到沒有在做入住業務的櫃台人員也不會覺得奇怪喔。」

「說得也是，不好意思。」

「以後小心點。」

「我會的。倒是剛才那位客人……你對應的方式好像有點怪怪的，而且你幹麼踩我腳？」

氏原將身體轉向新田。

「我踩你的腳，是因為你說了不該說的話。」

「不該說的話？那個人是回頭客吧，而且是GOLD等級，我說感謝您經常光臨本飯店，有什麼錯？我是這樣被教的啊，面對常客要這麼說。」

氏原緩緩閉上雙眼，半晌後睜眼說：「要看時間和場合而定。」

「這次有什麼不恰當嗎？」

「你仔細看看資料。」氏原指向終端機。「這是入住紀錄，你有看出什麼嗎？」

新田重新看向螢幕，發現自己剛才沒看入住紀錄。

「都是『休息』耶……」

「對，就是不過夜的，當天退房。曾野先生通常是下午五點半入住，然後七點半退房，而且一定是星期一。這意味著什麼？你當刑警應該知道吧？」

氏原沒說出口的事，新田也了然於心。

「……原來如此。那個老公在搞外遇，來這家飯店『休息』，都是和外遇對象來。」

「這麼想比較合理。」

「氏原先生也辦過他的休息手續嗎？」

「辦過好幾次。」

「你有看過那個外遇女人嗎？」

新田這麼一問，氏原不禁失笑。

「有什麼好笑？」新田有些不爽。

氏原一本正經看著新田。

「你認為搞外遇的男人，會和外遇對象一起來櫃台嗎？」

「啊……說的也是。」

氏原說的確實有理，雖然有些不甘心，新田覺得被笑也是活該。

「可是。」氏原稍稍抬起下巴。「我隱約知道那個女人是誰。」

「哦？」新田看著氏原的扁平臉。「你怎麼知道的？」

「曾野先生辦退房手續的時候，一定有位小姐從電梯廳走向大門。我看過好幾次，所以覺得那位小姐應該是曾野先生的外遇對象。為了避免讓人看到他們在一起，所以她都比曾野先生晚一步離開房間吧。」

「那個小姐，不是剛才和曾野先生在一起的小姐吧？」

「不是，完全不同人。」氏原斷言：「今天小孩也一起來，所以今天這位應該是太太。太太當然不知道曾野先生常來這裡，所以你說感謝您經常光臨本飯店，當然是不行的嘛。」

「真的耶……」

新田心想，被踩腳也是活該。

「以往他都用現金付帳，應該是怕被太太看到信用卡的明細帳單。可是這次情況不同，所以我要問他支付方式。」

「原來如此。」

「況且，我的猜測也有可能是錯的。為了以防萬一，我才問他是不是第一次來住我們飯店，結果你也聽到了。」

新田頻頻點頭，看著氏原像能劇面具的臉：「我完全明白了。能在瞬間做出這麼深入的判斷，不愧是專業的。」

氏原稍稍垂眼說：「當了這麼久的飯店人，這種程度的應對是應該的。」

「真厲害。話說回來，那個老公跟情婦來的時候，為什麼不用假名呢？」

「可能第一次訂房時，不經意用了本名，假名不是臨時可以想出來的。也有可能是，那時候需要用信用卡。不管如何，一旦用了本名入住，第二次就很難改口要用別的名字。」

氏原答得明快又有說服力，能夠這樣不假思索地回答，應該是有很多次類似的經驗。

「我真是上了一大課。順便想請教你一件事，帶老婆小孩來平常和情婦偷情的飯店過年，究竟是怎麼回事？飯店的人可能記得他的長相，這種事通常會避免吧。」

「關於這一點……」氏原答得吞吞吐吐，舔了舔嘴唇：「坦白說，我也想不通。你說的對，通常肯定不會這麼做。剛才曾野先生也是一副心神不寧的樣子，所以我猜這次來住這裡，可能不是他的主意。」

「不是老公的主意，那是他太太的提案嘍。」

「這個時期，會全家到都市飯店過年，通常是太太的主意。因為這樣就不用張羅過年的事，可以在飯店輕鬆過個好年，而且他們也預約了美容沙龍，應該八九不離十吧。」

新田看向櫃台桌面，上面放著曾野的住宿登記表。他拿起來看，住址欄寫的是東京的住址，這和名字一樣，應該也是真正的地址吧，畢竟在老婆面前，不敢亂寫。

「這間飯店也是太太挑的吧？雖然老公覺得不妥，也想不出換飯店的理由。」

「應該是吧。不管怎樣，這件事跟你們的工作無關，沒必要這麼在意吧？」

「嗯，也是啦。」

「我想你應該明白，來這裡的客人，很多都有複雜的難言之隱。當一個飯店人，要用心揣度他們的心思，做出適當的對應。不能只知道一點皮毛就胡亂招呼客人，下次絕對不能再犯，知道了吧？」氏原將眼睛瞇成一條線。

「知道了。」新田鄭重低頭。

這時來了一位女性客人，氏原旋即又擺出和藹可親的櫃台笑容，開始招呼。新田望著他的背影，內心欽佩不已。這個人說起話來每一句都很惱人，可是觀察客人的眼力好得沒話說。你來當刑警一定也會很優秀喔——新田看著氏原的背，在心中低喃。但若真的說出口，氏原可能一點也不高興吧。

新田的眼尾餘光，瞄到有人走進大門，定睛一看，是日下部篤哉。他一進大廳就毫不遲疑走向禮賓台，尚美起身，恭敬地對前來的日下部行了一禮。

21

尚美將一張文件放在禮賓台上，對日下部說明自己的想法。日下部看著那張文件，細聽尚美說明，一路聽到最後，完全沒有插嘴。

「您覺得如何？」尚美有些緊張地問日下部。

「嗯……」日下部沉吟，交抱雙臂，沉沉地靠坐在椅背上，眼神帶著壓迫感，默默地凝視著尚美。

「您不喜歡嗎？」尚美膽顫心驚再問。

日下部仍然不發一語，闔上雙眼，胸部微微起伏。尚美感到時間沉重緩慢，悶得快要窒息。

日下部終於微微一笑，睜開雙眼。

「有意思。妳想到的點子，真的很有意思。」

「您的意思是……」

日下部以指尖敲敲桌上的文件。

「我就採用妳的提案吧。不曉得會不會成功，但不管結果如何，我都非常期待。」

「感謝您的採用。」尚美覺得胸口大石倏然落下，取得代之的是安心感在心中擴散。「那我就開始著手準備，您還有沒有什麼要求？」

「目前沒想到。等我想到的話，立刻跟妳聯絡。」

「好的，等候您的聯絡。」

「不過。」日下部歪著頭又說：「如果上面寫的都能實現，這樣就應該很夠了。可是真的辦得到嗎？」

「我會盡力。」

「盡力？」日下部的語氣沉了下來。

「不，我會辦到。無論如何都會辦到。」尚美連忙堅定地改口。

「嗯。」日下部激賞地看著尚美，點點頭。「那就拜託妳了。先前我也說過了，要花多少錢都不是問題。」

「這樣啊。可是我覺得有必要先跟您談一下費用的事……」

「不用談，事後向我報告就好。」日下部大手一揮，繼續說：「嗯，真的很令人期待。順利的話，明天晚上以前就能……」停了一下，又愁眉苦臉地問：「還不能跟我說她的名字嗎？」

「真的很抱歉，這實在有點為難……」

「好吧，沒關係。我們暫且稱她淑女吧。」

「好的，淑女。」

日下部喜歡裝模作樣，尚美也逐漸習慣了。

「想到明天晚上之前，我就有可能和淑女獨處，實在很興奮。祈禱這件事能夠順利成功。」

日下部站起身。「有什麼狀況，隨時向我報告。」

尚美也站了起來：「好的，沒問題。」

日下部意氣風發地走向電梯廳。尚美目送他離去，心情有些複雜，一方面是提案被採納鬆了一口氣，一方面也為能否順利達成而忐忑不安。

「已經敲定方針了嗎？」背後傳來聲音。

尚美回頭一看，是新田。他拿起禮賓台上的文件問：

「『長腿叔叔作戰計畫』？這是什麼？」

尚美立刻搶回文件：「你不要隨便亂看。」

「這是要讓日下部和牧村……呃，不，和仲根綠兩人獨處的計畫吧？」

「要說日下部先生和仲根綠小姐，不可以直呼客人的名諱。」

「這個計畫蠻有趣的。我剛剛大致瞄了一下，第一眼就看到這個『驚喜鮮花』。」新田指向文件。

「這不關你的事。」

「怎麼會不關我的事？我說過了，那位小姐是我們的監視對象。如果妳對她提供的不是一般服務，而是什麼特別企劃，我有必要掌握內容。」

尚美打直背脊，鄭重對面刑警。

「既然如此，也請新田先生亮出你的牌。」

「我的牌？」新田一臉詫異，側首不解：「什麼意思？」

「之前打掃仲根綠小姐的房間時，你好像發現了什麼，匆匆忙忙就走了。你到底發現了什麼？請告訴我，這就是我說的牌。」

「哦，那個啊。」新田邊點頭，邊晃動身體。「不是什麼大不了的事。」

「不是什麼大不了也請告訴我。」

「如果我告訴妳，妳會告訴我『長腿叔叔』的計畫嗎？」

尚美輕輕點頭：「好，我告訴你。」

新田掃視了一下周遭，朝尚美靠近一步。

「我發現的是，他們果然不是夫妻。真正的夫妻過夜，會留下一些家庭生活的痕跡吧，例如，房裡應該有裝著髒襪子或內褲的塑膠袋，或是取代家居服脫下的T恤或汗衫。可是那個房間，完全看不到這種東西。」

尚美眨眨眼，看向新田：「還有呢？」

「只有這樣。妳不覺得這是不能看漏的重要事情嗎？」

尚美不以為然。新田想到的，她也有發現，但真的只是這種程度的事？尚美回想新田那時的反應，覺得他應該是發覺了更大的事。

「好，我說完了。輪到妳說。」新田催促她。

雖然不甘願，但尚美也想不到理由拒絕，只好把文件遞給新田。

「我的計畫是，對仲根小姐提供特別服務。當然不會搬出日下部先生的名字，而是以飯店的名義招待她。」

「什麼服務？」

「譬如送花束去她房間，女人收到花都會很高興。」

「這就是驚喜鮮花吧。可是她不會起疑嗎？為什麼飯店要送她花？」

「送花的理由，隨便編都有一堆。」

「譬如中獎了？」

「這個也不錯。」

新田貌似不太能接受地看向文件：「晚餐時還送香檳啊。」

「不曉得仲根小姐他們今晚會在哪裡用餐，如果在飯店的餐廳，或是叫客房服務，我打算編個理由送她香檳。他們昨夜也叫了香檳，應該不討厭吧。」

「原來如此。」新田點頭。「其他還準備很多計畫的樣子，可是只有自己連續受到飯店招待，她不會覺得毛毛的嗎？」

「你說的有道理，所以我會看他們的反應再說。就算她不覺得有什麼，可是和她在一起的男人覺得怪怪的，這樣也不行。」

「最終目的是什麼？」

「我打算明天盡早，趁仲根綠小姐獨處的時候，把真相告訴她。說昨晚的一連串招待，其實是有位先生委託我們送的，這位先生想和仲根綠小姐單獨見面。如果她願意，我們會安排機會，問她意下如何。」

「咦？」新田稍稍往後仰。「妳想得真周到啊。即使仲根綠小姐拒絕，這件事也能在雙方不認識的情況下落幕，不用擔心日下部先生會難堪。」

「沒錯。」

「不過，在這種情況下，我不認為有女人會不想知道那個男人是誰……」新田說到這裡，忽然彈指。「我懂了，所以才叫做『長腿叔叔』。」

「沒有人不想知道長腿叔叔是誰。」

「真是個好主意。成功率應該很高。」

「希望能順利就好。」

尚美話說得保守，但內心也認為成功率應該超過五成。如果仲根綠他們真的是夫妻，事情可能有點難辦，但若兩人是不倫關係，仲根綠白天一人獨處，去見見「長腿叔叔」應該無妨吧。

「我想拜託妳一件事。」新田說：「這個計畫，可不可以也讓我們幫忙？」

「你們要參與？為什麼？」

「當然是因為鎖定了那位小姐，如果有機會跟她接觸，我不想放過。」

「很抱歉，我不是為了警方才擬定這個計畫……」

「這我知道。我們不會礙事，況且妳一個人也做不來吧？總需要有人幫忙吧？既然要找人幫忙，把這個任務交給我們應該沒問題，不是嗎？」

新田說得很快，快到不給尚美插嘴的時間，雙眼射出銳利的光芒，宛如已叼到獵物的獵犬。

尚美見狀暗忖，他果然是刑警。接著尚美看著新田手中的文件，心想自己一個人確實做不來，如果新田他們來幫忙，要給他們做什麼工作呢？

尚美在思索之際，新田彷彿看穿她的心思：「我可以說說我的想法嗎？」

「你有想做什麼嗎？」

「有。」新田露出意味深長的微笑，指著文件某個地方：「這個角色，請務必讓我來做。」

尚美定睛看他指的地方，然後抬眼端詳刑警的臉：「為什麼？」

「有點原因。不過妳不用擔心，我絕對不會給妳添……」新田說到這裡突然打住，視線移向別處。原來是仲根綠從大門走了進來，神情顯得鬱悶，腳步也稱不上輕盈。

新田走過去打招呼：「歡迎回來，仲根小姐。」仲根綠驚愕止步，看了看新田，輕輕點頭致意，隨即起步走向電梯廳。

「請好好休息。」新田看著仲根綠的背影說，然後走回尚美那裡：「女主角登場了。」

「果然是一個人啊。那位仲根先生，什麼時候會回來呢？」

「不知道。」新田歪著頭說：「如果有什麼隱情，兩人不會大搖大擺一起回飯店吧。」

「嗯，有道理。」尚美表示贊同，確實如新田所言。這間飯店和地鐵車站相連，停車場也在地下室。從地下樓層也可以搭電梯到客房，很多不想公開露面的知名人士都走這裡，不倫的嫌疑越來越深。如此一來，「長腿叔叔作戰計畫」的成功率也越來越高了。尚美隨即掏出手機訂花。

尚美站在一七〇一號房前，做了個深呼吸再按下門鈴。事前，她已打過電話，說飯店要送禮物來，所以房裡的仲根綠他們應該不至於慌張，當時接電話的是仲根綠。門一開，出現一張異國風情的臉，顯得有些困惑，但看到尚美捧的花束後，整張臉亮了起來，表情充滿喜悅。

「很抱歉，打擾您休息了。剛才在電話裡也向您說明了，負責打掃您房間的清潔人員，想送您一份禮物。我給您送來了。」尚美語畢，獻出花束。這是以粉紅百合和粉紅玫瑰為主的花束。

「我真的可以收下嗎？」仲根綠問。

「當然可以。我們飯店在年終都會舉辦一項活動，從住房的客人裡，選出一組將房間保持得最乾淨的客人，由房務部送花致意。請您收下，千萬別客氣。」

「原來有這種活動啊。謝謝你們。這花好美啊……」

「您不介意的話，我幫您把花擺到您喜歡的位置吧？」

「啊，不用了。我自己擺就好。」仲根綠滿臉笑容收下花束。「真的很謝謝你們。」

「那我失陪了。請好好休息。」尚美行了一禮，等房門關上後才離開。

首先完成第一階段了，尚美撫胸鬆了一口氣。

22

新田站在角落，看著穿門房小弟制服的關根，推著餐車朝走廊走去。一七〇一號房在轉角處，因此在走廊的最深處，正是走廊盡頭左邊的那扇門。關根在門前止步，按下門鈴。不久，門開了，關根說了幾句話，便推著餐車進入房間。

餐車上擺的是，用客房服務叫的晚餐，兩人份的特餐與香檳。客人點的是兩杯香檳，但關根送來整瓶香檳，這是也「長腿叔叔作戰計畫」的一環。關於這一點，關根也合情合理地說明過去了。關根走出房間後，在門口行了一禮，返回走廊。

「怎麼樣？」新田問：「我看你走進去了。」

關根一臉遺憾地搖搖頭。

「我只到了起居室的入口前。有聽到電視聲，但完全不知道裡面的情況。」

「果然沒能進到裡面啊。」

兩人進了電梯，按下一樓的按鍵。

「關於香檳，她有沒有說什麼？」

「她說我送錯了，她叫的是兩杯香檳。我就照山岸小姐交代的，先向她道歉，然後說這是我們的疏失，這瓶香檳就送給他們。」

「她有沒有覺得奇怪？」

「我也不知道，不過顯得不好意思的樣子。」

「說不定她內心，其實不太高興。如果她是個酒鬼就算了，如果不是，一個人要喝一瓶香檳也太難了。」

「真的。」

新田聽到仲根綠叫客房服務點了兩份晚餐後，便去警備室看監視器畫面。結果一七〇一號房，除了仲根綠以外，果然沒人進入，看來她確實假裝夫妻同來。但目的又是什麼呢？和目前在追查的案子是否有關？新田無論如何想弄個明白。

兩人來到一樓的禮賓台，尚美等不及似地起身問關根：「結果怎樣？」

「我覺得蠻順利的，她收下了整瓶香檳。」

「料理呢？你有確實把餐點都擺上桌？」

「我一進房間，她就叫我把餐車放在入口處，所以沒能進去擺餐點。」

聽完關根的說明，尚美露出安心之色：「這樣啊，那就好。」特餐的餐點數量很多，雖然把香檳送給仲根綠是重要任務，但尚美更擔心，門外漢的關根不懂如何擺桌，萬一真的要擺可能會露出馬腳。

「花也送了，香檳也送了，接下來主戲要登場了吧？」新田說。

尚美不安地看向新田：「你還是想去嗎？」

「對啊，有什麼問題嗎？妳已經送花去了，禮賓員一再造訪會讓人起疑喔。」

「話是沒錯……」

「別擔心，我一定會成功的！」新田語畢輕拍自己的胸口時，上衣的內側震動，他掏出手機一看，是本宮打來的。

「喂。」新田接起，應了一聲。

「關於仲根綠，我有事要跟你說，有空過來一下。」

「好，知道了。」

掛斷電話後，新田對尚美說：「那麼待會見。」便朝事務大樓走去。

會議室裡有稻垣和本宮，新田向他們報告關根去仲根綠房間做客房服務的情況。

「明明只有一個人，卻叫兩份晚餐特餐，越來越可疑吶。」本宮向稻垣說。

「這實在不像打腫臉充胖子或是鬧著好玩，雖然不知道跟我們在查的案子有沒有關係，可是我想知道她為什麼這麼做，有沒有辦法查一查？」

稻垣這麼一問，新田歪著頭說：

「又不能直接去問她本人，目前我是先加入山岸小姐的計畫，先觀察一下再說。」

稻垣有些失望，嘆了口氣。

「上次來潛入調查時，我就覺得飯店的怪客蠻多的。這回居然還有求婚遭拒，隔天就對別人一見鍾情的怪咖，看來這個女人也藏著什麼祕密，到底怎麼回事？」

「他們都戴著面具啊，名為『客人』的面具。」新田說出以前從尚美那裡聽來的話。「話說回來，你要跟我說什麼？」

「就是這個。」本宮拿起仲根伸一郎的駕照影本。「我請愛知縣警協助調查，查了這個住址的公寓，結果他沒住在這裡喔。」

「會不會是搬家了？」

「看來是的。現在住在這裡的人，是今年夏天搬進來的，什麼都不知道，我已經請愛知縣警再詳查一下。還有另一件事，仲根伸一郎向飯店訂房時有留手機號碼，可是一直打不通。」

新田以拇指彈彈鼻尖：「這一切都很怪啊。」

「仲根綠仍是需要緊盯的人物，但別把注意力都放在這裡，以免錯過其他重要線索。」稻垣語氣低沉，凝重地說：「真正的關鍵人物，說不定接下來才會出現。」

「今天的入住客人，光是我有掌握到的就有上百人。」

「飯店也正式啟動準備明天的跨年晚會了。人潮一旦多起來，兇手可能更容易達成目的，一定要小心謹慎！」

「知道了。」新田點頭答道，內心不禁暗忖，為了辦這個案子，這不曉得第幾次被叮囑了。

新田看看手錶，已經過了八點五十，便向氏原說：「我離開一下。」入住的尖峰時段過去後，櫃台只剩他們兩人。

「你要去哪裡？」氏原問。新田認為並沒必要跟他詳細說明，只應了一句：「去個地方。」

這時尚美正在禮賓台講電話，神情緊張。「好……那麼就照預定的。……好，這次臨時拜託您這麼困難的事，真的很抱歉。……好，那麼付款方式就照您說的。……好，真的很感謝，還請多多幫忙。」一連串的道歉與感謝之後，尚美掛斷電話，抬頭看到新田，嘆了一口氣：「那邊已經準備好了。收到暗號，隨時可以開始，終於要上場了。」

「那我去了。」

尚美認真看著新田：「新田先生，你真的沒問題？」

「沒問題啦，妳很煩喔。」

「請牢牢記住，接下來你做的事，都是屬於飯店服務的一環，拜託你千萬不能失禮，沒問題吧？這不是在偵查辦案，請以服務客人為優先。」

「我明白。放心交給我吧。」

尚美臉上掛著「你真的明白嗎」的表情拿起電話，以修長的手指撥打內線一七〇一。尚美將話筒抵在耳朵，神情顯得有些緊繃，看來對方接電話了。

「仲根小姐，老是打擾您休息，真的很抱歉。我是禮賓部的山岸。……是的，我之前有去過。是這樣的，我們有事要通知您，部門的同事想去房間拜訪您，請問現在去方便嗎？……這個待會兒請直接問部門的同事……。這樣啊，那我們這就過去，請您稍等。不好意思，打擾了。」

尚美放下話筒。

「看來她同意了？」

「是啊。」尚美點頭，看向新田。「你知道順序吧？」

「牢牢記在腦子裡了。」新田指著太陽穴，然後走向電梯廳。

電梯到了十七樓，新田走向走廊，一七〇一號房在走廊盡頭的左邊，新田按下門鈴。門開了，從門縫看到仲根綠，她穿著澤光閃閃的灰色連身裙，質料看起來相當高級，不像是家居服。

「不好意思，在您休息的時候突然來打擾您。」新田行了一禮。「我是來通知您，飯店有一個特別活動。」

「特別活動？」仲根綠眨了眨長睫毛，在微弱的室內燈光下，更顯妖豔。

「只限今夜的特別活動。如果您現在不忙，能否讓我為您說明一下？」

「好啊，沒關係。」

「可以的話，」新田打量她的神情。「如果能讓我進去房間，比較容易說明。不曉得您方不方便呢？」

「要進來房間啊？」仲根綠露出猶豫之色。

「當然，您可以和您的同伴商量再做決定。」

「他……我先生，現在剛好外出……」

仲根綠語尾顫抖，新田沒有聽漏。

「這樣啊。那等您先生回來了，我再來向兩位說明吧。」

「啊……不用了，跟我說就好，我沒問他什麼時候回來。」仲根綠露出思索的表情，半晌後下定決心般，點頭說：「好吧，那麼請進。」

「可以進去房裡沒關係？」

「是的。」

「那我打擾了。」新田行了一禮，踏進房裡，隨手立起防盜門閂，讓門不會自動關上，這是工作人員進入客房的基本常識。

隨著仲根綠進入起居室後，新田發現裡面的情況，和白天與清掃員來的時候不同。大衣隨便扔在沙發上，包包也亂丟在一旁，完全不像兩個男女曾坐在沙發上放鬆的模樣。茶几上的書、香菸、打火機，全都原封不動放在原位。

「接下來呢？」仲根綠回頭問。

「請走到窗邊。」

這是邊角的房間，南邊與西邊各有一扇窗，新田走向南窗。南邊的窗旁有一張桌子，餐車擺在桌旁。桌上擺著的應該是用完晚餐的兩人份餐具，但現在上面蓋著一塊白布，看不到底下的餐具。餐車上擺著一瓶香檳，剩下半瓶左右，果然一個人喝不完。

新田拉開窗簾，霎時出現美麗的東京夜景，接著他掏出手機撥打，尚美立即接起：「喂。」

「這裡已經準備妥當。」新田說。

「好的，那我開始了。」

新田掛斷電話，問仲根綠：

「能不能麻煩您關掉房裡的燈？」

「哦，好。」

仲根綠按下牆上的開關，窗外的夜景顯得更美了。然而，新田想讓她看的，當然不止這個。

下一個瞬間，前方大樓牆上，赫然出現一排字：「歡迎光臨東京柯迪希亞飯店！」

「咦，這是什麼……」仲根綠睜大眼睛。

文字消失後，整面牆變成粉紅色，是櫻花盛開的畫面。接著轉為藍天，掛著一道彩虹。然後天空逐漸暗下來，出現了煙火陸續打上夜空的絢麗影像。

「這是怎麼回事？」仲根綠驚愕地問。

「這是我們獻給您的特別服務。」新田恭敬行禮。

23

尚美屏氣凝神，看著手機畫面陸續出現的影像，此刻仲根綠在房裡，應該也在看相同的影像。「長腿叔叔作戰計畫」的最大亮點，就是這個特別影像秀，這個燈光影像秀是臨時緊急拜託公關公司做的。通常要提前兩星期預訂，何況要當天播放根本不可能。可是尚美不斷懇託，說用現成的影像組合剪接就行了，公關公司才勉為其難接下來。

接著是協調工作，因為影像要打在附近大樓的外牆上，當然必須徵得大樓許可。起初不曉得要和誰聯絡，尚美也吃了不少苦，然而吃的苦越多，成就感也越大。雖然不知能否打動仲根綠的心，但尚美覺得盡最大的能力了。

她看著手機畫面時，聽到有人從上面喚她：「山岸。」尚美抬頭一看，氏原站在那裡。

「新田先生去哪裡？我剛才看他走向電梯廳，該不會去客人的房間吧？」

「對啊，沒錯。他去客人的房間，是因為我這邊工作的關係，新田先生說想幫點忙。」

氏原一臉傻眼地搖頭：「幾號房？」

「一七〇一號房，有什麼問題嗎？」

氏原沒有回答，逕自快步走向電梯廳，尚美也隨後追上去。

「到底怎麼了？」

氏原走到電梯廳，按下按鍵，轉頭對尚美說：

「我對新田刑警說過，除了櫃台以外，他要在哪裡做什麼都是他的自由。可是讓一個刑警，獨自去客人的房間，實在太荒謬了。這一點道理，妳應該也懂吧？」

「這個道理我懂了。可是新田先生跟一般刑警不同，況且他只是去房門口傳達事情。」

「既然如此，為什麼沒有馬上回來？妳不覺得有問題嗎？」

尚美為之語塞，氏原說的有理。電梯門打開，氏原走了進去，尚美也跟著進去。

「妳太過相信那個男人了。他是刑警，一定認為給飯店添麻煩沒什麼吧。」

「他不是這種人。」

「妳太天真了。別以為總經理欣賞妳，妳就得意忘形。」

尚美瞪向氏原的扁平臉：「我幾時得意忘形了？」

電梯抵達十七樓。氏原沒回答尚美的問題便走出電梯，小跑步奔向一七〇一號房。

來到房門前，氏原看到房門扣著防盜門閂，沒好氣地回頭對尚美說：「我說的沒錯吧！」然後按下門鈴。不久，門開了，出現的是新田：「咦？你們怎麼來了？」新田詫異地交互看著尚美與氏原。

「新田先生，你為什麼進入客人的房間？」尚美問。

「哦，順著情勢發展就……」新田說得含糊其詞。

「怎麼了嗎？」新田背後傳來仲根綠的聲音。

「不好意思，仲根女士。」新田說：「這位是擔任這次特別活動的禮賓員山岸小姐，她想問問您的感想。可不可以讓她進去？」

「好啊，請進。」

新田對尚美使個眼色，尚美看向氏原。

「等一下請說明清楚。」氏原沒有特別針對誰，扔下這句話就走了。

「打擾了。」尚美打了個招呼走進房裡。

來到起居室，看見仲根綠站在窗邊，持續在欣賞影像秀。房裡只有她一個人，沒有同房男人的身影。

尚美走過去問：「您覺得如何？」

仲根綠回頭看了一眼，隨即又望向窗外。

「太美了。我完全沒料到，可以看到這麼美的東西。」

「這是除夕前夜的特別活動。」尚美說。

「除夕前夜？」

「就像耶誕夜一樣，我們想說有個除夕前夜也不錯。當然其他房間也看得見，可是這個房間看的角度是最美的，所以我來請問您的感想。」

「原來是這樣啊，真的太美了。託你們的福，我覺得可以過個好年，真的很感謝你們。」

「您的滿意是我們最大的榮幸，那我告辭了。不好意思，打擾了。」

尚美行了一禮準備離開時，看到一旁的桌子，上面蓋著白布，但也有沒蓋到的地方。看到這裡，尚美心頭一驚。新田和她對看了一眼，他那認真的表情，彷彿在對尚美說，我們現在就默默離開吧。

於是尚美再度說了一次：「那我告辭了。」便走向房門，新田也跟在後面。兩人步出房間後，一直默默走到電梯廳，直到進了電梯後，確定沒有旁人才開口說話。

「新田先生，你早就知道了吧？」

「知道什麼？」

「少跟我裝蒜，你看到那個桌面了吧？有一組刀叉完全沒用過。也就是說，她叫了兩人份的晚餐，可是只有一個人吃，其實她是一個人來住飯店，並沒有男伴吧。」

新田笑了笑，搔搔鼻子：「真厲害，我就知道妳一定會發現。」

「你是在打掃房間的時候發現的吧，當時為什麼不告訴我？」尚美極力保持冷靜，但聲音有些尖銳。

「那個時間點，我還無法確定。後來看了監視器畫面，發現進出那個房間的人只有她，所以才確定的。」相對的，新田的語氣很沉著。

「既然如此，確定了以後也可以告訴我啊？」

新田有些尷尬，鼻樑皺起皺紋。

「因為上面下達指令，叫我先別說。可是一看到妳，要我不說也痛苦，所以剛才我動了一些手腳。」

「什麼手腳？」

「我先前進入那個房間時，白布是完全覆蓋著桌面的，什麼也看不到，當然也包括那一組沒用過的刀叉。」

電梯抵達一樓，新田按著「開」的按鍵，讓尚美先出去。

「你為了讓我注意到，所以挪了一下白布？」

「對，就是這樣。我不奢望妳感謝我，只希望妳別再責備我，說我瞞著妳。」

「我並沒有責備你啊。」尚美止步，看向新田。「話說回來，仲根小姐又為什麼要撒那種謊呢……？」

「問題就在這裡。」新田豎起食指。「明明一個人來住飯店，為什麼要偽裝成夫妻兩人一起來？餐點也叫兩份，實在太超過。這樣只是多花錢，沒什麼好處吧，這也是我們必須繼續監視她的理由。」

「原來是這樣啊。」

「不管怎樣，對妳而言，這也是相當有用的情報吧。既然她沒有男伴，妳履行和日下部的約定，難度降低很多吧。」

「既然不知道仲根小姐的目的為何，這都很難說。同樣的……」尚美凝視新田。「我知道警方盯上仲根小姐的理由了，可是請你們別用強硬的手段逼出真相，每個客人都有他的難言之隱。這次，仲根小姐是戴著『夫妻同行』的面具入住飯店，那麼我們就得尊重她的面具，這是飯店人的職責。」

新田莞爾一笑：「很像妳會說的話。」

尚美狠狠地瞪著他：「你是在挖苦我？」

「我沒有。」新田趕忙搖手，恢復正經的表情。「不過那個人……仲根小姐的面具，剛才摘掉了一下子。」

「什麼時候？」

「她在看影像秀的時候，我看著她的側臉瞄到的。」新田以指尖按著自己的右眼下方。「她的臉頰流了一行淚，我不覺得單純只是被影像感動而已。」語畢，新田對尚美點點頭，又說：「給妳當參考。」

「這件事確實值得留意。不過，新田先生。」尚美看著刑警繼續說：「就算客人摘下面具，我們也要裝作不知道，這是飯店人的工作。」

新田再度放鬆表情。

「我知道啦。這一點，我們當刑警的也一樣。就算對方摘掉面具，我們也要假裝不知道，藉以更接近對方的真面目。」

「可是也要小心點，別因為這個執念太強，而誤判了與客人的距離。靠得太近，有時也會傷到對方。」

「這點妳不用擔心。妳別看我這樣，我對這種距離感很有自信。」新田拍拍胸膛。

「這樣啊。那我跟你說一件令人玩味的事。」

「什麼事？」

「這數十年來，鐘錶的時間越來越準，就算便宜貨，一天的誤差也不會超過一秒。可是你知道嗎？結果赴約遲到的人卻越來越多。」

「這樣啊？這我倒是不知道。」

「有些人因為知道正確的時刻，為了盡量把時間用在自己身上，總是拖到最後一刻才赴約，結果遲到了。據說這種人要讓他戴不太準的錶反而比較好，因為擔心遲到，他們在時間的運用上才會比較有餘裕。」

「哦，原來如此。」新田點頭後，又側首不解地問：「這跟我有什麼關係？」

「就跟不可以過度依賴手錶的道理一樣，你只憑感覺行事也是很危險的。和時間一樣，心的距離感也有要餘裕。」尚美凝視著刑警的眼：「過度自信是大忌。」

新田大大地深呼吸，胸部上下起伏，用力點頭：「我會牢記在心。」

「你可能覺得我是狂妄的女人吧。」

「不會，我覺得受益匪淺。」語畢，新田轉身大步離去。

24

「所以，仲根綠的行為確實太反常，想必有什麼隱情。確定她和這個案子無關之前，就算有些強硬，我們也會繼續監視她。」

聽完新田報告事情的始末，氏原依然一張能劇的面具臉，但確實浮現不滿與不信之色。有時面無表情，反而更能凸顯強烈的訴求。兩人在櫃台後方的辦公室對峙，新田一回來，氏原就要求他說明。其他櫃台人員察覺情勢不對，覺得氣氛尷尬，全都紛紛離開辦公室了。

「你想說的，我都明白了。」氏原淡定地說：「儘管如此，有些事還是不可以做。連我們真正的飯店人，進入客人房間都要十分謹慎了。」

「我進去之前，有徵得客人同意。」

氏原皺了皺細眉。

「詢問女性客人，能不能進入房間，這本身就是錯的。看在對方眼裡，你也是個飯店員工。如果她認為這間飯店很失禮，對員工的教育不足，我們也只能摸摸鼻子認了。我明白你必須監視她，希望你能用別的方法。」

「可是，仲根綠不僅沒有表示不悅，看影像秀的時候還很感動。」

「這是結果論。還有，不要直呼客人的名諱。」

「啊，抱歉。」新田連忙捂嘴。

氏原看了看手錶。

「我當你的輔佐角色，還有二十四小時，希望你在這段時間內乖一點。」

「我一直很乖喔，身為飯店人的時候。可是當刑警太乖的話，抓不到犯人。」

聽到新田如此回嘴，氏原的臉抽動了一下。新田見狀擺出防衛架式，生怕氏原又要訓人，不料氏原鬆掉肩膀的力氣，自言自語般地說：

「真搞不懂，為什麼山岸對你的評價那麼高。」

「她對我評價很高？真是我的榮幸啊。」

「不過。」氏原凝視新田說：「你別想呼嚨我。」

「哈哈哈。」新田輕笑。「我怎麼呼嚨你了？」

「我以我的工作為榮。很抱歉，我不認為警察比飯店人更洞悉人性本質——這就是我想說的。」氏原語畢轉過身去：「辛苦了，明天早上八點在這裡見。」

「我們刑警。」新田對著他舉步離去的背影說：「也有自信不會輸喔。」

氏原停下腳步，但沒有回頭，接著又繼續往前走。氏原走了以後，新田的手機響了，是本宮打來的。雖然已經晚上十點多，他們的搜查會議現在才要開始。

會議室裡，新田和同組的搜查員，幾乎全到齊了。大家聚集在兩台液晶螢幕前，聚精會神看著畫面，新田站在眾人後方。其中一台出現的畫面是，一對情侶開心地在走路，地點是這間飯店的大廳。

「接著播放下一段。」上島操作連接螢幕的電腦。

接著畫面出現兩名中年女子，邊走邊聊得很起勁，背景也是飯店大廳。剛才那對情侶，和這兩名中年女子，新田都有印象，他們是今天入住的客人，而且都有報名跨年晚會。

這些影片是守在大廳的搜查員，接獲暗號時偷拍的。大廳也裝有監視器，可以拍到入住客人的身影，可是角度固定且畫質不夠清晰，當然也拍不到櫃台以外的地方和等候同伴辦手續的同住客人，因此得由大廳的搜查員自行拍攝。

確定沒有人發言後，上島敲下按鍵：「好，下一段。」

畫面出現一名年輕男子，戴墨鏡，身穿長版皮大衣。新田對這名男子沒印象，心想可能自己離開櫃台時來辦住房手續的。

「暫停一下。」出聲的資深刑警渡部。「我看過這個人喔！可能是在公寓的監視器看到的，在前半段。」

上島快速敲另一台電腦的鍵盤，另一台液晶螢幕也出現畫面了，是設置在和泉春菜公寓的共同玄關的監視器畫面。

「再往前一點。……對對對，這群人出去以後，再一下就出現了。對！就是這個人！停！」

上島遵從渡部的指示，暫停畫面。畫面上是一名穿皮夾克，短髮的年輕男子。

「怎麼樣？就是他，長相和身材都很像吧，穿衣風格也一樣。」

眾人定睛比對兩個畫面，新田也交互眺望，墨鏡男和短髮皮夾克男，兩個人確實蠻像的。正當有幾個人同意時，本宮說：「抱歉啊，渡哥，不對。」

「不是嗎？」渡部問。本宮的階級比渡部高，但渡部的年紀比本宮大一歲。

「很遺憾，不是同一個人。這個男的，特搜總部傳畫面的時候也出現同樣的看法，所以立刻進行確認，結果兩人的耳型完全不同，而且身高也差了十公分以上。很可惜啊，渡哥。」本宮拿著平板電腦，可能在看特搜總部傳來的資料。

搜查員偷拍的影片，也會傳給特搜總部，那裡有專門的搜查員待命，當場比對監視器畫面和可能拍到兇手的影像或畫面。而現在進行的，是再確認的工作。

上島播放下一段影片，大家聚精會神看著畫面。雖然特搜總部已經比對過了，還是不能掉以輕心，而且大家都有一種想法，倘若找到特搜總部看漏的人一定很痛快。可是影片放完後，這種想法也落空了，今天檢視的客人裡，沒有之前監視器拍到的人。

「好，可以了。辛苦了。」坐在最邊邊看著大家的稻垣，拍了拍手。「開始做例行會報。」

聚集在螢幕前的搜查員，紛紛回座，在本宮的主持下，各個負責人開始報告。首先從打掃房間時發現的問題開始，由渡部代表報告，結果沒有發現攜帶可疑物品的客人。當然沒有檢查包包裡面，只是以目視範圍而言。

接著上島報告，今天入住客人的身分確認與有無犯罪紀錄。藉由姓名住址查出的駕照資料顯示，所有人都和櫃台監視器拍到的影像一致，也沒發現什麼特別犯罪紀錄。但不知道同住的客人名字，而且從名字無法查到駕照的人也有兩成左右，不曉得是用假名，或原本就沒有駕照。

「接下來是潛入組，有什麼要報告的嗎？」本宮看向新田。

「關於自稱仲根綠的女子，依然沒看到她的男伴現身，似乎是假裝兩人同住。」

新田接著說，他參與尚美的計畫進入仲根綠房間，確認仲根綠叫的兩份晚餐，有一份完全沒動過。但沒說看到仲根綠流淚，因為會議上討論情緒性的內容是大忌。

「她的目的為何？果然還是幫男人做不在場證明吧？」本宮問稻垣。

「有可能。雖然不知道是否和這起案子有關，不過明天，如果她外出就跟蹤她。」

「知道了。」本宮回答後，轉而看向新田：「還有別的嗎？」

「還有幾個在意的人。」

新田打開記事本。只要看到稍微有點可疑的客人，他立刻寫在筆記本上。首先是一對情侶，雖然辦理入住的是女方，但是從同住男人的穿著打扮與態度研判，新田覺得是黑道份子。

「門房小弟想幫他拿箱型公事包，他態度強硬拒絕。裡面放的可能是現金，或相當重要的東西吧，除此之外沒有大型行李。訂了元旦前往成田的機場巴士，沒有報名跨年晚會。」

「帶情婦出國玩嗎？蠻有情調的嘛。」資深刑警渡部如此打趣。

「箱型公事包到底裝了什麼，令人在意啊，要不要聯絡組對？」本宮問稻垣。組對是「組織犯罪對策部」的簡稱。

「如果元旦早上，他們乖乖離開這裡，就跟我們無關，先別理他。」稻垣嫌麻煩地說。

新田看著記事本，繼續報告。接下來是一名中年男子，帶著一名顯然未成年的少女來開房間。因為沒有事先訂房，當天就想入住，櫃台人員跟他說沒有空房間，結果男子和少女起了爭執，邊吵邊走出飯店。

渡部「嘖」了一聲：「這回是年底的援交嗎？這個國家到底怎麼了？」

「繼續說。」本宮催促新田。

之後新田也報告了幾個不太對勁的客人，但都沒有特別可疑之處。最後新田提到浦邊幹夫，群馬縣人，在高爾夫之旅的前後，獨自來東京的飯店住兩晚，怎麼看都怪怪的。而且他不用信用卡，身上的現金又不多，看起來不常住飯店，尤其高爾夫球袋上沒有名牌，可能是用假名入住。

「確實有問題。上島，調出他辦住房手續的影片。」

收到本宮的指示，上島立即操作電腦，不久螢幕便出現櫃台監視器拍攝的畫面。上島將畫面快轉，新田看到浦邊出現，隨即喊停：「就是他！」上島按停之後，開始微調畫面，將浦邊的臉調到比較清晰的角度。雖然解析度不高，但可以看到臉部。

「這個男人的駕照呢？」本宮詢問上島。

「浦邊幹夫是嗎？好，我看看。找不到這個人的駕照。」上島回答。

「不過。」新田說：「他沒有報名跨年晚會。」

「這樣啊。」本宮思索半晌，轉而問稻垣：「怎麼辦？先把這個影像傳給特搜總部吧？」

「好，傳過去，以防萬一。」

本宮點頭，指向上島。與特搜總部互傳資料是上島的工作。

「我的報告到此結束。」

新田語畢，會議室響起手機來電鈴聲，結果從懷裡掏出手機的是稻垣。都這麼晚了，打電話給指揮官到底有什麼事？室內的氣氛頓時緊繃起來。

「我是稻垣。……您辛苦了。……啊？真的嗎？內容是什麼？……好，……好。……就這樣？……我明白了。我會轉告搜查員。……好，再見。」掛斷手機後，稻垣呼了一口氣，環顧部下：「是管理官打來的，有人向匿名通報專線提供消息。」

眾人倒抽了一口氣。

「內容是什麼？」本宮代表大家問。

稻垣深深吸了一口氣。

「殺害和泉春菜的兇手，會變裝出現在東京柯迪希亞飯店的跨年晚會，告密者會告訴我們兇手如何變裝，希望我們做好準備，一定要逮捕兇手。大概是這樣。」

25

會議結束後，除了新田之外，其他人都返回久松警署的休息所，今晚應該是他們最後一夜睡在這裡。而新田今年最後一天睡覺的地方，依舊是住宿部辦公室旁的休息室，他去辦公室一看，只見尚美孤零零坐在電腦前。

「還在工作啊？」新田趨向前去，悄聲問。

「想到明天的事，我就坐立難安啊。」尚美以雙手揉太陽穴。

「我們也一樣。不過妳煩心的事，應該不是案件吧。」

「案件就交給你們處理。當然，如果有我能做的事，我會盡力幫忙。」

新田在她身旁的椅子坐下：「請為我們祈禱吧，祈禱我們能順利逮捕兇手。」

「如果只是祈禱，小事一樁。」

「那就拜託妳了。妳煩心的，果然是那名神祕女子的事？」

新田想偷看她的電腦，尚美早一步啪的關上：「對，就是這件事。」

「為什麼呢？『長腿叔叔作戰計畫』不是進行得很順利？剩下的只要跟她說，這些飯店的特別服務，其實都是某位先生為她做的，這位先生想和她單獨見面。只要這樣說就好了不是嗎？那位小姐其實沒有男伴，我覺得成功機率很高喔。」

但尚美看著新田，緩緩搖頭說：「我不這麼認為，所以很煩惱。」

「這我就不懂了，為什麼？」

「如果仲根小姐他們的關係，如你說的是外遇關係，就代表男方有妻室，所以仲根小姐白天必須獨自待在飯店，我也認為事情可能會成功。但現在的情況是，如果她是一個人在扮演夫妻戲碼，事情就難辦了。她可是叫了兩人份的晚餐喔，那就代表她無論如何都要讓人認為，她是和丈夫一起來的。」

「意思是，她戴的面具是，和丈夫外出旅行的幸福妻子？」

「沒錯，她絕對不會把這張面具摘下來。」

「也就是說，就算她對策劃『長腿叔叔』的男人有興趣，也不見得願意和他單獨見面？」

尚美神情凝重地點頭：「因為這種行為不符合和丈夫一起旅行的妻子。」

新田沉沉地靠著椅背，翹起腳來：「聽妳這麼一說，確實蠻難的。」

「對吧？可是事到如今也不能回頭了，只能想想有沒有好辦法……」尚美忽然打住，看向新田的後方，驚呼一聲：「哎呀！」

新田回頭，看到能勢一臉抱歉地站在那裡。「我打擾你們了嗎？」

「沒有，沒這回事。」新田答道，然後看向尚美。「沒關係吧？」

「沒關係，請進。」尚美面帶笑容對能勢說：「好久不見。聽新田先生說你升官了。」

能勢皺起臉，在頭的上方搖搖手，走了過來。

「哪來的升官，沒有的事，只是被使喚得更慘。倒是山岸小姐，妳現在是禮賓員吧，地位變得更華貴了。」

「華貴？」尚美驚愕地睜大雙眼。「你是從哪裡聽來的？我才是被使喚得很慘啊。」

「妳太謙遜了。我一直想一睹妳的風采，可惜遲遲沒機會，因為我來這裡，總是深夜了。」

「深夜？總是？」尚美眨了眨眼，看看新田，又看看能勢。「難不成，你們兩人每晚都在這裡見面？」

「雖然同在搜查一課，可是不同組，總是有些麻煩。」新田解釋：「我們都必須顧慮彼此的上司，迫於無奈，只能私下在這裡交換情報。」

「也順便喘口氣。」能勢將超商塑膠袋擺上桌。半透明的袋子裡隱約可見罐裝啤酒、罐裝威士忌蘇打，以及一些零食，尚美看了不禁傻眼苦笑。能勢從袋裡取出罐裝威士忌蘇打，放在新田的前面。

「山岸小姐要不要喝威士忌蘇打？不然就只有啤酒了。」

「不了，我不喝。」

「有什麼關係呢，偶爾也陪我們喝一下嘛。」新田勸酒。「妳也喜歡喝酒吧？」

上次破案後，新田曾和她吃飯。那時喝了香檳後，兩人各喝了一瓶紅、白葡萄酒。新田記得很清楚，她的酒量不錯。

「那我喝威士忌蘇打吧。」

「請喝，請喝。因為是最後一夜，我正好多買了一些來。」能勢也遞給她一罐威士忌蘇打。

能勢一如往常拿起罐裝啤酒後，三人互道：「辛苦了！」然後各自拉開拉環。深夜的辦公室，響起碳酸彈爆聲。

「今天成果如何？」新田問。

能勢沒回答，繼續喝了幾口啤酒。放下酒罐後，慢條斯理地將手伸進懷裡。這段時間，看也不看新田一眼。

「從你這個故弄玄虛的樣子看來，想必掌握到什麼新的線索了吧。」新田盯著這位不容小覷的刑警。

原本面無表情的能勢，嘴角如消風的橡膠球鬆弛了：「現在還說不準。」

「你就說來聽聽看嘛，是不是那樁三年半前的蘿莉塔殺人案？」

「沒錯，就是這個。」

「不好意思。」尚美開口：「如果你們要談工作的事，那我告辭了……」

「不不不。」新田一臉認真地搖頭。「如果妳有時間，請留下來一起聽。應該沒關係吧，能勢兄。」

「當然沒關係。」能勢用力點頭。「這個案子，女性觀點很重要。而且我們沒跟上司說，只是我和新田兩人在獨自調查，所以真的很想聽聽山岸小姐的看法。」

「既然如此……」尚美已起身，這回又坐了回去。

「我大致跟妳說一下來龍去脈吧。」

新田向尚美說明，這次的案件可能是連續殺人的一環。基於這個推理，請能勢調查過去未破的懸案，是否有類似的案子，結果以電死和蘿莉塔這兩個關鍵字，查到一起三年半前的殺人案，被害人的特徵與案件的情況，酷似這次的案子。

「三年半前的被害人和這次的被害人，家中都有大量蘿莉塔風格的衣服。怎麼樣？有沒有挑起妳的興趣？」新田說。

「這個嘛……有，確實有點興趣。」尚美臉上露出疑惑與好奇心。

新田轉而問能勢：「這回查出什麼了嗎？」

能勢攤開記事本，豎起食指。

「被害人是獨居女子，這個上次也說過了吧。這次我又查出了一些詳細資料。」

據能勢所言，被害人名叫室瀨亞實，二十六歲，岐阜縣出身，一邊在稅務會計師事務所上班，一邊學習想當繪本作家。

「就如上次所言，她在浴室被電死，血液裡驗出安眠藥。發現遺體的是職場同事，因為她連續無故曠職又沒聯絡，同事覺得可疑前來看看。當時門是上鎖的。」

「為什麼偵查會出現困難？」

「主要的原因在於，無法完全掌握被害人的人際關係。她在稅務會計師事務所，做的工作大多是面對電腦處理行政事務，幾乎不跟人說話，所以也沒有比較親近的同事。但她倒也不是全然沒跟人聯絡，有些人聯絡得很頻繁，但都是透過網路。」

「就是那個社群網站嗎？」新田語帶失望。因為這種空虛的人際關係，對案情沒什麼幫助。

「比那個稍微管用些。被害人想當繪本作家，有個網站可以公開發表作品，互相批評指教。被害人常上那個網站，也和在那裡認識的朋友有各種交流。」

「網友會？也就是實際見面那種？」

「這還不能確定。不過以搜查紀錄來看，沒有把那個網站認識的人，當作嫌疑對象。」

「嗯……這種通常不會列入。」

在交友網站認識且實際見面的人，後來發展成殺人案屢屢可見。可是在繪本創作網站認識的人，確實很難連想到這種發展。

「不過在她的電郵紀錄裡，發現一個重要人物，是個和被害人開始交往不久的男子。」

「咦？」新田睜大眼睛。確實出人意外。「查出他身分了嗎？」

「查出來了，是被害人常去的畫具店店員。」

能勢說那個人叫野上陽太，比被害人大一歲。

「當然，搜查員也去問了這位野上青年，紀錄也還留著。但我認為直接找他談比較快，問了那間畫具店，他現在還在那裡上班。」

「你該不會去見過他了？」

「見過了，今天傍晚，俗話說打鐵要趁熱嘛。啊，已經過了十二點，算是昨天吧。」

淡然地出說重要的事，也是能勢風格。

新田彈指，然後指向能勢：「果然動作很快！結果問出了什麼？」

「野上青年說，他和室瀨小姐交往了兩個月，就只是一起看看電影，吃吃飯這樣。」

「肉體關係呢？」

新田瞄到尚美的身體晃了一下，心想會不會是這個問題太露骨。但現在顧不了那麼多了，這是很重要的事。

「野上青年說得避重就輕，但承認被害人室瀨亞實去過他的房間兩次。我想應該有吧。」

「關於這起案子，野上怎麼說？」

「他只說很震驚，受到很大的打擊，可是完全不知道怎麼回事。還說跟室瀨小姐見面時，聊的都是彼此的夢想，其實對她所知不多，很多事都不知道。順帶一提，野上青年未來的夢想是當畫家。」

「很多事都不知道……這指的是什麼？」

「比方說……」能勢看向記事本。「首先，他不知道室瀨小姐的住處。」

「不會吧！」新田驚呼，打直背脊。一旁的尚美也相當驚訝。

「他說只知道最近的車站，但室瀨小姐沒有告訴他正確地點，所以也沒去過她家。他也說過想去她家玩，可是被拒絕了，說房間太亂不想讓他看。這一點在搜查紀錄也佐證了，調閱室瀨亞實公寓的監視器，追溯到一個月前，都沒出現到野上青年的身影。」

「這麼說……他是清白的嘍？」

「對，他是清白的。」能勢一臉認真地回答。「正因為這樣，所以那時候搜查團隊也排除了他的嫌疑。」

「野上沒去過被害人的住處……這麼說來，他應該也不知道她房間裡有很多蘿莉塔風格的服裝吧？」

「這一點，我也問過他本人。他好像不知道，我跟他提了他才知道，所以當時警方也沒問他這件事吧。他還一直問我，室瀨小姐真的有那種衣服嗎？一直到最後都難以置信的樣子。他說室瀨小姐畫繪本，所以喜歡想一些童話夢幻的故事。可是穿著打扮並非那種風格，反倒正好相反，通常以褲裝為主，妝化得很淡，頭髮也是短髮。」

「這跟和泉春菜的男孩子氣穿著有共通之處。」

「同感。」能勢闔上記事本。「我從野上青年那裡問到的就是這些，你有什麼看法？你認為三年半前發生的案子，跟這次的案子同一個兇手嗎？」

「嗯……」新田沉吟半晌。「這很難判斷。和泉春菜的情況，已經確認有男人進出過她的房間，肚子裡孩子的父親，可能就是這個男人，他是目前最可疑的人。如果這個男人也是三年半前那起案子的兇手，那他的動機究竟為何？他跟被害人是什麼關係？而且室瀨亞實已經有野上這個男友……」

「會不會是腳踏兩條船？」尚美說得直接了當。

「腳踏兩條船？」新田看向尚美。

「那個女人，沒有讓野上去她家吧？推說房間很亂是藉口，其實是不想讓野上看到有其他男人的跡象吧？也就是這個女人腳踏兩條船。」

新田和能勢面面相覷，同時點頭。

「有道理。」能勢說：「因為有野上青年這個人，搜查團隊可能就沒深入追查被害人的男性關係這條線了。實際上，可能有關係更深的男人。」

「就是這次的兇手？」

「不可能嗎？」

「不。」新田只搖一次頭，「非常有可能。」接著對尚美說：「謝謝妳提供這麼重要的看法，果然厲害啊。」

「我覺得這沒什麼呀。」尚美微笑以對。「為什麼男人不會想到女人劈腿呢？我從以前就覺得很奇怪。」

「這個嘛，山岸小姐，因為男人是過於天真的動物。」能勢說：「男人很難想像，老婆或情人會把自己擺在一邊，去跟別的男人劈腿。」

「就某個層面來說，算是很幸福啊。」

「對啊對啊。」能勢瞇起眼睛喝口啤酒後，一臉正經對新田說：「我去調閱室瀨亞實公寓的監視器畫面。如果是同一個兇手，這次從各處搜集來的監視器畫面，應該會拍到同一個人。」

「那就拜託你費心了。」新田看著能勢犀利的眼光，如此回答。

「話說回來，」能勢稍稍降低聲調：「關於告密的事，你聽說了嗎？」

「聽說了，好像又有人向匿名通報專線舉報了。」

「說會告訴我們，兇手會變裝成什麼模樣出現在跨年晚會，要我們刑警待命。真是有夠愛賣關子的，既然知道兇手會扮什麼模樣，直接跟我們說不就得了。」

「這表示告密者，也要到那時候才會知道吧。不，如果是這樣的話，到時候兇手已經變裝了，告密者怎麼知道那是兇手？這也是個疑問啊。」

「真的有夠莫名其妙，完全搞不懂告密者的意圖。」能勢喝光啤酒，看看手錶。「哎呀，都這個時候了，真的太晚了，那我失陪了。哦，你們兩位繼續，繼續，請慢慢喝。我先告退了。」

能勢戴上針織帽，穿好羽絨衣。「新田，明天就是一決勝負的除夕了，彼此加油吧！」

新田舉起罐裝威士忌蘇打，取代回答。

能勢向尚美說了一聲「預祝妳新年快樂」，便離開辦公室了。

「他像是生來就當刑警的人啊。」尚美佩服地說。

「對吧？我根本比不過他。」

「我不是這個意思，只是……」尚美欲言又止。

「只是什麼？」

「你就算不當刑警也很成功。像現在，飯店人的工作你就做得很好。」

新田笑得左搖右晃：「我可是成天被氏原先生罵。」

「可是你沒被客人罵吧，不僅沒被罵，還讓仲根小姐感動成那樣。不會讓別人感到不悅，也是一種與生俱來的天分。」

「要這麼說的話，妳也有刑警的天分，剛才的那番見解非常中肯。」

「那是因為你們太不懂女人了。」

「既然這樣，能不能順便請教一件事？被害女子收集很多蘿莉風的衣服，妳認為是受到男人的影響嗎？」

幹練的飯店女強人，將罐裝威士忌蘇打放在桌上，偏著頭。

「這就很難說了，每個人的情況不同。如果愛那個男人，應該不會排斥對方希望她穿什麼衣服，而且女人本來就很嚮往，能打扮得和平常的自己不一樣。」

「原來如此。」新田附和，但壓抑了想問「妳也這樣嗎？」的衝動。

「不過。」尚美繼續說：「想穿蘿莉裝，還是需要點動力。」

「動力指的是？」

「通常一般成年女性，大多還是會排斥蘿莉裝，必須要有理由克服這種排斥心態。最好的方法就是儀式。」

「儀式？」

「如果是參加什麼儀式活動，排斥心理就減輕許多。最好的例子就是萬聖節，或是我們飯店的跨年晚會，到時候你看了就知道，大家都穿得很大膽喔。看到那個場景，我真的深深覺得，人都有變裝的欲望啊。」

儀式——這個詞刺激了新田腦內的某根神經。之前他想像被害人穿少女趣味服裝的模樣，身邊站的會是什麼樣的男人，但怎麼想都沒有頭緒。這回以儀式的角度思索，事情就另當別論了。

「真的很感謝妳，妳又讓我靈光一閃了。」

「幫得上忙就好。」

新田喝著威士忌蘇打，不經意看到牆上貼的跨年晚會海報。

「話說回來，日本人也變了啊，過年居然玩起變裝派對。以前我看到美國人玩，是因為他們有萬聖節，所以也不覺得有什麼。」

尚美將拿到嘴邊的酒，放了下來。

「新田先生，你待過洛杉磯吧？」

「妳居然記得，真是榮幸。」

「那是什麼樣的地方呢？」

「對我來說是個好地方，天氣很好，景色優美。不過那時候我是中學生，知道的也不是很多。」新田沉湎在遙遠的過去裡，忽然回過神來：「妳問這個做什麼？」

尚美垂下雙眼，顯得些許迷惘，隨即又抬眼看向新田。

「上面問我想不想調職，而且是調去美國。洛杉磯柯迪希亞飯店要重新整修，想趁此增加日籍工作人員。」

「特地從日本調過去？那裡應該也有很多日本人呀。」

「這是柯迪希亞飯店的傳統，喜歡把當地人和外地人混在一起工作。」

「這樣啊。那是個累積資歷的好機會，我覺得是好事，妳不認為嗎？」

尚美輕咬嘴唇，沒有立即回答。光是這樣，新田就明白她的心思了。

「妳在猶豫？」

「是的。」這次她答得很清楚。

「我在這裡的禮賓台工作，才剛開始有趣起來，還有很多想做的事。不過，我也覺得只是在逃避而已。」

「逃避？妳這種不知害怕的人會逃避？不會吧？」

「新田先生，你最近有沒有夢到過跳躍？」

「跳躍？」

「小時候沒有經常夢到嗎？就是輕輕一跳就能跳得很高，而且不會掉下來。拍拍手腳就能像小鳥一樣飛翔，就是這種夢。」

「啊，有。」新田點頭。「經妳這麼一說，我小時候也經常做這種夢呢。不過最近倒是沒怎麼夢到了。」

「我也是，長大成人以後就夢不到這個夢了。可是，這是一件好事吧，那個夢反應出來的心理是，想去更高的地方。如今已安於現狀，所以不會在做那個夢了。我會不會想太多了？」

「這麼說的話，我也算是安於現狀了。」

「啊……新田先生或許不一樣。」

新田喝光威士忌蘇打，捏扁空罐，低喃了一句：「滑雪的跳躍。」

「啊？」

「妳知道嗎？滑雪的跳躍，看起來像是跳得很高，其實是往下跳喔，因為起跳點的角度是負的。」

「我有聽過。」

「我認為，跳躍不只是在追求高度。」

「啊……」

尚美的表情霎時嚴肅起來。但新田不認為她不高興，而是打開了心中某個開關。

「不好意思。」但新田還是道歉：「我一個門外漢，居然在專家面前班門弄斧。」

「不會，我獲益良多。」尚美看看牆上的鐘，起身說：「我差不多該走了。抱歉，拖你陪我這麼久。」

「別這麼說，這可是妳的職場喔。還有一件事……」新田繼續說：「如果妳決定去洛杉磯，去之前請跟我說，我想趁妳還在這家飯店時，來這裡住一晚。」

尚美霎時露出驚愕表情，但隨即轉為絕妙的微笑，雙手靠攏擺在腰前：「請務必來住一晚，隨時等候您的光臨。」語畢行了一禮。

「我一定會來。妳今天真是辛苦了，好好休息，晚安。」

「晚安。」尚美抬起頭，輕盈地轉身朝門口走去。

26

看著禮賓台的日曆，尚美深深吸了一口氣。十二月三十一日，一決勝負的日子終於開始了，但今年的除夕不單純。尚美望向櫃台，立即看到新田，他應該睡眠不足，但眼神犀利，絲毫不顯倦容。今晚，他們追緝的殺人犯可能會現身在這。他那一身優雅的飯店人制服裡，肯定漲滿了高昂鬥志。

兇手真的會來跨年晚會嗎？倘若來了，目的又是什麼呢？新田他們推測，這次可能也是特殊的連續殺人案。果真如此，兇手可能會殺第三個人。氏原站在新田前面，正在招呼辦理住房的客人，帶著溫和的笑容，淡定地處理手續。那副模樣，和身後備戰狀態的刑警形成強烈對比。

儘管氏原顯得淡定從容，卻也絕不樂觀，或許比任何人都更具危機意識，也是最有心理準備的。因為他向來認為，每天來飯店的客人形形色色，沒有人可以斷言裡面沒有殺人犯。換言之，他和尚美不同，沒有把今天當成特別的日子，而這一點，藤木也一樣。

尚美也能理解他們的想法，這種想法是比較務實的。雖然尚美有個信念，認為守住客人的面具是飯店人的職責，然而她也明白，面具後面的那張臉，不見得是善良的臉，飯店絕非只是一個華麗空間。

然而，一直煩惱這個也沒用，偵查辦案只能交給新田他們，自己應該全力做好自己的事。沒錯，尚美還有一個難題未解，該怎麼讓仲根綠與日下部單獨見面，至今尚未找到明確的解答。就在尚美低頭沉思時，發現一道人影落在桌面，抬頭一看，站在眼前的正是給她出難題的人。

「啊，日下部先生。」尚美慌忙起身。「早安。」

「早安。妳剛才表情很凝重啊。」日下部賊賊地揚起單邊嘴角，眼神閃爍不懷好意的光芒。「該不會是我交付的任務，讓妳很痛苦？」

「哪裡，才不會痛苦呢。」尚美努力擠出笑容。「我們都很樂在其中，請您千萬別多慮。」說些言不由衷的話，也是飯店人的工作。

「聽妳這麼說，我就放心了。總之，我可以期待吧。」

「我們會努力達成您的期待。」如此回答已是極限。

「昨晚的影像秀真的很棒，從我的房間也看到了。剛才，電梯廳也有其他客人在談論這個，他們都很驚訝，頻頻誇讚太美了。短短時間內，居然能做出那麼驚豔的東西，淑女看了一定很感動吧？」

尚美與日下部之間已經說好，稱「仲根綠」為「淑女」。

「她好像很滿意的樣子。」

「『長腿叔叔』已經提供了很多服務，差不多該揭曉謎底了，妳打算怎麼跟淑女說？」

「我有幾個方案，現在還在想哪一個最好。」

「嗯哼，都是些什麼方案呢？」

「這個嘛……現在不方便在這裡跟您說。」

日下部彎下腰，由下往上打量尚美的臉。

「沒問題吧？已經沒多少時間了。我退房離開之前，真的能和她單獨見面嗎？」

「我會想辦法。」尚美知道這話不能說，但還是說出口了。

「好吧。」日下部低沉地說：「今天我不會離開飯店，整天都會在房裡工作，只要妳安排好，我隨時都能去。等妳聯絡嘍。」

「好的，我會的。」

日下部默默用力點頭，然後精神抖擻走向電梯廳。尚美目送他的背影，鬆了一口氣，頓時感到些許口渴。說會想辦法，但依然沒有好點子，事到臨頭也只能把真相告訴仲根綠，可是這樣會成功嗎？譬如跟她說，我們知道妳和丈夫沒有一起來……不，尚美想了又想，覺得還是行不通。

當她無力地坐在椅子上，左思右想之際，一對男女來到禮賓台，是昨天來投訴外出時行李被碰過，操關西腔的情侶。尚美起身，揚起嘴角。

「早安。昨天行李的事，真的很抱歉，後來還有發生不愉快的事嗎？」

「啊，那個沒什麼。」男子說完，徵求身旁女子的同意：「對吧？」

「嗯。」女子也展露笑容：「不好意思，是我們大驚小怪。」

「千萬別這麼說，我們真的很過意不去。」尚美行了一禮，再度看向兩人。「今天有什麼需要服務的嗎？」

「哦，是這樣的……」男子從外套口袋掏出票券，是跨年晚會的入場券。「今晚，我們要去參加這個派對。」

「感謝兩位，祝你們有個愉快的夜晚。」

「可是，我們沒有衣服。」

「啊？」尚美不由得看向男子的外套。

「不是的，普通的衣服是有。」旁邊女子說：「可是這個『假面之夜』是變裝派對吧，我們沒帶這種衣服來。報名的時候，不知道是什麼派對就報了。」

「原來是這樣啊。不過沒關係，很多人也穿普通衣服參加，為了讓這種客人也能感受到變裝的氣氛，我們可以免費提供面具。」

可是這對情侶，似乎不滿意尚美的說明，尤其女子還發出「嗯……」的不滿聲。

「因為機會難得，我們想變裝得華麗一點，留下一個美好的回憶。」

「呃，不用太華麗也沒關係。」

男子從旁插嘴，立即遭女子反嗆：

「為什麼？既然參加，當然要穿得搶眼一點！」

男子也只好噤聲不語。

「我明白了。」尚美打開桌子的抽屜，取出一張傳單，這是為了這種時候準備的。「其實我們辦跨年晚會，也和附近店家做了一些合作。例如這間卡拉OK店，他們有很多派對用的角色扮演服裝，從簡單的到講究的，應有盡有，可以用很優惠的租金租到。你們要不要去看看有沒有喜歡的呢？」

「啊，原來還有這個呀。」女子接過傳單，神眼一亮。

「租借服裝需要預約，再加上尺寸大小有限，建議您早點去挑選預約，等用過晚餐就可以去穿了。」

「哇，聽起來好棒喔。我們趕快去看看吧。」女子滿臉興奮，拉著男子的袖子。

「去看看是好，可是我不要租衣服，我戴面具就行了。」男子顯得有些膽怯。

「你在說什麼呀！只有我一個人變裝太奇怪了吧？夫妻就是要一體同心，不管去哪裡，做什麼，都要兩人一起。」

「啊，兩位是夫妻嗎？」尚美不由得問，因為看起來不像。

「呵呵呵。」女子一臉幸福。「上個月剛結婚。」

「真是恭喜兩位。相信今晚的派對，一定會成為兩位的美好回憶。」

「是的，謝謝妳。那，這個我拿走了。」女子晃了晃傳單。

男子低頭致謝。尚美心頭一陣溫暖，目送兩人的幸福背影離去，同時也在心裡祈願，為了這對新人，也希望跨年晚會不會發生任何意外。但另一方面，尚美也為自己不會看人深感羞愧，居然只因為他們看起來年輕，就不認為他們是夫妻。

不管去哪裡，做什麼，夫妻都要兩人一起——那名女子的話在尚美腦海迴響。就在此時，她靈光一閃，對哦，還有這招。這麼簡單的事，為什麼之前沒想到？尚美想狠狠地罵自己一頓。

27

過了正午，熱鬧的櫃台平靜多了，退房業務也告一段落。但新田照例站在氏原後面，依然盯著來辦手續的客人。當他操作終端機，確認住宿客人資料時，聽有人喊「新田先生」。新田抬頭，發現一身門房小弟打扮的關根，從櫃台一端探出身來。氏原瞥了關根一眼，顯得興趣缺缺，旋即又回頭工作。

新田走向關根：「什麼事？」

「有宅配送包裹給住宿客人。」

「宅配？有什麼問題嗎？」

「收件人是你昨天說要留意的浦邊。就是那個身上現金不多，高爾夫球袋沒名牌那個。」

「哦，那個客人啊。」新田立即憶起。「包裹在哪兒？」

「放在行李服務台。」

「好。」新田走出櫃台。「我去看看。」

行李服務台在前往電梯廳的途中，旅行包和行李箱排列在地，門房領班杉下站在一旁。

「哪個包裹？」新田問關根。

「牆邊那個紙箱。」

新田走近一看，是個比橘子箱大一號的紙箱，送貨單的寄件人和收件人都是浦邊幹夫。寄件人的地址是東京都千代田區，但浦邊在住宿登記表寫的地址是群馬縣，到底哪一個真的？又或者兩個都是瞎掰的？新田掏出手機，拍下送貨單。內裝物品寫的是書籍，新田試著拿起來，感覺很重，說是書籍倒可以接受。

「跟他本人聯絡了嗎？」新田問。

「還沒吧？」關根問杉下。

「關根先生要我等一下，所以還沒聯絡。」杉下回答。上次的案子，杉下和新田他們接觸過，所以這次潛入調查也很幫忙。

「跟他聯絡一下，問現在可不可以送包裹去他房間。」

杉下領班拿起手邊的電話，說了兩三句後，掛斷電話。

「他請我們送過去。」

「他住幾號房？」

「〇八〇六。」

「好，那我送過去。關根，你去推行李車來。」

「你要送去？」

「高爾夫球之旅的前後，獨自在東京住兩晚，而且可能用假名，這回又來了宅配，怎麼看都很可疑。直接跟他本人接觸，或許能發現什麼線索。」

「我明白了。」

關根對行李車的熟練度，已經和真正的飯店員工一樣，不到一分鐘便推來一台小型行李車。

新田將紙箱抬上去，推著行李車走向電梯廳。到了八樓，出電梯後，新田將行李車推到〇八〇六號房前。按下電鈴，門不久就開了，出現浦邊幹夫的臉，他穿成套的淡米色運動服出來應門。

「讓您久等了，浦邊先生。為您送來宅配的包裹。」

「啊，謝謝。」

「東西很重，我直接送到房裡吧。」新田不等浦邊回答，便緩緩推起行李車。他看準了浦邊不常住飯店，才膽敢做這種強硬之舉。

「哦，好……」果不其然，浦邊沒拒絕，還連忙退到後面。

〇八〇六號房是標準雙人房，通過浴室的門，便看到兩張並排的床。新田快速掃視室內，高爾夫球袋放在床邊，旅行包放在沒人睡的那張床，房間一隅有個放行李的長椅，上面沒有東西。

「請問，包裹要放在哪裡？放這裡好嗎？」新田指著行李長椅問。

「好，麻煩你了。」

新田彎腰抱起紙箱時，看到站在旁邊的浦邊的腳。米色運動服已經很舊了，可能是很愛穿就帶來了。新田將紙箱放在行李長椅後，抓著行李車把手說：「那我失陪了。」

「辛苦了。啊，那個……」浦邊有些躊躇。「今晚，這裡有個派對吧？」

「您是說跨年晚會吧？是的，晚上十一點開始，在三樓宴會廳舉行。」

「大概有多少人？」

「這個嘛，照往年來看，大概四百人左右。」

「哦？這麼多啊。」浦邊眼神游移。

「您想報名參加嗎？現在也來得及喔。」

「不，不用了。」浦邊急忙搖搖手。「我只是隨口問問。」

「這樣啊。如果您改變主意，請隨時跟我們聯絡。」

「那我失陪了。」新田再度告辭，走出房間。

下到一樓，新田去歸還行李車，等在那裡的關根低聲問：「結果怎樣？」新田說浦邊問了派對的事。

「居然問自己不打算參加的派對，這確實有點怪。」關根也露出警戒的表情。

「還有一件事。」新田豎起食指。「那個男人穿運動服，可是有一點很怪，褲管腳踝那裡沾著毛，可能是狗毛或貓毛。」

但關根沒有反應過來，一臉不解地像在說，這有什麼問題嗎？

「你忘了嗎？在練馬公寓遇害的被害人，是寵物美容師。」

「啊！」關根張大了嘴。這時新田的手機震動，掏出一看，是本宮打來的。

「喂，我是新田。」

「我是本宮。你現在立刻過來。」本宮語氣嚴肅，沒有平常的戲謔。

「好，我這就去。」新田掛斷手機。

新田來到會議室一看，本宮和上島坐在最裡面的位子，盯著液晶螢幕。稻垣坐在有些距離的位子，交抱雙臂。螢幕上出現的是監視器畫面，但新田沒有看過這一幕。

「這個畫面是？」新田問。

稻垣抬頭看了一眼新田，然後呼叫本宮。本宮先對上島說：「繼續。」然後走到新田旁邊，站著拿起桌上的文件。

「這是剛才特搜總部傳來的新畫面，但不是這個案子的相關畫面，附件的資料是這麼說的……」本宮看向文件，繼續說：「三年半前的六月十三日，有位在稅務會計事務所上班的女子，名叫室瀨亞實。這個案子還沒破，持續偵查中，這次傳來的是，當時被害人所住公寓的監視器拍到的畫面。至於為什麼傳這個畫面過來，詳細請問新田警部補。就這樣。」本宮語畢，將文件放回桌上。

稻垣盯著新田問：

「到底怎麼回事？看你這樣子，不像完全不知情吧。」

新田「呼」的吐了一口氣，放鬆肩膀的力氣。

「您說的沒錯，這是我和矢口組長麾下的能勢刑警討論後，所進行的事。沒有向您報告是因為，這是臨時想到的一個猜測，沒有確實的證據。」

「好，那你現在報告！」稻垣粗聲粗氣地命令。

「是。」新田開始向稻垣等人，說明自己與能勢討論的事。亦即，從犯罪手法懷疑可能是連續殺人案，請能勢去查有沒有類似案件，結果以電死和蘿莉塔這兩個關鍵字，查到三年半前的這個案子。

最後新田總結說：

「這兩起案子有諸多共同點，但沒有證據可以證明是同一個犯人所為，所以希望調出三年半前的案子所保存的監視器畫面，和這次的畫面做個比對。不過，提議這麼做的是能勢刑警。報告完畢。」

稻垣翹著的腳微微抖動之後，一如往常徵求本宮的意見：「你有什麼看法？」

「我覺得著眼點還不賴。不過這麼重要的事沒有立即報告，是這傢伙壞毛病。」

「就像我一開始說的，這麼做基於我和能勢刑警的閒聊，只是一個臨時想到的猜測，不是值得在會議上報告的事。」

「儘管如此……」

「好了好了。」稻垣以手勢勸本宮息怒。「實際上行動的是能勢刑警，你就別太責怪新田了。新田跟上次一樣，也是打扮成飯店員工，很少讓他做能用警徽的工作，所以想用這種形式來抒發心中的鬱悶吧，對不對？」稻垣以挖苦的眼神看向新田。

「我並沒有累積什麼鬱悶啊……」新田支吾其詞，其實稻垣的指摘也未必失準。

「你就別逞強了。話說回來，那個叫能勢的刑警，果然犀利。其實我曾經想過把他拉來我們這一組，不料被矢口搶先一步。」

「拿這傢伙去換吧？」本宮以下巴指向新田。

「我會考慮看看。」稻垣以認真的表情敷衍過去，再度看向新田。「還有沒有要報告的？」

「還有一件事。昨晚提到那個姓浦邊的客人，有奇怪的動靜。」

新田報告了收到可疑包裹，還有浦邊詢問跨年晚會，以及他穿的運動服沾了動物毛的事。

「寄件人的住址也很怪，在千代田區。」新田語畢，示出手機拍的送貨單照片。

「給我看看。」本宮接過新田的手機，轉而呼叫年輕刑警：「上島，查一查這裡寫的寄件人住址是什麼地方。」

上島盯著手機畫面看了半晌，開始操作筆電。

「如果有養貓狗，就可能和被害人有所接觸。」稻垣轉而對本宮說：「這個客人的畫面傳給特搜總部了吧？他們有沒有說什麼？」

「沒有，目前沒有消息來。」本宮一邊回答，一邊將手機歸還新田。

「找到了！」上島說：「這個住址是辦公大樓吧，至少應該不是公寓。」

「果然可疑。」本宮說。

稻垣的眼神猶如盯上獵物的獵犬，緩緩望向新田。

「繼續監視浦邊的動靜，也跟警備室看監視器畫面的同仁說，特別留意這個客人的房間。」

「知道了。」新田回答後，走向會議室房門。

28

看到手錶指針過了午後一點，尚美舔舔嘴唇，猶豫是否該打電話給仲根綠。昨天，仲根綠去了交誼廳，所以尚美心想，她今天也會去吧，所以一直等到現在。倘若她出現，尚美打算叫住她，執行預備好的計畫。

要怎麼讓偽裝夫妻同來的仲根綠和日下部單獨見面呢？尚美為此大傷腦筋，後來多虧那對關西腔夫妻，出現了好主意。夫妻就是要兩人一起，成了她的靈感來源，因此沒必要單獨約妻子。

只要跟仲根綠說，昨天的種種服務不是飯店提供的，是一位姓日下部的客人委託我們做的。這位日下部先生很誠懇地說，有事想和仲根綠夫妻聊一聊，不曉得兩位願不願意和他見面。

仲根綠聽了可能會很困擾，也許會說我先生剛好出去了。這時尚美打算說，日下部先生說可以等您先生回來，或是只有太太也沒關係。

如此一來，仲根綠可能說，好吧，可是只能一下子。畢竟她應該也很好奇對方是誰，究竟要談什麼。

尚美自認這是個好主意，一直在等仲根綠出現。可是等到午餐時間過了，仲根綠也沒出現，尚美想直接面對面跟她說，因為這不是用電話能解決的事。

尚美再度看錶，指針又向前走了一大段，不禁焦慮起來，要等到指針走到哪裡才做決斷呢？

當尚美左思右想之際，一名男子走了過來，在尚美面前止步。「可以請問一下嗎？」

「好的，請問有什麼事？」尚美起身看著他。

這名男子年約五十，體態發福，臉也很大，尚美在飯店裡看過他幾次。他總是在晚上七點半退房，應該是休息的客人，八成是和外遇對象來開房間，尚美也看過那名女子。

「這附近有沒有可以一個人消磨時間的地方？」

「啊……您一個人嗎？」

「我太太去美容沙龍。」男子面露苦笑。

「您是夫妻兩人入住嗎？」

「還有一個念國中的兒子，不過他在房間打電玩就很滿足了。」

「這真是有點寂寞啊。」

縱使尚美暗忖，這人有沒有毛病啊，怎麼會帶全家來自己平常和情婦幽會的飯店過年，但隨後也覺得每個人的想法不同，或許他認為熟悉的地方比較好。然而不管如何，客人就是客人，要捨棄偏見、平等對待。

「看電影怎麼樣？日本橋室町那裡有影城。我來幫您查查現在上映什麼片子吧？」尚美語調溫柔地說。

「電影啊……」男子歪著頭，似乎沒興致。

「如果想觀光的話，我推薦您去看日本橋七福神巡禮，大概兩個小時就能逛完了。」

「嗯……我對這種東西沒興趣。」

「這樣的話……」尚美拿起桌上的文件，她手上的牌還多得很。

接著她推薦了知名美食，還有熱門購物景點，但男子都興趣缺缺，這使尚美焦慮了起來。

「日本橋三越總店的本館七樓，有一家咖啡廳會舉辦各種活動。」

「咖啡廳啊。」男子猶豫不決。

「現正舉辦的活動是，世界野鳥展。」

「哦？」男子忽然眼睛一亮。「野鳥，就是鳥吧？」

「是的。因為今年是雞年，所以在一年的最後辦了野鳥展。」

「在那裡？三越？」

「日本橋三越總店。從這裡去的話……」

「不用，我知道該怎麼走。這樣啊，三越在辦那種展。哦，這樣啊。」

接著男子抬手說了聲謝謝，腳步輕盈往大門走去，看來是找到消磨時間的好去處了。尚美鬆了一口氣，將文件放回桌上，不經意看向電梯廳時，暗吃一驚，因為仲根綠正從電梯走出來。尚美調整呼吸，打算上前搭話，她已備好幾個套路，絕不能錯過這個機會。

但實際上這些都不需要了，因為仲根綠筆直朝禮賓台走來，這出乎意料的發展，令尚美驚慌失措。但她當然沒有顯露出來，嘴角漾著微笑，靜靜等候仲根綠。仲根綠直直走來。

「昨天真的很感謝。送我美麗的花束，還讓我看精彩動人的影像秀，真是美好的一天。」

「不客氣。您的滿意是我們最大的榮幸。」

尚美心想，正好可以順著這個話題切入，說出昨天各種服務的實情，不料仲根綠卻早一步開口：「受到你們如此招待，再提出要求似乎有些得寸進尺，但是無論如何，我想拜託你們一件事。」

「……啊？」

尚美覺得遭到冷不防的襲擊，反應有些遲鈍。

「妳可以聽我說嗎？」仲根綠凝視尚美，神情凝重。

「當然可以。您先請坐，坐下來說。」

看到仲根綠坐下後，尚美也就坐。

「您希望我們為您做什麼事呢？」

「我想請你們幫我做一個東西，很急。可以的話，希望今天晚餐前可以做好。」

「是什麼東西呢？」

仲根綠從手提包取出一張照片，放在桌上：「就是這個。」

「借我看看。」尚美拿起照片。

照片裡是一個蛋糕，相當精緻，除了草莓、櫻桃、覆盆子，還有用點心做的玫瑰和緞帶蝴蝶結，最特別的是用巧克力做了一條龍，龍身彎曲，張開大口的模樣相當有躍動感。一旁擺著一塊寫著「Happy Birthday」的小牌子。

「是生日蛋糕嗎？希望在晚餐前做好？」尚美一邊問著，腦海裡已開始盤算怎麼做。

客人拜託飯店準備生日蛋糕，是常有的事，因此各餐廳與飲料部的貯藏室隨時備有材料，大多足以應付客人的要求。到晚餐之前，還有時間，只要跟飲料部講一聲，應該沒問題。

「是的。可是我想拜託你們做的，不是一般的蛋糕。」

尚美拿著照片，看向仲根綠：「那是怎樣的蛋糕呢？」

「模型就好。」

「模型？」

「不是有那種食品的參考模型嗎？像是擺在食堂展示櫃的那種。我想拜託你們做一個跟真正的蛋糕很像的蛋糕模型，而且要照片裡的這種。」

「哦……這樣啊？」

尚美困惑了，完全出乎意料，這種請託還是第一次。

「如果現在做完全來不及，那就算了。」仲根綠以打量的眼神，端詳尚美。

尚美真正的想法是，應該來不及，但專業禮賓員不能挑明地說。

「我明白了。」尚美看著仲根綠的眼睛。「只不過，能否請您給我們一點時間，我們要想想看怎麼達成您的願望。」雖然答得有些為難，但尚美已竭盡全力。

「我知道了。那麼有眉目之後，請打電話到房間給我。」

「好的，沒問題。」

仲根綠起身。尚美焦慮迷惘，應該現在跟她講日下部的事嗎？不，先解決蛋糕再說。

「仲根綠女士。」尚美叫住她。「今天是誰的生日嗎？」

「是的。」仲根綠點頭。「是我先生的生日。上面有龍吧？我先生是屬龍的，所以才會在上面裝飾一條龍。」

「原來如此……那麼，祝您先生生日快樂。」

「謝謝，期待你們的蛋糕。」仲根綠說完微微一笑，步向電梯廳。

尚美再度凝望照片，打開電腦，上網查食品模型。

29

尚美放下話筒，低頭沉思。新田見狀，對氏原說：「我離開一下。」

「請便。」資深櫃台人員依然看著手邊在忙的事，沒好氣地說。

新田離開櫃台，走向尚美。尚美察覺到動靜，抬起頭來。

「剛才仲根綠來過吧，她願意跟日下部見面了嗎？」

「根本沒時間談這個，她有事拜託我。」

「什麼事？」

「有點麻煩的事。」尚美從抽屜取出一張照片。

照片裡拍的是生日蛋糕。尚美說仲根綠拜託飯店，在今天晚餐前做一個一模一樣的蛋糕模型，而且今天是她先生的生日。

「啊，我失陪一下。」新田掏出手機撥打。

不久就接通了。「喂，我是上島。」

「我是新田。仲根伸一郎名義的駕照，查過了吧？」

「查過了，找到一件。」

「生日是哪一天？」

「我看看哦……啊，十二月三十一日，是今天耶。」上島也是現在才發現。

「和仲根綠一起入住的仲根伸一郎，也是今天生日。看來這張駕照就是他沒錯，向組長們報告一下。」

「好，知道了。」

新田掛斷電話，邊收手機邊看尚美：「仲根伸一郎好像不是假名，駕照確認過了。」

「那真是太好了。」尚美的語氣明顯不開朗，像是在說現在不是談這個的時候。

「這個請託有這麼麻煩嗎？」新田指著照片說。

「如果是平日，不麻煩，因為這附近就有幾家做食品模型的工房。可是今天是除夕……」

「對哦，大家都在放假。」

尚美無力地點頭：「連電話都沒人接。」

原來如此，新田也明白了。仲根綠離去後，他也看到尚美連續打了幾通電話，想必是能打的都打過了。

「日下部的事怎麼辦？」

「先往後挪吧。我得先處理這件事。」

「真是接到麻煩的任務啊。」新田再度拿起照片。「為什麼要做食品模型呢？真正的蛋糕不行嗎？而且那個壽星，實際上也沒住在這間飯店。」

然而這個疑問，對現在的尚美並不重要。她默默搶走新田手中的照片，放在桌上，開始用自己的手機拍照。

「妳想怎麼做？」

「今天工房休息，可是販賣商品的店有營業。我想問問看，已經做好的模型裡，有沒有和這個蛋糕很像的。」

「也就是替代方案嗎？」

尚美沒正面回答，只是臉色兇狠地瞪向新田：「不好意思，如果你沒有其他的事……」

「啊，抱歉，我打擾到妳了，我立刻走人。」

但尚美對他這句話也沒反應。新田再度深感，這個工作真辛苦。回到櫃台後，新田又在站氏原後面，時而以眼睛偷偷追蹤來往大廳的人，時而以終端機查詢住宿客人資料。查到浦邊幹夫時，看到他叫客房服務點了三明治和咖啡，在房間吃完早餐。

新田掏出手機，打給本宮。

本宮接起：「出了什麼事嗎？」

「有沒有人出入浦邊幹夫的房間？」

「沒有，應該沒有，在警備室盯監視器畫面的人沒說什麼。怎麼了嗎？」

新田說浦邊叫了客房服務。

「他一直關在房裡實在很奇怪，還有那個宅配也是，我猜他可能是在等誰來吧。」

「我知道了。我會交代警備室盯監視器的人，特別留意這個人。」

「那就拜託了。」新田掛斷電話，一抬頭便看到氏原冷峻的眼神。

「偶而想在飯店輕鬆待一天，這麼想的人很多喔。哪裡都不去，一直待房裡，因為很少有機會擺脫家人和工作，得到完全的解放。」

看來氏原聽到剛才的對話了。

「可是收到可疑的包裹，寄件人也是他本人，而且住址在千代田區，那裡只有辦公大樓。我查過他的住宿登記表，筆跡和送貨單也不一樣，你不覺得奇怪嗎？」

「包裹有多大？」

「大概這麼大。」新田以雙手比出約六十公分的寬度。

「重量呢？」

「沉甸甸的，很重，裡面裝的是書。」

氏原一副了然於心地點點頭。

「這沒有什麼好可疑的。你說住址在千代田區，什麼町呢？」

新田掏出手機，翻出拍攝送貨單的照片：「猿樂町。」

「呵呵。」氏原輕笑兩聲。「果然沒錯。」

「什麼果然沒錯？」

「千代田區猿樂町，和神田神保町一樣，都是舊書店很多的地方。在那裡買了很多書，自己搬不回來，請宅配送來飯店，送貨單是店員寫的。我猜大概就是這樣，他可能想以閱讀度過一年的最後一天，這沒什麼好奇怪的。」

氏原滔滔不絕地說得十分流利。新田一時語塞，半晌後才說出想到的疑問。

「那個重量不是一兩本喔，一天看不完吧。」

不料氏原輕鬆反駁。

「沒有必要一天看完吧。包括看完的書，到時候從這裡全部寄回家就好了。」

新田吸吸鼻涕，搔搔眉尾：「氏原先生，該不會性善說那一派的？」

氏原臉頰抽動了一下：「這麼說，你是性惡說那一派的嘍？」

「我認為每個人都有可能做壞事。懷疑所有的人，是刑警的工作。」

「這一點，飯店人也一樣。」氏原隨即接話。「我們相信每位客人，同時也懷疑每位客人。和你們不同的是，我們不會只相信或懷疑某位特定客人。」

「很遺憾的，刑警不能這樣，我們必須不斷用篩子過濾，直到找出真正的壞人。可是這個篩子，不見得都很管用，經常是勞心勞力卻沒有效果，篩選出來的很多都篩錯了。」新田示出手機的送貨單照片，繼續說：「儘管懷疑特定人物，到頭來徒勞無功，這也是刑警的工作之一。」

氏原不耐煩地聳聳肩：「這工作真不容易啊，先跟你說一聲辛苦了。」

「哪裡，謝謝你的同情。」新田將手機收回懷裡。

過了不久，到了入住時間。不愧是除夕，客人絡繹不絕來到櫃台，甚至開始排起隊來。

「氏原先生，你忙得過來嗎？我可以幫一下忙沒關係喔。」新田在氏原耳畔低語。

「別擔心，這還不算人多，我應付得來。倒是我想提醒你一件事。」氏原邊準備房卡，邊低聲說。

「什麼事？」

「現在排第三個的那位小姐。……啊，你別看得那麼明顯。」

經氏原一提，新田裝出環顧四周的模樣。排第三個的小姐，穿著毛皮大衣，顯得相當時髦花俏，頭髮染成亮褐色，波浪燙得很大捲。眼妝是煙燻妝，眉毛修得很細。腮紅搽得很紅，口紅更紅。看起來三十多歲，但實際年齡很難說。

「那位小姐有什麼問題嗎？」新田悄聲問。

「你記得曾野先生嗎？就是昨天我踩你的腳的那位客人。」

新田恍然大悟：「就是平常只是休息的那位？」

氏原皺起眉頭，搖搖頭：「拜託你小聲點。」

「啊，抱歉。」新田連忙捂嘴。「這位小姐，和曾野先生有什麼關係？」

「我不是跟你說過嗎？我隱約知道曾野先生來休息的時候，是和哪位小姐一起來。」

「你確實好像說過。咦？所以意思是……」新田不由得又看向那位小姐，恰好對上她的眼，新田慌忙轉移視線。「難道就是那位小姐？」

氏原點頭。「錯不了，我嚇了一跳。」那張如能劇面具的臉，又更沒表情了。這或許就是他驚訝的表情。

「該怎麼辦才好？」

「等一下再跟你說。」

氏原返回櫃台，繼續為客人辦手續。這時排在最前面的客人，站到旁邊的櫃台前了。不久後排第二位的客人，也到別的櫃台去了，於是那位時髦花俏的小姐，變成由氏原招呼。新田在後面看得很清楚，這種結果當然是氏原設計的。

「我姓貝塚。」那位小姐說。濃濃的鼻音，格外矯揉做作。

新田快速操作終端機，找到貝塚由里這個名字，訂了豪華雙人房，兩人入住，一晚，禁菸房，報名參加跨年晚會。氏原就像對待其他客人一樣，和藹客氣地招呼她，貝塚由里是用信用卡支付房費。

兩人入住，應該還有同伴，房間是雙人床，對方應該是男人。新田不由得環顧大廳，搜尋可能的男人，但隨即就放棄了。因為不管老公或情人，若是可以光明磊落在一起的關係，不會由女方來辦住房手續。也就是說，這肯定又是婚外情。氏原為準備了一二〇六號房，曾野一家人住的是一〇〇八號房。雖然只差兩個層樓，但住宿客人通常不會走樓梯，只要不同樓層就不用擔心他們會在走廊碰到。

最後氏原將兩張跨年晚會入場券舉到臉的高度，開始說明。在大廳觀察櫃台的搜查員見狀快速移動，可能是打算偷拍貝塚由里的身影。辦完手續後，貝塚由里翻了翻大衣的衣襬，颯爽離去。一位搜查員站在前方柱子旁假裝在看雜誌，毫無疑問，擺在雜誌內的手機已開始偷拍。

入住的尖峰時間過後，新田問氏原，該如何對應曾野一家人與貝塚由里。

「可能需要做一些特殊安排，但目前不知道雙方的想法，只能先觀察再說。」

「雙方的想法指的是？」

「首先要弄清楚，這是不是湊巧？如果是湊巧，我們要留意一件事，盡量不要讓貝塚小姐和曾野先生一家人，在餐廳、交誼廳、健身房、游泳池等地方碰頭。如果避不開，要盡早讓當事人察覺這種狀況。當然，不能讓他們知道我們的用意，要是他們知道，飯店方面已經知道他們的關係，以後可能就不會再來了。雖然是休息的客人，但也是黃金等級的常客，我們不能輕易放手。」氏原的瞇瞇眼，露出商人特有的狡猾光芒。

新田歪了歪嘴角：「這事還真麻煩啊。」

「確實有點麻煩，但不算太難。真正麻煩的是，他們不是湊巧，而是有計畫一起來。」

「意思是故意來住同一家飯店？這有可能嗎？」

「這有兩種可能性。」氏原豎起兩隻手指。「第一種是，曾野先生和貝塚小姐約好了。如果是這樣，那貝塚小姐訂豪華雙人房的目的就很清楚了。」

氏原的言下之意，新田也明白。

「意思是曾野先生會從家人那裡溜出來，偷偷去貝塚小姐的房間私會？」

「雖然是全家一起來，也不見得二十四小時都在一起，短暫溜出去幽會也有可能。」

短暫幽會——新田看著氏原半晌，心想這人居然說出如此風雅的話。但這位資深飯店人並不覺得自己說了什麼細膩的話，反倒納悶地問新田：「怎麼了？」

「沒什麼，我只是覺得這個計畫很大膽。」

氏原微微挑動右頰：「婚外情要大膽才不容易被發現。」

這句話頗具份量且有說服力。

「你剛才說有兩種可能性，另一種是什麼？」

氏原輕輕嘆了口氣。

「第二種是最麻煩也是最危險的。他們入住同一家飯店，如果不是湊巧，也不是兩人約好，那只剩下一種可能。就是有一方，知道另一方要來這裡，自己就跟著跑來了。」

「為什麼要這麼做？」

「不知道。」氏原偏了偏頭。「我也不知道為什麼，但某個程度可以想像。」

「曾野先生和太太小孩一起來，不可能做這種事。故意跑來的話，應該是貝塚小姐吧。」

「應該是。」氏原也同感。

「貝塚小姐單身吧，所以和有妻小的曾野先生是外遇關係。曾野先生居然在年底，帶著家人住進兩人常用來偷情的飯店，貝塚小姐知道這件事後，想給曾野先生難堪，所以也自己住進來。自古以來，嫉妒都很恐怖啊。」

氏原再度嘆氣，這次嘆得比較沉。

「如果只是想給他難堪還好。」

「怎麼說？」

「她可能想對曾野先生施壓，若曾野先生不趕快下決心，她也會有所打算。」

「決心？什麼決心？」

氏原做了一個屈膝動作，像是在說，你連這種事也不懂啊。

「情婦逼外遇男人做決定，通常只有一個吧。」

話說到這麼白，新田再遲鈍也懂了。

「要他下定決心跟妻子離婚？」

「很多已婚男人在追求女人時，通常會輕易說出這種話——我打算跟我老婆離婚，不少女人也會相信這種話。」

「如果貝塚小姐是單身，這確實很有可能。嘿嘿，這下有意思了。」新田不禁笑了。

「新田先生！」氏原稍稍蹙眉。「你是在看什麼好戲？這可是最麻煩的問題喔。」

「哪裡有問題了？這是當事人憑自我意志做的事，不管結果怎樣都不關飯店的事吧。」

氏原頻頻搖頭，像在感嘆新田沒有反應過來。

「你要想想看，一個心急的女人，要逼態度猶豫不決的男人做出決定，會採取什麼離譜的行動？萬一貝塚小姐殺到曾野先生一家人用餐的地方，向曾野太太爆出自己和曾野先生的關係，你覺得會有什麼下場？」

「這個嘛……場面可能會很火爆。」

「周遭有很多客人，愉快地在享用今年最後的晚餐，這些寶貴時光被毀了也無所謂嗎？」光是想像就覺得麻煩透了。

「確實不太好。」

「縱使貝塚小姐不會採取這麼極端的行動，但她會住進這裡八成也有所企圖，我很擔心會給其他客人帶來困擾。」

新田嘆了一口氣，聳聳肩：「飯店人，真的要顧慮到很多事情啊。」

「你現在才知道？」氏原傻眼地說，隨即轉過身去。

就在此時，離開禮賓台的尚美穿過大廳，朝著連接事務大樓的通道走去，新田的眼角餘光看到這一幕。

30

這個時期，雖然飯店照常營業，但很多事務人員都休假了。尚美到住宿部辦公室一看，只剩寥寥幾位同事在做今年最後的業務。

放眼望去，看到土屋麻穗坐在角落的會議桌旁，不是穿制服，而是便服。麻穗看到尚美，立即從椅子起身。

「抱歉，放假還叫妳來。」尚美走過去向她致歉。

「別這麼說。」麻穗立刻搖頭。「真的完全沒關係，我才應該向山岸小姐道歉。平常就夠忙了，這個時期更是忙翻天，卻什麼交給妳做……妳身體撐得住嗎？不會累嗎？」

「不累，不累。等這三天過去，我就能好好休假了，真的別在意。倒是，那件事如何了？」

「我把所有叫做蛋糕的東西都買來了。」麻穗將椅子上的紙袋，拿到會議桌上。

土屋麻穗是住宿部的後輩，原本是櫃台新手，去年調來禮賓台工作。禮賓台原本由三個人輪班，除了尚美和麻穗，還有一人。

由於警方潛入調查，現在只有尚美一人在工作，等今晚跨年晚會順利落幕，迎接新年之後，就會恢復正常輪班。

麻穗取出紙袋裡的東西，排在桌上。尚美看了不禁驚呼：「哇！」看起來就像真正的蛋糕。

「太厲害了。」

「對吧？我也嚇了一跳。像這個，逼真到有草莓的香味呢。」麻穗將鼻子湊近鮮奶油草莓蛋糕模型。

這些都是食品模型。尚美詢問了幾間今天有營業的店家，他們說有蛋糕模型，接著就打給在家待命的土屋麻穗，請她去買回來。尚美拿出仲根綠給的照片，和排在桌上的模型逐一比對。

「這個感覺最像。」尚美指向一個直徑二十七公分的蛋糕，純白奶油上，綴有草莓、櫻桃與覆盆子。

「我也覺得這個最像。」麻穗說。

「問題是它的裝飾，還缺玫瑰和緞帶蝴蝶結，還有龍……」

尚美凝視照片，如此低喃。玫瑰像用白巧克力做的，將白巧克力削成薄片，再疊成花瓣模樣。緞帶蝴蝶結大概是用餅乾做的，烤出很漂亮的紋路。至於那條龍，從顏色研判可能是板狀巧克力。

「玫瑰、緞帶蝴蝶結，還有龍，原本都不是食物，用點心把它們做成可以吃的東西。結果這回要把它們做成不能吃的東西……」麻穗雙手搔頭。「完蛋了，我都不知道自己在說什麼了。」

尚美看看手錶，快四點了，已經沒時間想東想西。

「玫瑰用假花，緞帶蝴蝶結用塑膠繩做怎麼樣？然後再上色，做得像點心一樣。」

「說不定行得通。設施部有各種塗料，會畫畫的人也很多，去拜託看看，說不定有辦法。我這就去拜託他們。」

「真的？實在太謝謝妳了。」尚美向後輩合掌致謝。

「沒問題，包在我身上。」麻穗拿起掛在椅背的大衣，快步離去。

尚美目送麻穗離去後，在椅子坐下，再度端詳照片。蛋糕的基底有了，玫瑰和緞帶蝴蝶結也有眉目了，剩下的就是龍了，這是最難的部分。尚美上網搜尋類似的雕刻品，可是好不容易找到的，形狀和大小都差太多。既然如此找木雕公司試試看吧，果不其然，電話都沒人接。就算接通了，聽到的也是語音留言：「今年的營業已經結束，明年的營業將於……」就算有營業，要人家在今晚以前做出來也不可能吧。

尚美交抱雙臂思忖，這下該怎麼辦？

「妳在嘀咕什麼？」背後忽然傳來聲音，尚美嚇了一跳，回頭一看是田倉。

「啊，部長。」尚美連忙起身。

「不用站起來，坐著就好。我知道妳很辛苦。……哦！這看起來很好吃！」田倉看到桌上的東西，睜大眼睛。「這該不會都是假的吧？」

「是的，是食品模型。」

尚美將鮮奶油草莓蛋糕模型遞給他。

「嗯，做得很逼真吶。以前很多都還看得出是蠟製品。」田倉仔細端詳模型後，將它放回桌上。

「為什麼要準備這種東西？客人提出什麼要求嗎？」

「嗯，事情是這樣的——」尚美拿照片給田倉看，說明來龍去脈。

田倉聽了愁眉苦臉。

「不要真正的蛋糕，要很像的模型？偏偏又選在除夕夜，提出這種要求真的很為難人吶。」

「我正在為龍的雕刻傷腦筋。部長，您有沒有認識擅長雕刻的人？」

田倉露出苦笑。

「抱歉，沒有耶。妳找專家談過了嗎？」

尚美擺出投降手勢：「我找過了，可是木雕專門店都在放假。」

田倉不解地看向尚美：「為什麼找木雕專門店？」

「因為這張照片裡的龍……」

「看起來確實很像木雕，但其實應該不是吧？這個素材是巧克力，所以應該不是木雕專家做的喔。」

「啊！」尚美恍然大悟，難為情地捂嘴。

田倉莞爾一笑：「這就是所謂當局者迷吧。」

「感謝部長指點。我先失陪了。」

尚美向田倉行了一禮，快步走出辦公室，氣自己為何如此愚蠢。出了事務大樓，尚美直奔飯店後門，因為這離一樓的西餐廳廚房最近。東京柯迪希亞飯店裡的餐廳，每一間都有獨創的甜點，其中甜點最多就是這間一樓西餐廳。尚美來到這裡的廚房，以視線搜尋金子主廚，金子主廚的正式頭銜是料理課長。

不愧是除夕，廚房與其說生氣勃勃，根本是殺氣騰騰，叫喊聲此起彼落，每位廚師都忙得不可開交。大塊頭的金子站在主料理台邊，正在給年輕廚師下指令，尚美等他說完，趨前向他打了個招呼。

「山岸啊，有什麼事？我今天可是忙得很喔。」金子先拉起防衛線，他知道禮賓員特地跑來，一定是有事拜託。

「抱歉，有個東西真的要麻煩你。」

尚美示出蛋糕照片，並詳細說明後，問金子的部下是否有人能用巧克力做龍。金子戴上老花眼鏡，端詳照片後，神情凝重地說：「妳等一下。」

然後金子拿著照片，走向一名廚師。這位廚師姓林田，個子很高，金子拿照片給他看，兩人交談了一會兒，一起走到尚美這裡來。

「妳知道林田吧。這種細活，沒人能贏得了他。」金子說：「他說素材如果是巧克力，可以試試看。」

「這樣啊？」尚美閃著期待的眼神看向林田。

「要巧克力才行喔。」林田說：「如果是別種素材，我就不敢保證了。實際上做成模型，不能用巧克力吧？」

「那木材可以嗎？」

林田偏著頭說：「這我沒把握。木材太硬了。」

「這樣的話……」除了木材還能用什麼素材，尚美想不出來。

「如果，」林田說：「什麼素材都可以，有一個人比我更適合。」

「哦？在哪裡？」

「在這下面。」林田指著地板。

約五分鐘後，尚美來到地下一樓中餐廳的廚房，找副料理課長藤澤商量。

「哦？林田這麼說啊？」藤澤看著照片說。他的身材削瘦、姿勢端正，所以穿白色廚師服格外好看。

「您曾經在一個活動，和林田先生比賽冰雕吧。林田先生說根本贏不了你……」

「哈哈哈！」藤澤得意地笑了。「術業有專攻嘛，他也很厲害喔。」

「所以……您看怎麼樣？」

「龍啊。」藤澤再度端詳照片。「什麼素材都可以？」

「是的。」

藤澤對旁邊的年輕廚師說了兩三句悄悄話，年輕廚師點頭後快步離去。

「這張照片可以先放在我這裡吧？」藤澤問尚美。

「當然可以。做得出來嗎？」

「也只能做了不是嗎？什麼時候要？」

尚美看看手錶。這隻祖母的遺物手錶，指針指著下午四點多。

「如果能在兩個小時內做好就太好了。」

「兩個小時？現在忙得要命，哪有這麼多時間做這個。」

「您的意思是？」

「三十分鐘後來拿，我會想辦法做起來。」

「只要三十分鐘……」

尚美驚愕之際，剛才的年輕廚師回來了，將一個東西遞給藤澤，問這個可以嗎？

「哦，這個剛剛好。」藤澤滿意地收下。

那是一塊二十公分左右的保麗龍。

31

櫃台又熱鬧了起來，新田看看手錶，已經過了四點半。今天入住的客人，大多有報名跨年晚會，通常會先在房間內休息，然後去餐廳用餐，再回房間換上變裝衣服，然後前往會場。也因此，幾乎每個客人都提著大行李，裡面裝的可能是變裝服飾。

潛入大廳監視的搜查員，忙碌程度也不輸櫃台。因為來住宿的客人，幾乎每一個都得拍下來，又不能讓別的客人發現，所以要很辛苦地遮住按快門的手。即使新田站在距離有點遠的櫃台，也明白他們的辛苦。

新田也絲毫不敢鬆懈，逐一凝視前來的客人，並比對腦海裡的各種影像，看有沒有長得像公寓監視器拍到的人？或是被害人職場監視器拍到的人？時而還要操作手機，確實和手機裡的照片比對。

其實這段時間，尤其這三十分鐘裡，他特別盯著一個人，就是坐在大廳沙發的女性客人，貝塚由里。她從電梯廳現身之後，一直坐在那裡玩手機，沒有穿著辦住房手續時的大衣，所以不打算外出吧。

在警備室負責監控的刑警也已確認，目前沒有男人進出她的房間。也就是說，她可能也和仲根綠一樣，明明獨自來住飯店，卻假裝有伴的樣子。新田想著這些事，偷偷觀察貝塚由里之際，她突然站了起來，朝大門看過去，新田也跟著看過去，大吃一驚。從大門走進來的不是別人，正是曾野昌明，看起來心情頗好，笑盈盈地走向禮賓台，對原本在操作電腦的尚美說了些話。

這時貝塚由里小跑步，朝著曾野跑去，新田見狀心想，她可能是在等他回來。曾野離開禮賓台，走向電梯廳時，忽然停下腳步，看來是貝塚由里叫住他。曾野看到她，浮現驚愕表情，看來他不知道貝塚由里在這裡，隨即焦急地環顧四周，可能是怕被誰看到吧。

看到他們兩人邊聊邊走向電梯廳，新田也走出櫃台，到了禮賓台喚了一聲：「山岸小姐。」

尚美抬頭問：「什麼事？」

「剛才有個男人來這裡吧。五十歲左右，從大門進來，直接走來這裡。」

「這有什麼問題嗎？」

「他跟妳說了什麼？」

「沒什麼大不了的事，只是向我道謝。」

「道什麼謝？」

「那位客人，中午過後，曾經來過這裡，問這附近有沒有可以消磨時間的地方。我向他推薦了幾個地方，他對日本橋三越百貨正在舉辦的野鳥展頗有興趣，實際去看了之後非常開心，回來向我道謝。」

如果只是這樣，確實不是什麼大不了的事。

「後來有位小姐跑來吧？妳有沒有聽到他們兩人聊了什麼？」

尚美詫異地蹙眉：「為什麼你這麼在意他們兩人？」

「因為我從氏原先生那裡聽到一些事情，說不定妳不知道。」

「你指的是，他們兩人常常來這裡休息對吧？」

尚美說得雲淡風輕，新田詫異地看著她。「妳早就知道了？」

「身為禮賓員，記住客人的長相是理所當然。那位先生，固定在星期一傍晚來，然後晚上七點半退房。這時候，那位小姐總是從電梯廳出來，經過我面前，離開飯店，只要不是太遲鈍都會發覺。」

新田搖搖頭。「妳和氏原先生，真是有夠專業的。如果世上的外遇情侶聽到這番話，以後可能不敢再住同一家飯店了。」

「所以假裝不知道也很重要。」

「因為搞外遇的客人都是飯店的上賓啊。話說回來，他們兩人聊了什麼？」

「我沒有特意去聽，所以不太清楚。只是兩人都很驚訝的樣子，好像沒想到今天這種日子會在這裡相遇。」

「兩人都很驚訝？」新田蹙眉。「這不可能吧？男方就算了，女方應該不會驚訝吧？」

「不，是女方先開口的，你怎麼會在這裡？男方就反問，我才要問妳呢，妳怎麼會在這裡？後面的對話我就沒聽了。」

「真的嗎？那，他們是碰巧都住在這裡……？」

新田難以釋懷。既然如此，她為何在大廳沙發坐那麼久？難道不是為了堵曾野昌明回來嗎？

「有什麼問題嗎？我不認為他們跟案件有關。」尚美沒好氣地問。

「我說過好幾次了，上面要我們注意行動可疑的客人。」新田看向尚美的手邊，一本打開的記事本，上面寫著密密麻麻的小字。「倒是妳那邊情況如何？蛋糕解決了嗎？」

「已經有眉目了。」

「真厲害，妳的字典裡沒有不可能這三個字啊。簡直像哆啦A夢的百寶袋。」

新田話聲剛落，手機響起，是本宮打來的。

「是我。有件事要你來確認一下，特搜總部有情報進來。」本宮語氣顯得緊迫。

「什麼事？」

「你來再說。」砰的一聲就掛斷電話了。

新田來到事務大樓的會議室，稻垣與本宮等人全都正盯著眼前的兩台螢幕。稻垣回頭說：

「哦，你來啦。」

「聽說有新情報進來了。」

「沒錯，有個東西要讓你看一看。」

新田走近那兩台螢幕。左邊螢幕播放的是，浦邊幹夫辦住房手續時的畫面；右邊螢幕的影像是某處的監視器畫面。但新田對這個畫面沒印象，目前影像是靜止的。

「右邊是和泉春菜工作的寵物美容店的監視器畫面。監視器設在入口處，不僅能拍到進入的客人，也能拍到透過玻璃窗窺看裡面的人。這個十二月五日的影像中拍到一個人，疑似是住在這間飯店的客人，特搜總部要你確認是不是同一個人，因為只有你直接看過這個住宿客人的臉。」

「哪一個客人？」

「看就知道了。上島，把畫面調出來。」稻垣下令。

上島操作鍵盤，畫面動了起來，只見人們不斷走過寵物美容店，沒人停下腳步。不久，右邊出現一名男子，在店前停下腳步，頭部上下左右移動，像是偷看店裡的情況。就這樣駐足片刻後，男子一臉不滿地從畫面消失了。畫面停在這裡。

「知道是誰嗎？」稻垣問。

新田頻頻點頭，對上司說：「錯不了。」

「果然沒錯啊。」

「沒錯，是浦邊幹夫。」新田斷言。

本宮掏出手機，一邊起身一邊開始打電話。

「渡哥。」稻垣呼叫渡部。「把這件事告訴警備室的同仁，叫他們死盯浦邊的房間。」

「了解！」渡部精神抖擻地回答。

稻垣拍拍新田的肩：「我要做什麼？」

「你先回櫃台，照樣監視可疑客人的動向。浦邊的事，等方針確定之後，我會再做指示。」

「我明白了。」

新田答得強而有力，但仍覺得心有罣礙。浦邊是犯人，只要遵循告密者的只就能順利逮捕？這起案子有這麼簡單嗎？若真是如此還真無聊，這是新田真正的心聲。

32

尚美要的東西，已經擺在料理台一角的托盤上。

「禮賓小姐，妳看怎麼樣？」藤澤拿著菜刀，站在稍遠的地方說。他已經開始做菜，做的是真正的料理。

尚美凝視托盤裡的作品，感動到說不出話來，頻頻比對旁邊的照片。那條龍完美重現了，氣勢和躍動感都毫不遜色，唯一不同的只有顏色。因為是用保麗龍做的，所以是純白色，但只要上色就會很像真品。

「太完美了……」這話雖然有些陳腐，但尚美一時只能說出這句話。「太棒了，真的太感謝了，您幫了我一個大忙。這麼說許很失禮，其實我原先並不期待能做得這種地步，真是令人驚豔啊。」尚美不斷誇讚，但仍覺得不夠。

「坦白說，」藤澤說著，但手上的菜刀也沒有停過。「雕龍我是很拿手的。在中國，龍是吉祥的象徵。我也曾用紅蘿蔔或白蘿蔔雕過龍，用保麗龍根本是小事一樁。」

「原來是這樣啊。」

「妳能滿意就太好了。」

「我太滿意了，這個恩我一定會報。」

藤澤苦笑：「報恩就不必了。妳趕快拿去吧，很急不是嗎？」

尚美確實很急，應了一聲「好」便拿起托盤，好不容易雕好的作品，一定要小心呵護。尚美將龍拿到設施部，請他們噴上褐色塗料後，成品果然逼真生動，玫瑰和緞帶蝴蝶結，在土屋麻穗的努力下已臻於完美。只要在蛋糕模型上，放上玫瑰、緞帶蝴蝶結和龍，然後在小牌子寫上「Happy Birthday」就完成了。

「太棒了，終於完成了。」麻穗輕輕拍手。

「剩下的就看仲根女士滿不滿意了……」

「一定沒問題啦，做得這麼唯妙唯肖了。」

「但願如此。」尚美俯瞰蛋糕模型。雖然她嘴上這麼說，但心裡頗有自信，畢竟是結合大家的力量完成的傑作。接著，尚美從飲料部調來一個大小適合的盒子，將蛋糕模型放進去，看起來更逼真了。尚美心滿意足，終於打電話給仲根綠。仲根綠接了電話後，尚美告訴她蛋糕做好了。

「現在可以馬上送到您的房間去，或是您要在別的地方看也可以。您覺得呢？」

「我去看好了。請問要去哪裡看？」

尚美建議在二樓的婚宴廳。掛斷電話後，尚美捧著蛋糕盒，走向二樓。婚宴廳光線昏暗，畢竟是除夕，也沒人來談預定婚宴廳的事，所以婚宴廳是關起來的。尚美打開電燈，等候仲根綠。

沒多久，仲根綠出現了。尚美帶她到後面的房間，拿出盒子裡的東西給她看。看到蛋糕後的仲根綠，倒抽了一口氣，睜大雙眼，捂住嘴巴，就這樣驚愕得片刻不動。尚美沒開口，因為她已經看到成果。

仲根綠放下捂住嘴巴的手，虹膜顏色稍淡的眼睛看向尚美，低喃般說了一句：「真厲害。」

「您滿意嗎？」

仲根綠緩緩眨眼後，深深點頭。

「太滿意了。我萬萬沒想到可以做得如此完美，太驚人了。」

「聽到您這麼說，我們的辛苦就值得了。」

「果然讓你們很辛苦啊。」仲根綠垂下眉梢。

「不會，請別在意。倒是，這個蛋糕要在什麼時候送去您的房間呢？我記得您也預約了客房服務的晚餐吧。如果是上甜點的時候送去，請您先指定一個大概的時間。」

如果真的和丈夫一起用餐，通常是這麼做。

仲根綠思索片刻，回答：

「不用，和餐點一起送來就可以了。」

「好的，我會轉告送餐的服務生。」

「那就麻煩妳了。」仲根綠語畢，定睛凝望蛋糕，隨後對尚美說：「這次提了無理的要求，真的很抱歉。不過多虧你們的幫忙，我一定會有個美好的除夕夜。昨天你們送我美麗的鮮花，也讓我看了精彩的影像秀，我的運氣實在太好了，簡直像在做夢。」

尚美偷偷調整呼吸，覺得時機終於到了。

「關於這件事，其實我有事想跟您說，同時必須向您道歉。」

「道歉？怎麼回事？」

「其實鮮花和影像秀，不是我們飯店提供的服務，是有位客人拜託我們做的。還有您點的客房服務晚餐，以訂單處理失誤為由送您的那瓶香檳，也是一樣。那位客人拜託我們，要給一七〇一號房的夫婦提供最高級的服務。一直瞞著您，真的很抱歉。」尚美語畢，深深鞠躬。

可能是太過突然，仲根綠滿臉困惑地問：「那位客人是？」

「住在總統套房，一位姓日下部的先生。」

「日下部……」仲根綠低喃後，搖搖頭。「我沒有印象。」

「這樣啊？詳細情況我們也不清楚，只是照指示做而已。」

尚美不能說，因為日下部在交誼廳對妳一見鍾情。

「這個人，為什麼要做這種事？」

「就如剛才也跟您說的，我們也不知道原因。不過，日下部先生還拜託請我轉達一件事，說希望務必能和兩位聊一聊。」

「跟我們聊？」

「到時候他也會說明，為什麼他要命令我們對仲根夫妻提供特別服務，不知您意下如何？如果你們也想和日下部先生見個面，我立即可以安排場所。而且日下部先生住在美國，明天一早就要啟程了。」

這裡是勝負關鍵，若這時遭拒就無計可施了。尚美專注地凝視仲根綠的雙眼，仲根綠思索片刻，開口問：「他是個怎麼樣的人？感覺像是以前就認識我們夫妻嗎？」

「這個嘛……」這時尚美也只能支吾其詞。「詳細情況我不清楚。不過，就我個人的感想來說，我覺得他是非常普通的男性，很紳士，講話也很客氣，看起來不像壞人。」

但仲根綠不是樂觀到聽了這番話就會卸下警戒心的人，她臉上的疑慮沒有消失。

「這樣啊？可是，這件事還真怪啊。我對這個人真的完全沒印象。」

尚美迷惘了。儘管身為禮賓員必須達成日下部的願望，但若再強行說服，真的有點太超過。

「您覺得如何呢？我想首先，當然要和您先生商量一下。」

「啊……對啊，說得也是。那我回房跟我先生說說看。」

「這樣啊？拜託您這麼為難的事，真的很抱歉。」

「別這麼說，我才是給你們添了很多麻煩。我問問我先生的意思，再跟妳聯絡。」

「不好意思，那就麻煩您了。」

兩人離開婚宴廳後，仲根綠步向二樓電梯廳。尚美覺得她的背影籠罩著複雜的氣場，繼續偽裝是夫妻一起來的她，到底會做出什麼決定呢？十分鐘後，仲根綠打電話來禮賓台，說跟她先生商量過了。

「我先生說他不認識日下部先生，可是他送了我們那麼多禮物，至少得向他道謝。」

「意思是，你們願意見日下部先生？」

「是的，至於地點就選在我們房間吧。」

「你們的房間？」

「妳也知道，我們今晚七點以後要在房間用餐，如果日下部先生能在那之前來就太好了。」

「我明白了。那麼快到七點的時候，我會帶日下部先生去您的房間。」

「好的，等你們來。」

「那麼待會兒見。」

掛斷電話後，尚美輕輕揮動握緊的拳。

33

設施部的工作人員，為了迎接即將到來的新年，在大廳挑高的天花板附近更新佈置，年尾的氣氛越來越濃了。下午六點過後，來櫃台的人變少了，大廳那邊反倒熱鬧了起來，人們彼此熱情打招呼，聊著接下來要一起用餐的事，表情十分開朗。無論今年各自過得如何，今晚都要以笑容總結這一年。

扮成門房小弟的關根，小跑步來櫃台。新田見狀走到櫃台角落，低聲問：

「怎麼了嗎？」

關根迅速掃視四周，湊過臉來：

「浦邊幹夫點了咖哩飯。」

新田看著後輩刑警。

「又叫客房服務？和午餐一樣，他晚餐也想在房裡解決啊。而且除夕夜，居然吃咖哩飯？看來他只想儘快填飽肚子，吃什麼都無所謂。」

「真的越來越怪了。待會兒我會送餐去他房間，順便看一下他房裡的情況。」

「那你要看一看那個宅配包裹，看他是否開箱了。如果開箱了，看看裡面到底裝什麼。還有，書桌和餐桌也要看一看，上面有沒有放書，他是不是有在看書。」

「看書？」

「宅配送貨單的內裝物品寫的是書籍吧？拜託你了。」

「好，我知道了。」關根點頭，快步離去。

新田返回原處，氏原在操作終端機。

「我不了解情況為何，不過從這詭譎的氣氛來看，你們的工作好像也漸入佳境了。」氏原看著終端機畫面說。

新田苦笑聳肩。

「佳境？哪來的佳境。接下來才是關鍵，遊戲還沒開始呢。」

「這樣啊。如果你們能早點解決，我們也感激不盡啊。」

「別擔心。新年前一定會解決。」

「那就萬事拜託了。」氏原冷冷地說。

新田看向禮賓台，只見尚美一會兒操作電腦，一會兒打電話，中間空檔還頻頻看錶。可能是日下部下令的任務時限快到了，要做蛋糕模型，還要安排男女見面，真的很辛苦。新田覺得自己根本做不來。

過了不久，關根又來了。新田和之前一樣走到櫃台角落，問關根：

「結果如何？」

「紙箱開箱了，可是看不到裡面的東西。我環顧了室內，也看不到什麼可疑的東西。」

「書呢？」

「沒看到。」關根偏著頭說：「桌上只擺著手機。」

「那傢伙看起來在做什麼？」

「我也不知道，但電視是開著的。和你去的時候一樣，他也穿運動服。」

「我知道了。你去向組長報告一下。」

目送關根走向事務大樓後，新田又回到氏原旁邊。

「很遺憾的，氏原先生你猜錯了。那個可疑的客人，好像根本沒有在看書喔。」

「這樣啊，不過這也沒什麼好遺憾的，我只是說說可能性罷了。」氏原一臉不為所動。「那位先生，是你們在追緝的犯人？」

「這還很難說，但確定是需要注意的人。」

「這樣啊。沒有方法可以確認他是不是犯人嗎？」

「要用有這麼便利的東西，我們就不用這麼辛苦了。現在連那傢伙的名字是不是本名都不知道呢。」

氏原不悅地皺起眉頭：「目前，他還是我們飯店的客人，請不要叫他那傢伙。」

「啊……抱歉。」

「我不懂偵查辦案的事，可是你們好像很重視監視器畫面不是嗎？如果他是犯人，應該早被拍到了吧？」

「這個嘛……我們也還在研究中。」

新田支吾其詞，但內心知道氏原的指摘得沒錯。雖然寵物美容店的監視器有拍到浦邊，但被害人公寓的監視器並沒有拍到他。

「這只是我外行人的看法，你可以不用理會。」這時氏原看向大廳，臉頰抽動了一下。

新田隨著他的視線望過去，看到曾野昌明帶著老婆兒子，走進鄰接大廳的西餐廳。

「真要命。」氏原嘀咕。「吃飯的地方那麼多，為什麼要在飯店裡，而且偏偏挑那間開放空間的西餐廳，真搞不懂他在想什麼。」

「你是擔心會撞見那個情婦？」

氏原噘起下唇，拉了拉下巴：「那間餐廳，獨自用餐的客人很多。」

「他一定是跟情婦說好了啦。剛才他們在大廳角落碰面，你沒看到嗎？」

「我當然看到了，後來你還去跟山岸問了什麼吧。」

「我去問他們兩人看起來怎樣。山岸小姐說，兩人都很驚訝的樣子，所以今晚是湊巧在這裡遇見。之後兩人又談了一會兒，所以應該不用擔心會擦槍走火吧。」

氏原冷冷地看向新田：「但願如此。」

「還有什麼問題嗎？」

「兩人都很驚訝——這單純是山岸的感想吧。真相究竟為何，只有當事人知道，旁人沒辦法看到他們心裡去。」

「你的意思是，他們是假裝驚訝？」

「這種可能性應該不是零。」

氏原語氣淡定。新田端詳他的臉：「原來如此……就跟你先前說的一樣啊。」

「我說了什麼？」

「相信每一位客人，也懷疑每一位客人，這是飯店人的工作。不懷疑特定的客人，也不相信特定的客人。」

「不這樣的話，做不了這一行的工作。」

氏原的看法確實犀利。新田原本也認為，貝塚由里往曾野那裡跑去，八成是早就知道曾野會從外面回來，所以一直在大廳等。可是聽了尚美的話，又覺得不可能，或許貝塚由里是在演戲吧。若真如此，她的目的為何？

新田低頭尋思之際，聽到男人的聲音：「我姓山下。」原來是客人來辦住房手續。

「啊……您好。」向來反應迅速的氏原，這回難得慢了兩拍。新田納悶，抬頭一看，霎時征住了，因為櫃台前正站著蝙蝠俠與貓女。

「你說什麼？再說一遍！」本宮的火爆聲，灌進新田耳裡。

新田一手捂著靠近嘴邊的手機，繼續說：

「就是櫃台來了兩個分別戴著蝙蝠俠和貓女面具來辦住房手續的人，扮貓女的用目測看來應該是女人。」

「什麼跟什麼呀？」

「你不知道蝙蝠俠？」

「我當然知道，別瞧不起我。他們為什麼來這裡？」

「可能是來參加今晚的派對，早早就變裝好了。」

本宮明顯「嘖」了一聲。

「真是無奇不有啊。飯店方面是怎麼對應的？」

「我看看哦……」

新田轉頭看向櫃台。氏原在操作終端機，淡定辦著手續，背影看起來和平時沒兩樣。

「一如往常，」新田對著手機說：「就繼續為客人辦手續。」

「看不到他們的素顏？」

「是的。」

「等一下，這樣監視器就沒有意義了嘛。到底是怎樣啊？」

「我去問問看，待會再打給你。」

新田掛斷電話，觀察氏原如何對應。但之後也沒什麼異常情況，氏原將房卡交給扮成蝙蝠俠的男性客人。新田再度端詳兩人的裝扮，蝙蝠俠與貓女的面具像是手工做的，做得相當精巧。兩人都穿著黑色連帽長板大衣，裡面穿的是變裝衣服。男子腳邊的行李箱，裡面可能是放著替換衣服吧。

氏原將跨年晚會入場券舉到臉的高度，開始向客人說明，其實不用這麼做也看得這對男女會參加派對。在大廳待命的搜查員，表情都顯得五味雜陳，像是在納悶拍下他們兩人的身影究竟有沒有意義。

「請好好休息。」辦完一切手續後，氏原對兩位客人說。

蝙蝠俠與貓女，開心地挽著手離去。

「氏原先生。」新田問：「這樣可以嗎？」

「你指的是什麼？」

「你沒有確認客人的長相吧？」

「這也沒辦法，我們不能過問客人的打扮。」

「可是，萬一是霸王奧客不就沒有線索可追。」

霸王奧客指的是吃霸王餐和不付房費的客人。

「這倒不用擔心，剛才的客人已經用網路付款了。就算不是這樣，我們也會收訂金或預刷信用卡。你好像很驚訝的樣子，但這是預料中的事。」

「預料中的事？」

「幾年前就開始以變裝派對來辦跨年晚會，隨著變裝逐漸被人們接受，越來越多客人希望在入住時就能變裝。因此我們也研擬了對策，付款沒問題的客人就允許這麼做。」

「只要有付錢，不管是誰都無所謂？那裝監視器幹什麼？」

「那我問你，」氏原挑起右眉。「感冒戴口罩來辦住房手續的客人，你要叫他摘掉口罩嗎？或是眼睛不好戴著墨鏡的客人，你要請他拿下來嗎？有時還會有戴口罩又戴墨鏡的客人來，這和蝙蝠俠的面具有何不同？」

新田頓時語塞，半晌後說：「這也看時間場合而定，今夜是特別的，殺人犯可能會出現。所有來飯店的人，都要確認他們的長相，為了偵查辦案。」

「對，就如你說的，今夜是特別的。今夜是希望客人能盡情狂歡的夜晚，不能以偵查辦案這種與客人完全無關的理由，剝奪他們的幸福時光。」氏原語畢，望向新田的後方。

新田也轉身看向後方，五個戴遊戲角色面具的人正走進飯店。

34

按下門鈴後，尚美凝視房門深呼吸，不禁感慨終於走到這一步了。門開了，出現的是穿黑西裝的日下部篤哉。他可能剛洗過澡吧，隱隱散發出清爽香氣。

「久等了。」日下部滿臉笑容。

「那我這就帶您去。」尚美說。

「嗯。」他點頭：「在哪一樓？」

「十七樓，我們搭電梯去。」

「我在電話裡也說過了，居然要去她的房間，我真的很驚訝。」日下部與尚美邊走邊說。

「我也不懂為什麼，可能是她預約了客房晚餐，用餐前不想離開房間吧。」

「這樣啊，原來如此。」

走到電梯廳，尚美按下電梯鈕。

「對了，我想確認一下，她是一個人在房裡嗎？除夕夜一個人在房裡吃客房晚餐，總覺得怪怪的。」

尚美微笑欠身：「這就請您親自去確認吧。」

日下部哼了一聲：「好吧，我去看看就是。」

電梯門開了，尚美跟在日下部後面進去，按下十七樓的按鍵。坦白說，尚美也不確定仲根綠是否真的一個人在房裡，回顧昨天一連串的事，現階段很難想像她丈夫會突然出現。可是既然如此，又為何請日下部來自己的房間呢？若約在房間以外的地方見面，只要推說丈夫有事不能來，自己一個人來不就得了。

電梯抵達十七樓。尚美等日下部先出電梯，自己再走出去。到了電梯外，尚美則在前面帶路，對日下部說：「請往這邊走。」

越是接近一七〇一號房，尚美的心跳也越來越快。萬一房門打開後，出現的是男人怎麼辦？仲根綠的丈夫，有可能到了最後才來會合。

到了房門前，尚美止步。日下部低喃：「這裡啊。」

尚美調整呼吸，以祈禱的心情按下門鈴。「喀擦」一聲輕響，門開了，從門縫裡探出來的是，仲根綠的異國風情臉蛋。

「我帶日下部先生來了。」尚美語畢，手心向上介紹站在後面的日下部。

仲根綠眨眨眼，看向日下部，微微一笑：「和我想像中完全不同呢。」

「妳以為是更年輕的型男嗎？」日下部語帶調侃地問。

「不，恰好相反。我以為是更年長一點的……」

「我是年輕之輩，實在抱歉。此外也由衷感謝您，這次願意接受我的不情之請。」日下部一反剛才的輕挑，說得極為客氣。

「我聽山岸小姐說，昨天那些美好服務，都是您拜託他們做的，我非常驚訝。您為什麼要做這種事呢？我怎麼想都想不透。」

「我想也是。關於這件事，待會兒我再慢慢向您說明。」

「好的，那麼請進。」仲根綠將門完全打開。

「打擾了。」日下部語畢踏進房裡，關門前向尚美大大地點了個頭。

尚美猶豫著是否該說「兩位請慢聊」，結果什麼都沒說，只是點頭致意便告退了。回到一樓禮賓台，尚美還是耿耿於懷。日下部會怎麼對仲根綠說呢？該不會突然就告白「我對妳一見鍾情」吧？不過也很難說，那個人的行徑真的難以預測。

「任務順利完成了嗎？」忽然頭上有人說話，尚美抬頭一看，是新田。

「總之，我把日下部先生帶去仲根綠小姐的房間了。」

新田驚得微微後仰：「妳真的很厲害，終於辦到了。」

「可是還不能放心。我擔心他們會不會鬧得不愉快。」

「我覺得妳沒必要擔心那種地步。」

「這怎麼行呢，我必須負責到最後。」尚美看看手錶，快七點了。「差不多要送餐去仲根小姐房間了。不知道現在情況究竟如何……」

「關於這位仲根小姐，好像查出新事證了。」

「是什麼呢？」

「我也不知道。剛剛才接到電話，詳細情況還不清楚。因為關鍵時刻就快到了，現場也很混亂，沒時間好好講電話。」

「為什麼會混亂？」

「妳看就知道了。」新田指向大廳，那裡已聚集了不少變裝完畢的人，興高采烈在談笑。

「派對還有四小時才開始，穿著奇裝異服的人已經出現了。如果是已經入住的客人在房間變裝完畢來到大廳，我還能理解，沒想到有人直接以角色扮演的裝扮來辦住房手續。」

「從前年起，零零星星會出現這種客人，不過今年好像突然暴增了。」

「妳別說得事不關己。這樣監視器就派不上用場了，我們也無法比對搜集到的畫面或影像，真的很頭大啊。」

「你要抗議的話，請找總經理……」

「現在組長應該去交涉了。可是，我不抱期待。藤木總經理很頑固啊。」

尚美也認為，可能行不通。畢竟當初提議把跨年晚會辦成變裝派對的，就是藤木。

這時，桌上的電話響了，液晶螢幕顯示一七〇一號房來電。尚美連忙接起：「您好，仲根女士，讓您久等了。這裡是禮賓台。」

「啊，妳是山岸小姐吧。」電話傳來男人聲音，尚美大驚，霎時以為是仲根綠的丈夫。

「啊……是的。」

「如果妳現在有空，能不能過來一下？」

其實是日下部打來的，語氣沉穩，聽起來不像是出了什麼麻煩。

「去房間是嗎？」

「對，一七〇一號房，我有事要問妳。我把用餐時間稍微往後延了。」

「好的，我這就去。」

尚美掛斷電話，起身一看，新田的背影已然走遠，可能是去事務大樓吧。尚美也很在意仲根綠的新事證，但現在沒時間等他回來。日下部究竟想問什麼？兩人究竟談到什麼情況？尚美帶著不安與好奇走進電梯。來到一七〇一號房前，尚美調整呼吸，按下門鈴。不久後門開了，出現的是日下部。

「不好意思，讓妳專程跑一趟。」日下部說。尚美見他神情沉穩，也鬆了一口氣，看來不像發生什麼尷尬情況。

「您說有事想問我，是什麼事呢？」

「嗯，進來再說。雖然這不是我的房間。」

「打擾了。」尚美走了進去。從昨天起，這是她第三次進入這個房間。

尚美跟在日下部後面來到客廳，看到仲根綠坐在雙人座沙發上，面帶微笑。桌上擺著兩個茶杯，看得出是泡日本茶包。日下部搬來一張餐廳的椅子坐下，指著單人座沙發對尚美說：「妳也坐下吧。」

「謝謝您，我站著就好。」

「這樣啊。」日下部點點頭。「託妳的福，我才能和仲根女士單獨聊天，真的很感謝妳。」

「您能滿意就太好了……」

「關於對仲根女士提供特別服務的理由，我也跟她說明了。我說我對她一見鍾情，提出無理要求硬要妳安排我們單獨見面，結果妳提出『長腿叔叔作戰計畫』。不過很慶幸，仲根女士沒有罵我，不僅沒有罵我，還向我道謝，說她很開心。」

「這真是……」尚美看向仲根綠。「這真是太好了。對您隱瞞實情，真的很抱歉。」

仲根綠微笑搖頭。

「我應該向妳道謝呢。這不是挖苦喔。」

「聽您這麼說，我就放心了。」

「可是，山岸小姐，我又被甩了。」日下部說：「仲根女士好像有老公喔，這次是夫妻倆來住飯店。」

尚美對日下部低頭道歉：「這我知道。」

「我想也是。可是站在妳的立場，不能跟我透露這件事，想必妳也很煎熬吧。」

「與其說煎熬，不如說於心不安。」

「於心不安啊，或許吧。」日下部笑了笑，以認真的眼神看著尚美說：「我聽仲根女士說，妳說我想見他們夫妻，不是想和她單獨見面。」

「是的……」

「仲根女士說，她先生臨時有事出去了，所以我們才能這樣單獨見面。要是她先生沒出去，妳打算怎麼辦？這樣妳就無法履行讓我們單獨見面的約定了。」

「這個嘛……」尚美沉吟半晌，抬頭看向日下部。「日下部先生，難道您說要問我的事就是這個？」

「沒錯，就是這件事。妳居然想讓我和仲根夫妻見面，藉此矇混過去？我不認為妳會這麼做，所以覺得很奇怪。還是說，妳走投無路只能這麼做？這就是妳的替代方案嗎？」

尚美頓時語塞。若真要解釋，必須碰觸仲根綠的祕密，同時也得向仲根綠表明，其實飯店方面早已知道妳先生沒有住在這裡。但這真的能說嗎？

「怎麼了？為什麼不回答？」日下部催她。

尚美想說，這就是替代方案，打算讓您和仲根綠夫妻見面。若這樣能圓滿收場就沒問題。然而尚美開口前，仲根綠搶先一步說：

「沒關係，山岸小姐，妳就說實話吧。其實妳早就發覺了吧。」

「仲根女士……」

「妳早就發覺，我先生仲根伸一郎，根本沒住在這裡。」仲根綠的眼眸，浮現死心之色。

35

「死了？」新田站著聽完本宮的話，身體僵住了。「真的假的？」

「在這種爆忙的時候，我怎麼會為了撒謊或開玩笑把你叫來。」本宮眉頭緊蹙，以手指敲敲手邊的文件。「這是愛知縣警傳來的追加資料。他們終於找到仲根伸一郎租屋時的租賃契約負責人。確認退租的原因是，本人死亡。」

「死因呢？」

「聽說是肺癌。去年年底住院，一直住到今年三月過世，詳細情況他們也查過了，沒有他殺嫌疑。」

「結婚經歷呢？」

「這就不清楚了，過世時好像是獨居，退租手續是他家人辦的。」

新田低吟：「難怪老公沒有出現在飯店。」

「可是萬萬沒想到已經死了。你是怎麼看的？」本宮瞪著新田。「用死掉的男人的名字，偽裝成夫妻，住在飯店的神祕女人。你覺得她目的是什麼？為計畫犯罪的男人做不在場證明，這個假設已經推翻了喔。」

新田側首尋思，想不出任何頭緒。

當他想回答「我不知道」時，手機響起，是尚美打來的。新田向本宮說：「不好意思，我接個電話。」便接起手機。

「我是新田，怎麼了？」

「我是山岸。新田先生，不好意思，百忙之中打擾你。你現在能撥一點時間給我嗎？十分鐘就好。」

聽她的口吻，新田覺得是有人拜託她打來的。

「什麼事呢？」

「是這樣的，我現在在一七〇一號房，仲根女士的房間。仲根女士有事想跟我們說明，是關於她先生的事。」

新田用力握緊手機：「然後呢？」

「仲根女士說，昨晚來通知她影像秀的那位先生如果有空的話，希望也能請他一起來。因為讓他看到自己難堪的樣子，想解釋一下。」

「難堪的樣子？啊……」

新田反應過來了，是眼淚。看來她發現新田看到了。

「我明白了。我這就過去。」

新田掛斷電話，向本宮說明原委。

「能聽到本人的告白是最準確的，你去吧。」

「好。」新田回答後，環顧室內。「對了，組長呢？」

「他去找總經理談變裝的事。談了這麼久還沒回來，恐怕很難說服吧。」

「我想也是。藤木先生那種個性……」

「希望渺茫啊。」本宮以死心的口吻說。

新田離開會議室，返回飯店。來到一七〇一號房一看，除了仲根綠和尚美，還有日下部篤哉也在。

「不好意思，讓你專程跑一趟。」仲根綠向新田致歉。「因為我希望你也一起聽。」

「謝謝您。」新田致謝，一邊暗忖，究竟是什麼對話流程演變成這種狀況，不過這事後問尚美就好，現在先默默地看吧。

「我先生……」仲根綠說著又搖搖頭：「我必須把話說得精準一點，不是我先生，而是原本應該成為我先生的人，今年三月過世了，死於肺癌。發現罹患肺癌是去年年底，然後轉眼間就成了不會回來的人了。」這段內容，和剛才本宮說的一樣。「他住院前，我們有個小小的計畫。因為他的生日剛好是除夕，我們打算在我們相遇的東京度過這一天，飯店就定在這裡，東京柯迪希亞飯店。他知道這裡知名的『假面之夜』，想來住一次看看。可是很遺憾，這個計畫沒能實現。那個除夕，我們不是在飯店度過，而是病房。」

仲根綠說到這裡，門鈴響起。

「好像是送晚餐來了。山岸小姐，妳幫我去開門好嗎？」

聽到仲根綠這麼說，尚美立即應了一聲：「好的。」隨即走出客廳。

不久之後她回來了，後面跟著推餐車的男性客房服務生。餐車上擺滿各式各樣的料理。

「仲根女士，料理要怎麼處理？要不要先擺上桌？」尚美問。

「不用，等一下我自己來。倒是能不能先把蛋糕拿出來？我想先把蛋糕擺上桌。」

「好的。」客房服務生答道，隨即從餐車下方取出一個四方形盒子。

「蓋子蓋著就好。」仲根綠說。

客房服務生將蛋糕盒放上桌，說了一聲：「那我失陪了。」便離開了房間。

「他住院時，我們約好了。」仲根綠繼續說：「下次他的生日，我們一定要在東京柯迪希亞飯店慶生。他過世後，我對這件事依然耿耿於懷，到了他生日越來越近時，我再也忍不住了，回過神來已經預訂了三個晚上。因為這是我們去年的計畫，當然也用他的名字。」

「您的本名是，」新田開口說：「牧村綠小姐吧？」

仲根綠微微一笑。

「是的。我說自己是仲根綠，是因為完全沒想到必須示出信用卡。」

「抱歉。」新田致歉。

「我也有想過，可能早就被看穿了。不過坦白說，我無所謂，我一心只想完成去年和他未完的事。在房間裡，喝香檳欣賞夜景；早上叫客房服務，喝熱咖啡，當然都要點兩人份；桌上擺著他看到一半的書，還有發現罹癌後，他從沒抽過的香菸。他最後抽的那根菸的香菸盒，我到現在還留著。」

「Zippo的打火機也是？」新田問。

「是的。」她點頭說：「這是他愛用的打火機，但沒有灌汽油就是了。」

原來如此，新田暗忖，這樣一切就明白了。洗髮精和牙刷都用兩人份，不是要偽裝什麼，而是供給心愛的男人。

「昨晚的影像秀真的太美了。我看著那精彩動人的影像不禁心想，啊，好想也讓他看看這幅美景，想著想著突然悲從中來……」仲根綠的表情有些僵住，深深吸了一口氣，硬是擠出笑容對新田說：「讓你看到難為情的地方了。」

新田不知如何回答，只是點點頭。

仲根綠從一旁的包包中取出一張照片，放在蛋糕盒旁，是那張蛋糕照片。

「去年的今天，我們在病房給他過生日，拜託蛋糕店的朋友為他做了這個特製蛋糕。」

仲根綠看向尚美，繼續說：

「今天早上，我看著這張照片，想說今年也要用同樣的蛋糕給他過生日。可是這麼大的蛋糕，我一個人根本吃不完，而且可以的話，我希望每年都能拿出來擺飾。」

尚美暗忖，原來如此。恍然大悟後，緩緩點頭。

「對不起，真是為難妳了。」

「不會，別這麼說。」

仲根綠以雙手拿開盒蓋，看到裡面的東西，發出驚呼的是日下部。新田也不禁睜大雙眼，因為和照片裡的蛋糕太像了，完全看不出是模型。新田暗自佩服尚美，覺得她果然厲害。

「做得如此唯妙唯肖，他在天國一定也很感動。」

「謝謝您，這是至高的褒獎。」尚美低頭致謝。

「好了。」仲根綠在胸前雙手合掌。「我的告白全部說完了，各位還有什麼問題嗎？」

尚美看向新田，以眼神問他，有什麼想問的嗎？新田默默搖頭。

「我們沒有疑問了。」尚美回答。

「我倒是有一堆問題想問。」日下部說：「但不是這件事，而是關於妳的事，譬如妳的興趣是什麼？喜歡什麼音樂？」

仲根綠自然地流露笑容。

「那我有個小小的提案，如果日下部先生，今天還沒預訂晚餐的話，在這個房間用餐如何？這裡有兩份晚餐。」

「啊？」日下部不禁站了起來。「妳要請我吃飯？」

「最近我都一個人吃飯，漸漸覺得有點寂寞了，而且吃不完的餐點拿去馬桶沖掉，總覺得過意不去。」

原來如此，新田忽然明白了。除非是超級大胃王，要吃掉兩人份特別晚餐是不可能的。

「既然如此，請務必讓我和妳一起用餐。」日下部一臉喜孜孜，轉而對新田和尚美說：「能不能請你們拿一瓶香檳來？」

「沒問題。」新田與尚美同時回答。

36

「我又被嚇到了。」走出仲根綠的房間，前往電梯廳途中，新田說：「來飯店的人，真是形形色色，簡直像世界奇妙物語的大遊行。」

「不過我也太粗心了，居然沒想到生日準備不能吃的蛋糕有問題。她來拜託的時候，我就該察覺是獻給故人的供品。」

抵達電梯廳，新田按下電梯鈕。

「就算察覺到了，妳得做的事情還是一樣吧。」

尚美微微闔眼，搖搖頭。

「如果我察覺了，很多事就能做得更細膩。仲根小姐必須做那麼揪心的告白，也是歸咎於我判斷失誤，其實她根本不想讓任何人知道那些事。」

電梯來了。兩人走進去後，新田有些傻眼地苦笑說：

「妳還是老樣子啊，責任感很重。太過操心的話，對皮膚不好喔。」

尚美瞪著刑警說：「不用你多管閒事。」

電梯停靠在十二樓，一名女子走進來。尚美看到她，不禁緊張起來，就是那位經常來開房間休息的小姐。電梯抵達一樓，那位小姐快步出電梯，尚美與新田隨後也走了出來。那位小姐往大廳的後面走去，看來是要去西餐廳。新田見狀，發出哎呀呀呀的奇妙聲音。

「怎麼了？」尚美問。

「哦，是這樣的——」

新田告訴尚美，其實一小時前，她的不倫對象帶著家人進入那間餐廳。

「究竟怎麼回事？難道兩人沒有談好不要碰頭嗎？」

「可能是男方有提，但女方不同意吧。」

「為什麼？」

「因為，」尚美看著新田說：「即使一起出現在餐廳，女方也不痛不癢，反倒可以看到男方心神不寧的樣子，覺得很有趣。此外這也是機會，可以好好觀察男方平常和家人相處情況。」

新田目不轉睛盯著尚美。

「昨晚，妳說到女人劈腿也是這樣。妳總是一副雲淡風輕地告訴我可怕的事。」

「可怕嗎？這對女人來說很平常喔。」

「如果真是這樣，我很同情那個男人，現在他想必坐如針氈吧。要留意情婦的眼光，根本無法好好陪家人。」

「這也沒辦法，是他自作自受。」

兩人來到禮賓台附近，正巧一對年輕男女走了過來。尚美看到他們，綻露笑容，是那對關西腔的新婚夫婦。

「兩位好，要外出是嗎？」

「剛吃完晚飯，雖然時間有點早，我們就去那間店換變裝衣服了。」男方說。

「太好了。衣服已經敲定了？」

「敲定了！」女方答得元氣十足。「雖然猶豫了很久，最後挑了最適合我們現在的衣服。」

「這樣啊。究竟是什麼樣的衣服，我現在不要問比較好吧？」

「對啊，有機會的話，到時候妳看就知道了。」

「那我就期待到時候看到兩位的變裝。請慢走。」

看著兩位年輕夫妻開開心心離去後，新田問：「他們也要參加變裝派對啊，說要去店裡，是什麼店啊？」

「卡拉OK店，那裡有出租變裝用的衣服。」

「對了，妳之前也說過變裝衣服可以租借。接下來穿奇裝異服的人會越來越多啊。」

「這是本飯店的招牌活動嘛。」

「真是傷腦筋。」新田蹙眉，將手伸進上衣內袋，似乎是手機來電。新田掏出手機，貼在耳朵「喂」了一聲。

「……啊？真的假的？這次是什麼內容？……啥？什麼？假面人偶？……有，山岸小姐在我旁邊。……好，我明白了，我跟她說說看。」新田掛斷電話，轉而問尚美：「妳現在能不能陪我一下？」

「出了什麼事嗎？」

「派對在三樓的宴會廳舉行吧。應該已經準備就緒了，妳能不能跟我一起去看看？」

「我是無所謂，可是要做什麼呢？」

「我們邊走邊說，走吧。」

新田快速起步，尚美連忙跟上去。

「告密者傳來新消息。」進了電梯後，新田說：「這次是要確認警方是否真的來這間飯店佈署了。如果刑警已經在現場待命，要我們照指示行動。」

「照指示行動？」

尚美問的時候，電梯剛好抵達三樓。三樓有兩個宴會廳，後面比較大的叫「鑽石廳」，是個大宴會廳，若舉辦站著用餐的雞尾酒會可容納上千人，坐著用餐的餐會也可容納七百人，通常用來舉辦喜慶派對，時而也用來舉辦時裝秀。「假面之夜」就在這個鑽石廳舉行。

兩人前往鑽石廳途中，在走廊看到告示牌上寫著「非相關人員，禁止進入」。再往前看，圓形的台上立著一尊穿黑色長裙、戴紅色面具的女性人體模型，左手端著一只金色葡萄酒杯。

「哦，那就是假面人偶啊。」新田低喃。

「她叫做『假面夫人』，是這個派對的主辦人，站在這裡迎接賓客。」

「每年都會擺出來？」

「對，這是專門為這個派對製作的人偶。」

新田交抱雙臂，點點頭：「我懂了，原來是這樣啊。」

「你不要一個人在那邊懂了，剛才的話還沒說完呢。告密者給了什麼指示？」

尚美一問，新田指著人偶說：

「告密者叫我們把花插在她手上的黃金葡萄酒杯裡。如果到晚上十點還沒把花插上去，告密者就認定警方沒有行動，今後就不再跟我們聯絡，也不跟我說殺人犯變裝成什麼。」

「把花插在葡萄酒杯裡……」

「花，可以拜託妳嗎？」

「沒問題，晚上十點是吧。」尚美看錶已經快晚上八點了。「我會去找漂亮的花來。」

「那就拜託妳了。話說回來……」新田摸了摸下巴。「告密者的目的究竟是什麼？」

「看來好像不是單純幫警方抓犯人。」

如果目的在此，沒必要如此拐彎抹角吧。

「我們查了監視器畫面，人偶是剛剛才擺上來的，之後除了飯店相關人員，沒有人進入這個樓層。但告密者居然知道人偶拿著黃金葡萄酒杯，所以可能是飯店相關人員，或是曾經參加過這個派對的人，總之一定是知道會擺出人偶的人。」

「飯店相關人員？怎麼可能！」

尚美強硬駁斥。新田默不作聲，一副若有所思，彷彿在說坦護自己人的意見根本不需要聽。

接著聽到胸口的震動聲，又有電話進來了。他掏出手機，貼在耳上。

「喂，我是新田。……有，看到人偶了，花已經拜託山岸小姐幫忙了。……我知道了，立刻過去。」新田掛斷電話，將手機收回內袋。「對策總部叫我去，我得去一趟事務大樓。花的事就拜託妳了。」

「出了什麼事嗎？」

「要開對策會議。看來一決勝負的時候到了。」新田語畢立即衝向電梯廳。

37

會議室籠罩著緊張慌亂的氣氛，上島等年輕搜查員們站在白板前面，將附有資料的照片，逐一貼上白板。看到這些照片，新田瞠目結舌。第一張照片是剛入住的蝙蝠俠，附上的資料是名叫山下和之的駕照影本，旁邊標有電話號碼與電郵信箱。新田想起，這個蝙蝠俠辦住房手續時報上的姓氏是「山下」，蝙蝠俠照片的旁邊，貼的是貓女的照片。但貓女的照片沒附參考資料，可能還沒查到真實面貌與姓名吧。其他還有很多照片，都是變裝的客人。

「這是變裝後來辦理入住的客人資料嗎？」

「是的。可是做這種事有什麼意義嗎？」上島說：「例如這個蝙蝠俠，雖然他是網路付款的，但我們還是無法知道他是不是山下和之本人。面具後面那個人，不見得就是駕照上的人。」

「確實如此。」

「儘管如此，也不能放著不管吧。」本宮從新田後面走過來。「總之我們要先把變裝客人的裝扮和名字對起來。」

「可是，裡面也有這種很扯的人喔。你看看這名字。」上島遞出一張照片和資料。照片裡的人，用繃帶把整張臉裹起來。

「這是什麼鬼？名字是，KINOYOSHIO？名字是有點怪，但這有什麼問題嗎？」本宮看著資料說。

「咦？你沒看出什麼嗎？」上島睜大雙眼。

「給我看看。」新田從本宮那裡接過資料一看，猛地噴笑。因為名字是「木乃伊男」，只不過羅馬拼音標注的日語發音，確實如本宮所言。

「幹麼！有什麼好笑？」本宮忿忿地說。

「本宮先生，前面這三個字木乃伊讀成MIIRA，所以這裡寫的其實是MIIRA男。」

「MIIRA？木乃伊？可以用這種名字入住？」

「可能是訂房的時候，報成KINOYOSHIO吧。訂房人員的接線生應該確認過漢字，可是和本宮先生一樣，不知道它讀成MIIRA。一旦訂房成功，飯店就不能拒絕客人入住。資料上寫的是現金支付，他也付了七萬預付金，更沒有理由拒絕他入住。」

「換句話說，這根本是假名嘛。」本宮將繃帶男的照片還給上島。

「所以我才說很扯呀。」上島說著，將木乃伊男的照片和資料貼在白板上。

本宮氣呼呼地亂抓頭髮。

「搞什麼變裝派對，無聊透頂！」

「組長和飯店交涉破裂嗎？」新田看向稻垣。組長正在講電話。

本宮歪著嘴角，點頭說：

「總經理說，客人專程來享受變裝樂趣，不可能要求他們露出素顏，所以斷然拒絕了。」

「果然還是拒絕了。」

新田想起藤木那張冷漠的臉。

「警備室的同仁說，一般住宿客人也變裝完畢，陸續從房間出來了。」

「大廳確實已經聚集了很多變裝的人。」

「派對還有兩小時才開始，這些人也性急了。」

「難得有機會可以玩變裝，他們想享受久一點吧，只是我們很頭痛就是。」

「我已經交代警備室的同仁，好好盯著監視器畫面，看看從哪個房間走出來的，是裝扮什麼的人。可是畢竟有幾百個人，要全部確認還是很難。」

「只能縮小範圍，鎖定比較奇怪的人了。對了，浦邊有沒有什麼動靜？」

「在他房間附近監視的刑警說，沒什麼動靜。關根送客房服務的咖哩飯進去之後，門就再也沒開過。」

「浦邊沒有參加跨年晚會，就算一直待在房間沒出來也不奇怪。」

「可是，因為有那個畫面。窺看寵物美容店的男人，確實是浦邊沒錯吧？」

「確實是他，所以浦邊一定會行動。」

「雖然不知道他想做什麼，但若浦邊真是兇手，事情就好辦了。」

本宮一臉嚴峻低吟時，這時外頭傳來嘈雜聲。不久門開了，探頭進來的是渡部：「矢口組長他們到了。」

「請他們進來。」稻垣說。

渡部將門大開，身材高大的矢口立即走了進來，抬手向稻垣打招呼：「辛苦了。」

「彼此彼此。」稻垣回答。

矢口的部下跟著魚貫而入，其中幾個人抱著紙箱，將紙箱放在地上，能勢也在其中。他一看到新田，便撥開人群般走過來。

「你看過監視器畫面了嗎？」能勢低聲問：「就是那個三年半前遇害，室瀨亞實住的公寓監視器畫面。」

「大致看過了。不過案發當天的畫面，好像沒有出現這次案件的相同人物。」能勢一臉遺憾地點頭：「是啊，很遺憾，看來是我猜錯了。」

「不，現在下結論還太早。說不定犯案後，有辦法躲過監視器離開公寓。」

「但這次案發現場的霓歐魯姆練馬公寓，除了大門玄關以外，能夠進出的只有緊急出入口。那裡二十四小時都有保全守著，案發前後沒有人出入的紀錄。」

「那三年半前的案子呢？那棟公寓沒有別的出入口嗎？」

「這就不知道了，有必要查一查。」

「那就拜託你了。這兩起案子的共同點太多，一定有什麼……」新田說到這裡打住了，因為察覺自己太大聲，回過神來發現四周鴉雀無聲。新田戰戰兢兢往旁邊一看，發現稻垣和矢口正冷眼看著他們兩人。

「你們聊得很起勁嘛，密談結束了嗎？」稻垣問：「如果你們談完了，我想開對策會議了。」

「啊……抱歉。」新田縮起脖子。

稻垣臭著一張臉，嘆了一口氣，轉而對本宮說：「草圖。」

於是本宮與上島等人，將一張很大的紙攤在桌上。裡面畫的是平面設計圖，以牆壁隔出一個四方形大空間，設有幾扇對開的門，一看就知道是舉行跨年晚會的大宴會廳。這張平面圖應該是飯店宴會部給的吧，圖面用紅筆標上魔術、表演區、舞池等字樣，擺放飲料和輕食的餐桌配置也一目了然。

「派對人數，目前知道的就超過四百五十人，稍微不留神就可能錯失目標。」稻垣以洪亮聲音對眾人說，接著看向矢口：「會場預計佈署幾個人？」

矢口站在桌旁，俯視平面圖。

「四百五十個人，相當多啊。但也不是佈署越多搜查員，效率就會越好。沿著三面牆各派兩人，共六人，然後入口處兩人，問題是中間要放幾個人？」

「這裡也放兩個人吧，總計十人。其實飯店有提出要求，希望假扮客人進場的搜查員，最多不要超過十個人。」

「這樣啊。為什麼？」

「因為他們不喝飲料又不交談，只是盯著會場動靜。人太多的話，會影響會場氣氛。飯店方面是這麼說的，我覺得也有道理。」

「這樣的話，可以讓一些搜查員扮成飯店人員嗎？」矢口看著新田的服裝說。

「這個他們也拒絕了，說是客人看到沒有在工作的飯店人員，有損飯店聲譽。」

矢口皺起一張臉，搔搔後腦勺：「這樣啊。」

「那就十個人吧。分成兩組，一組靠近入口處，一組離入口處較遠，這樣如何？」

「就這樣吧。其他就當機動組，在場外待命。」

「這是個好主意，我贊成。」

不愧是身經百戰的兩位警部，很快就敲定方針，接著也迅速敲定了人員配置，新田被分到機動組。

「你這身裝扮，犯人不會起疑，所以哪裡都能去。問題是其他人。」稻垣環顧眾人，轉而對矢口說：「參加派對的人，全部都要變裝，如果穿普通衣服，只要戴上面具就行。可是飯店也說，只戴面具的人年年銳減。換句話說，搜查員穿現在這個衣服進去太搶眼，有必要做一些變裝。我在電話跟你談的東西，不曉得準備好了嗎？」

「好了，已經帶來了。這群年輕的傢伙們，好像弄出了很多東西。」矢口莞爾一笑，對部下們使了個眼色。

兩名年輕刑警打開一旁的紙箱，取出裡面的布製品，攤給大家看。

哦哦哦！霎時一片驚呼。

那是蜘蛛人和假面騎士的服裝。

38

對策會議結束後，新田離開會議室，返回飯店。但在下樓梯時，聽到後面有人喚他：「新田！」新田回頭一看，只見能勢追了上來。他拎著一個紙袋，裡面裝的可能是變裝衣服吧。可是他並沒有被分到會場裡，而是在周邊待命的機動人員。

「我有事要跟你說，可以聊一下嗎？」

「那我們一起去飯店吧，那裡有適合密談的地方。」

過了馬路後，兩人從側門走進飯店，來到大廳後，兩人都驚呆了。人數又變得更多了，而且到處都是變裝的人，黑武士和麵包超人站著聊天，若不是知道接下來要舉辦什麼活動，這幅景象相當超現實。

「天啊，大家都打扮的很道地。」能勢環顧周遭，發出感嘆的聲音。

「剛才說刑警穿西裝會很搶眼，一點也不超過吧？」

「確實。」

新田搭電扶梯上二樓，打算去婚宴廳，除夕夜，那裡應該沒人用。下了電扶梯，新田不經意俯瞰一樓大廳，猛然一驚。曾野昌明他們一行人恰巧走出西餐廳，讓新田更驚愕的是，曾野和兒子的後面，跟著兩個女人。一個是曾野的太太，另一個是和太太聊得很開心的，不是別人，正是貝塚由里。

「她們兩個認識啊？」

「啊？什麼事啊？」能勢往下看。

新田指著穿越大廳走向電梯廳的曾野等人，簡短向能勢說明曾野和貝塚由里的關係。

「咦？在平常和情婦開房間的飯店，突然碰到情婦？而且是跟家人一起來的時候？看來這個男人的素行很差啊。又或者是……」能勢欲言又止打住了。

「或者是什麼？」

能勢回過頭來，笑得眼睛瞇成一條線。

「或者是情婦故意跑來鬧？跟有妻小的男人交往，聖誕節或新年，對這種女人是非常可恨的節日。自己孤零零一個人，男人卻興高采烈和家人享受幸福時光，所以想故意去鬧他一下，這也不是什麼奇怪的事。」

「山岸小姐也說了同樣的話。倘若真是如此，女人真的很可怕。不過，最差勁的還是曾野那個男人，居然跟老婆的朋友搞外遇。」

「這是常有的事，因為男人到了一個年紀，就沒什麼機會認識陌生女子。就這一點來說，女人認識女性朋友的管道就比較多了，最好的例子就是幼稚園或小學的媽媽友人。受惠於妻子的交友圈而搞外遇的男人，聽說不少喔。」

不曉得這種情報是從哪裡來的，能勢的語氣聽起來自信滿滿。可能是最近經手了和外遇有關的案件吧。

「真是差勁又無恥的男人啊，這種男人應該給他一點苦頭吃。」

宴會廳果然沒有半個人，連燈都沒開，新田按下牆上開關。

「話說回來真是傷腦筋啊，都這把年紀了居然要變裝。」能勢坐下後，沉沉嘆了口氣。

「你要打扮成什麼？」新田指著紙袋問。

「就是這個。」能勢從紙袋取出雪白衣服，還有頭巾和墨鏡。「我很懷疑現在還有人知道這是什麼嗎？」

「嗯……我在懷舊的電視節目裡有看過，好像叫什麼假面來著？」

「月光假面。也難怪你不知道，這可是我爸媽小時候的英雄人物喔。」能勢一臉落寞地將衣服收回紙袋。「既然要變裝，也讓我穿帥氣一點的嘛。」

「你要跟我談變裝的事？」

「不是，不是。」能勢連忙搖手。「我是要跟你談那個可疑人物，名字好像叫浦邊什麼的那個男人？」

「浦邊幹夫。這個男人怎麼了？」

「監視器有拍到他偷窺寵物美容店的畫面吧？所以我傍晚去了霓歐魯姆練馬公寓。」

「和泉春菜住的那棟公寓？」

「對。你也知道證人們說，有個男人經常出入和泉的住處吧。我把浦邊的畫面拿給他們看，結果大家都說不是這個人。雖然沒人確實記得那個男人的長相，但說體型和浦邊不同，應該更瘦一點，臉也更小一點。」

「哦，原來如此。」

新田回想浦邊的外型，雖然不至於胖到肥滿，體態也算有點發福，臉也確實蠻大的。

「公寓的監視器也確實沒拍到浦邊，我覺得把他當兇嫌有些勉強。」新田說：「但話說回來，寵物美容店的監視器確實有拍到他，我們也不得不謹慎啊。」

「問題就在這裡啊，新田。浦邊窺看寵物美容店是十二月五日，那時和泉春菜早就遇害了。如果浦邊是兇手，他到底在窺看什麼？難道是平常準時上班的寵物美容師沒來，他去看店裡發愁的情況嗎？我覺得這種可能性很低。」

新田明白能勢的言下之意。

「剛好相反吧。浦邊是去看和泉在不在，也就是說，他在找和泉。他不知道和泉被殺了。」

能勢拍了拍手，彷彿在說你真懂我的心思，然後指著新田說：

「就是這樣。那麼浦邊為什麼要找和泉呢？如果有事的話，比起直接去職場找人，應該先做別的事吧。」

「打電話、寫Email，或是用社群網站的私訊聯絡。實際上，浦邊也可能用這種方式跟和泉聯絡過。可是電話沒人接，Email和私訊也沒回，擔心之餘跑去寵物店找人……」

「我也覺得應該是這樣。」能勢的語氣轉為慎重。「當然，浦邊也有可能不知道和泉的電話號碼或Email，單純只是去看心儀的人。不僅如此，浦邊窺看寵物店也有可能只是單純喜歡動物，跟案件與和泉沒有任何關係。」

「不，再怎麼樣，被寵物店監視器拍到的男人，居然剛好在這時出現在這家飯店，這一點實在很難想像，而且這個男人的可疑之處太多，也很有可能是用假名入住。以他出現在寵物店的時間來看，應該是用電話或 Email 無法跟和泉取得聯絡，才跑來職場看，這個可能性比較高。」

「你這麼說，我就比較有信心了。那你認為，浦邊跟和泉是什麼關係？」

「關係……是嗎？」

「只是單純認識？」

「不，這個嘛……」

新田尋思，交換了電話號碼和 Email，卻無法以此聯絡到人，擔心之餘會去職場察看情況，會是什麼樣的關係呢？浦邊知道和泉春菜的職場，但不知道她的住處。若知道住處，應該會去住處找她。去了之後，應該會被監視器拍到。

不知道住處——想到這裡，新田腦中的雲霧散開了，射入一道光芒。

「就跟那個一樣。」新田說：「三年半前，那個遇害的被害人，有個在交往的男人吧。名字叫什麼來著？我只記得他想當畫家。」

能勢迅速翻開記事本：「他叫野上陽太，是畫具店的店員。」

「他也不知道被害人的住處吧。浦邊也一樣，雖然跟和泉交往，但不知道她住在哪裡。」

能勢莞爾一笑，舔舔嘴唇：「看來你得到的結論和我一樣啊。」

新田輕輕地瞪了瞪這個老奸巨猾的圓臉刑警。

「能勢兄也真壞心，裝作一副在推理的樣子，其實是在試探我有沒有發覺吧。」

「我哪敢試探你。我只是想確認一下，我的推理是不是自己想太多。託你的福，我現在有信心了。」

「如果我們的推理正確，這個案子就越來越像三年半前的案子了。想當畫家的青年沒能知道女朋友的住處，照山岸小姐的說法，可能是那個女人腳踏兩條船。而這一次，進出被害人和泉住處的男人，不是浦邊，而是別的男人。」

「這次又找到新的共同點了，兩個被害人都腳踏兩條船。但是新田，這該怎麼想呢？兇手是嫉妒心很強的男人，發現交往的女人劈腿，一氣之下把她殺了？」

新田指著能勢的鼻子說：

「你這精明刑警的臉上，明明寫著，案情不可能這麼單純。畢竟還有蘿莉塔的事，應該還有更深的隱情。不過話說回來，浦邊的真實身分也還不清楚，現在都還在推測階段啊。」

「問題是，要怎麼運用這條線索來辦案，對吧？」

「你說得對，確實如此。」

兩位刑警互看了一眼，同時點頭。

稻垣交抱雙臂，閉上眼睛；矢口反倒睜開眼睛，看著天花板；本宮的表情和聽完前一樣，仍然低頭繃著一張臉，依舊是事務大樓的會議室，沒有其他人。當新田和能勢向稻垣他們說，有特別的事要談，上司們察覺有異，便將其他人支開了。

「您覺得我們的推理如何？」新田戰戰兢兢問上司們的意見。

稻垣睜開眼睛，看向矢口，手心向上示意，請矢口發表意見。

矢口若有所思地摸摸下巴：「相當有說服力。就算浦邊和被害人不到戀人關係，但也有可能有某種程度的關係。」

「可是問題是，」稻垣接著說：「浦邊來這間飯店做什麼？」

「這才是問題所在。若剛才的推理正確，浦邊既不是兇手，也不知道兇手是誰。換句話說，他也不是告密者。既然如此，為什麼他今晚待在這裡？我能想得到的理由只有一個，他是被叫來的。」新田說。

矢口瞠目結舌。稻垣低聲問：「被誰叫來的？」

「回答這個問題之前，我希望你們再聽我們一個推理，關於告密者的目的。告密者要我們把花插在假面人偶的葡萄酒杯裡，為的是確認警方是否真的在這裡佈署了，所以告密者也已經來到這個飯店。他的目的為何？單純只是想看兇手被抓？」

面對新田這個提問，兩位警部都板著臉，沉默不語。可能是覺得被部下試探推理能力感到有些不爽吧。

「你少在那邊賣關子！有什麼推理就快說！」一旁的本宮耐不住性子。「已經沒時間了！」

新田點頭，開口說：「我就直接了當地說，這可能是兇手和告密者之間的交易。」

「交易？」矢口有些驚訝。

「告密者為什麼知道兇手會來這間飯店？應該不是碰巧知道的，而是自己叫兇手來的，這種想法最合理吧。也就是說，告密者今晚會在這裡和兇手碰頭，這目的除了交易之外，想不到其他的了。」

「交易內容呢？」矢口問。

「我不敢斷定，但金錢交易的可能性很大。告密者可能以不報警為交易條件，向兇手索取金錢吧。」

「這就不是交易了，是恐嚇。」

「也可以這麼說。」

「但告密者卻通知警方，兇手會出現在這裡。」稻垣在一旁說：「這是怎麼回事？意思是最後會出賣兇手？假裝交易騙他來，企圖讓警方逮捕他？」

「如果是這樣，我們感激不盡。但若有這種令人欽佩的情懷，他應該早就把兇手更詳細的情報發給我們了。我認為告密者的目的，只是想要錢，至於兇手會不會被逮捕，他根本無所謂。可是既然如此，為何要向警方告密呢？我猜，可能是兇手也提出了條件吧。」

「什麼條件？」稻垣接著問。

「請站在兇手的立場想想看。有人掌握證據，知道你就是兇手，威脅你把錢拿出來，不然就去報警，你會乖乖照做嗎？」

「不會。」回答的是矢口。「如果我是兇手，會要求他提出保證。保證今後也絕不報警，否則不曉得會被他勒索多少次。」

「正是如此。」新田用力點頭。「可以想像，告密者和兇手，為了讓這個交易成立一定交涉過，最後才得出雙方都能接受的辦法。可是實際上，告密者並不想遵守約定，而是想要背叛，所以才向警方告密，策劃拿到錢以後，讓警方逮捕兇手。這麼一來，或許就能躲過他原本該背負的風險。」

「嗯……」稻垣側首沉吟。「真的牽扯到這麼麻煩的事情嗎？」

「組長，您要想想看，交易地點挑在變裝派對喔，八成有很特殊的隱情吧。告密者與兇手，一定計畫了相當複雜的交易方式。」

「但是。」矢口的視線，從新田轉到能勢。「關於那個方法，連你們也想不到是嗎？」

「是的。」能勢回答

「既然如此，只能見招拆招了。照原定計畫，等告密者跟我們聯絡。」

「呃，這個……」能勢說到一半，看向新田。因為事前兩人早已商量好了，由新田向上司們說明。

「我有辦法可以知道交易內容。」新田輪流看著兩位組長。「去探探浦邊如何？」

稻垣與矢口都沒料到，這時竟出現這個名字，兩人都露出遭攻其不備的表情。

「剛才我說過，浦邊可能是被叫來這間飯店。那麼被叫來做什麼呢？兩位應該懂了吧？」

「跟交易有關？」稻垣問。

「應該是的。」新田答。

「不曉得是兇手還是告密者叫他來的，但一定是為了讓交易更有利於自己那一方，在利用浦邊吧。」

「浦邊為什麼言聽計從？」矢口問：「通常會報警才對吧？」

「我也不知道為什麼，所以想直接探探他本人。如果我們的推理沒錯，就能掌握告密者和兇手如何交易，我猜被害人是浦邊的女朋友，如果是為了逮補兇手，他沒有理由不協助。」

稻垣與矢口面面相覷，彼此好像都有看法，但兩人都沒清楚表態，稻垣抬頭看向新田。

「有人想利用浦邊。如果那個人知道我們跟浦邊接觸，說不定會取消交易喔。」

「當然，這一點必須嚴加注意。可是，如果只能被動的等告密者的聯絡，警方最後也只會被告密者利用。」

「確實，只要知道對方在玩什麼把戲，我們就能先下手為強。」矢口說完，看向稻垣。

稻垣連點了兩三次頭：「有道理。」

「那我打電話給尾崎管理官。」矢口將手伸進上衣內袋。

39

尚美仰望人偶，嘆了一口氣。從遠處看，假面夫人左手拿的黃金葡萄酒杯，杯中的紅色液體彷彿溢滿而出。但其實那不是液體，是南天竹的果實。新田說要在葡萄酒杯裡插花，尚美連忙在飯店裡到處詢問，終於調到一枝南天竹，那是預定要插在飯店大廳迎接新年用的。

時間已近晚上十點，會場入口大門還關著，但裡面應已準備就緒。尚美的周遭，聚集了迫不及待的客人，有的像美國漫畫的英雄人物，也有像迪士尼的卡通人物；有人穿著道地的卡通人物裝，也有人穿晚禮服只戴上塑膠面具。假面夫人的旁邊更是大排長龍，等著和假面夫人拍紀念照，大家似乎都很享受變裝樂趣，光看就有種幸福感。

然而實際狀況，並非如此悠哉。派對一開始，殺人犯應該就會出現。不，說不定殺人犯，已經在眼前這群傻呼呼喧嚣的客人裡。

尚美想起，新田說告密者指示，必須要在晚上十點前，把花插在黃金葡萄酒杯裡。也就是說，不管殺人犯在不在這裡，告密者應該已經在附近，確認了插在酒杯裡的南天竹。尚美環顧四周，因為剛才那麼一想，現在看誰都覺得可疑，因為不知道他們的真面目，毛骨悚然的感覺急遽竄升。

這時，會場大門稍稍打開，走出一名男子，因為穿著飯店制服，尚美知道他是飯店人員。但從尚美的位置，看不出那個人是誰，因為他也戴著面具。為了炒熱氣氛，在「假面之夜」負責提供飲料和輕食的飯店人員，全數都戴上矇住眼睛周圍的面具。

面具男走近尚美。尚美看到他胸前的名牌寫著「大木」，不禁會心一笑。他就是在日下部的求婚大作戰裡，幫了很多忙的法式餐廳經理，看來他也被調來幫忙派對。

大木走到尚美面前，摘掉面具：「這樣看不清前面啊。這個面具實在不適合我的臉。」

「不過戴起來很帥氣喔。」

「我想妳應該知道了，等過了十一點，妳在這個樓層也得戴上面具喔。」

「我知道。為了以防萬一，我已經準備好了。」尚美拍拍上衣口袋。

大木回頭看會場入口，顯得悶悶不樂。

「現在只能祈禱派對平安落幕。老實說，真不希望殺人犯出現啊。」

「我明白你的心情。」

其實尚美也深有同感，希望能早點恢復正常。只是，若是什麼都沒發生就結束了，又覺得哪裡怪怪的。

「對了，後來那位客人怎麼了？就是求婚慘遭拒絕那個男人。」

「日下部先生啊，他完全重新站起來了，現在應該和另一位小姐在吃飯吧。尚美看看手錶，歪著頭又說：「說不定已經吃完飯了。」

「另一位小姐？他還真厲害啊。這麼說來，那個果然就無關了吧？」大木自言自語般低喃。

「什麼事啊？」

「是這樣的，我們餐廳的工作人員說，看到那兩個人。」

「哪兩個人？」

「就是那個嘛。」大木苦笑。「前天晚上的男女主角。一個是日下部先生，另一個是用香豌豆花回絕日下部求婚的小姐。」

「狩野妙子小姐？」

「應該是，我沒問名字。」

「在哪裡看見他們兩人？」

「在汐留。工作人員因為工作上的事去那裡，看到他們坐在咖啡廳裡。」

「什麼時候？」

「昨天。大家都在說，搞不好那位小姐改變心意，想要接受求婚了。可是剛才聽妳這麼說，又覺得可能性很低。」

「那兩個人，你說的確實是日下部先生他們嗎？」

「妳問我確不確定，我也無法回答，畢竟不是我親眼看到他們，我只是聽過這件事。」大木看看手錶。「我得走了。妳今晚怎麼辦？回家嗎？」

「不，我打算待到早上，也得和警方保持聯絡。」

「真是辛苦啊。如果妳想來看看派對，別忘了戴這個。」大木笑著戴上面具，抬手說了一聲「那我走了」便離去了。

尚美稍稍偏著頭，納悶剛才聽到的事。昨天，日下部確實有外出，那時尚美和新田還一起目送他走出飯店。但在那之前，日下部拋了一個大難題給尚美，要她製造機會，讓他能和在交誼廳一見鍾情的仲根綠單獨見面。倘若大木所言屬實，之後日下部去見了狩野妙子。可是那時日下部談到狩野妙子時，已經完全是死心的口吻。

還是說，在那之後，狩野妙子主動和日下部聯絡，約他出去見面？可是後來日下部回到飯店，完全看不出有那種感覺，而是滿腦子都是一見鍾情的女子，非常熱衷地聽尚美談「長腿叔叔作戰計畫」。

尚美帶著模糊的疑問，離開會場入口。返回禮賓台後，尚美取出一個文件夾，裡面裝的是整理過的客人名片，狩野妙子的名片，在最新一頁。尚美盯著名片，忽然留意到一件事，名片上印的是「教員　狩野妙子」。狩野妙子說，她的工作是照顧孩子，教導孩子念書。既然如此，通常名片上印的頭銜應該是「教師」啊，還是根據學校不同，頭銜也會不一樣嗎？

尚美上網搜尋名片上印的特殊教育學校的名稱，現在無論什麼學校都有官網。

但是——

找不到。不僅沒有官網，也找不到這間學校的任何資訊。尚美不知如何是好，只能束手無策凝視名片。

40

剩不到二十分鐘，就晚上十一點了。飯店大門，依然陸續走進各種不同變裝的客人，他們沒有停下腳步，直接走向電梯廳。雖然會場還沒開門，入口前的空間已開始了前哨戰。之前聚集在大廳的變裝人群，現在沒看到沒半個了，也看不到埋伏監視的搜查員身影。那些搜查員應該也已變裝完畢，混入打算享受狂歡派對的客人裡了吧。

但他們的心情，應該跟一小時前迴然不同。一小時前，只靠不知真偽的告密者情報，進行變裝埋伏，靜候不知真面目的犯人出現，在精神上是很大的折磨，腦海裡總是有個疑念，這會不會只是一場惡作劇？或是我們只是被惡搞了？

然而現在情況截然不同，找到一個應該監視的對象，就證明這不是一場惡搞的鬧劇。三十分鐘前，新田、能勢與本宮來到〇八〇六號房，也就是浦邊幹夫的房間。尾崎管理官，同意了稻垣與矢口的提案。

浦邊一直認為新田是飯店人員，對他完全沒戒心，因此當他開門後，三人便趁機強行進入。浦邊霎時呆掉了，不曉得眼前是什麼狀況。但看到本宮示出警徽後，臉色猛然蒼白，接著本宮要他提出身分證明。浦邊問為什麼？本宮說為了調查一起殺人案。

「如果你沒做虧心事，應該可以給我看吧？還是說，你有什麼苦衷不能表明身分？」

本宮一臉凶神惡煞，像是混黑道的。浦邊嚇得縮成一團，雙手發抖，從錢包取出駕照。他的本名是內山幹夫，住在東京都，而且是練馬區，地點離這次的案發現場很近。

本宮問他為什麼用假名？內山沒有回答，只是頭垂得很低，痛苦地閉上眼睛，猶如在等暴風雨過去。本宮研判這樣耗下去不是辦法，索性直搗核心，擺明地說我們在查的殺人案的被害者，是一名叫和泉春菜的女子。霎時，內山的身體微微抽搐了一下。新田沒有看漏這一幕，當然本宮和能勢也看到了。

「你認識和泉春菜吧？你可別說不認識。十二月五日，你偷窺寵物美容店的畫面，被監視器確實拍下來了，那是和泉春菜工作的寵物店吧。」本宮逼問。

內山身體越縮越小，拚命忍耐，坐在椅子上，背弓成一團。

「浦邊先生……不，應該是內山先生吧。算了，怎樣都好。請你說說你和和泉春菜的關係吧。雖然我們已經隱約查到了一些，不過還是得聽你親口說。」

儘管如此，內山還是不肯開口。本宮嚇唬他：「如果這裡不方便說，我們換個地方說吧！」表情兇得跟在偵訊室一樣。

這時內山終於口氣示弱地說了。

「我跟和泉春菜……有時會見面。」

本宮是「哼」了一聲，繼續說：

「內山先生，我們都是成年人了，講話就不要這樣拐彎摸角了。請告訴我，你跟她究竟有沒有男女關係？」

內山低著頭，小聲答道：「有。」

新田與能勢對看了一眼，果然猜得沒錯。

「可是，我們是最近才發展成這種關係，剛開始並沒有這個意思……」

內山像是要辯解，本宮打斷他。

「今天沒時間了。這個部分，日後再請你詳細跟我們說。比起這個，我們現在最想知道的是，你來這間飯店究竟要做什麼？請你告訴我們。」

內山眼神閃爍，沉默不語。新田研判，他不是要保持沉默，而是在思考該怎麼說，於是新田從旁插話。

「內山先生，我是刑警。可是你看我這身打扮應該知道，現在這間飯店已經完全在警方的監控下。我們不知道你接下來要做什麼，可是你所有的行動，都會被監視器拍下來，潛入偵查的刑警會一直盯著你，所以你現在隱瞞也沒有用。如果你希望我們逮捕殺害和泉小姐的兇手，請務必協助我們。」

內山開始痛苦地搖晃肩膀，呼吸也急促起來。過了片刻，他低聲呻吟：「我遭到威脅。」

「誰威脅你？」

「我也不知道，就有一天收到一封簡訊，說如果我不想讓世人知道我跟和泉春菜的關係，就要照指示做。」

從這番話看來，內山與和泉春菜的關係似乎頗為複雜，儘管想知道詳細情形，但現在不是糾結於此的時候。

「指示的內容是什麼？」本宮問。

「要我住進東京柯迪希亞飯店，說已經用浦邊幹夫這個名字幫我訂房了，要我十二月三十日入住，住兩晚，之後會再給我指示。」

「那你為什麼帶高爾夫球袋來？」這是新田拋出的問題，因為一直很在意。

「為了給家人一個交代。」內山答道：「除夕的前一晚出去外宿，怎麼想都很奇怪吧？所以我編了一個藉口，說工作上很照顧我的人，找我去參加九州的高爾夫球之旅。本來預定要來的人臨時有事，所以拜託我去幫忙代打。」

新田暗自佩服，想得真周到啊，而且既然用了假名，當然要拿掉球袋的名牌。

「接下來的指示進來了嗎？」本宮催他繼續說。

「進來了。我想你們也知道，就是今天收到的包裹。」內山看向地上的紙箱。

新田與能勢隨即去查看紙箱，裡面裝的是跨年晚會的入場券，還有企鵝頭套和燕尾服，以及一個大包包。還附有紙條，上面寫著：「晚上十一點之前，換好衣服在房間待命，會以電話指示。」包包很重，而且上鎖。

新田再度看錶，晚上十點四十五分。這時內山應該已經變裝完成，在等威脅者聯絡。威脅者可能是兇手，包包裡裝的可能是現金，只是不知道是不是真鈔。不管怎樣，這是要交給告密者的吧。雖然不知道威脅者具體要內山做什麼事，但無疑是要內山在這次的交易裡，以某種方式與告密者接觸。因此在現場盯梢的搜查員，或是在警備室盯監視器畫面的搜查員，目前的首要任務都是緊追內山的動向。新田之前就接獲指示，十一點得離開櫃台，前往會場。在這裡沒用的對講機，也已放在口袋裡。

「咳咳。」一旁傳來刻意的乾咳聲。新田轉頭一看，只見氏原正在操作終端機，似乎在確認晚班交給大夜班的交接事項。

「真的很抱歉。」新田向一旁的氏原致歉。「難得的除夕夜，還麻煩你留下來。」

「沒什麼，無所謂。」氏原依舊看著手邊的工作，以一貫冷淡的口氣說：「不管是除夕夜還是什麼，只要值大夜班就回不了家。既然挑了飯店業這一行，就別想和一般人一樣享受聖誕節或新年。這一點，刑警應該也一樣吧？」

「是啊，這一點倒是一樣。」

現在櫃台裡，只剩新田與氏原兩人。今晚預約的客人皆已全部入住，照理說櫃台沒人也無所謂，但稻垣命令新田要待到十一點，好好檢視從大門進來的人。既然新田待在櫃台，氏原勢必也得待在這裡。

「剛才你不在的時候，那位小姐來辦退房了。」氏原轉頭對新田說：「就是你很在意的那位小姐。假裝夫妻同來，其實只有自己來的那位。」

「仲根小姐？」

氏原瞄了一眼終端機，訂正說：「她退房時的簽名，寫的是牧村綠。」

「她應該預定住到明天吧？」

「她說變更預定想早點回家，因為目的達成了，而且十分享受這段入住時光，還說要向你道謝。知道你不在這裡，她顯得很遺憾喔。」

「我又沒做什麼。我強行進入她的房間，還被你罵呢。」

「她說你願意聽她說話，她就已經很感激了，原本以為會是個寂寞的除夕，現在卻有了美好的回憶。」

「真要道謝的話……」新田看向禮賓台，但不見尚美的身影。

「很不巧的，那時山岸也不在禮賓台，所以她才跟我說這些話，要我好好代她向兩位道謝，還頻頻鞠躬致意才離開飯店，神情顯得神清氣爽。」

「這樣啊。」

新田的心情有些複雜，因為他面對仲根綠，一直是以刑警的眼光看她。打探她的祕密，也是為了辦案。

「那位小姐，果然沒有同住的男人啊。」氏原低沉地說：「你和山岸聽到的祕密，大概就是這方面的事吧。」

「是啊，但其實她說的那個男人……」

「停！」氏原示出右掌。「能讓客人說出自己的祕密，是飯店人的莫大勳章，我勸你好好珍藏。即便你不是真正的飯店人。」

氏原的語氣，顯得有些落寞。新田輕輕點頭：「好的，我知道了。」

這時，新田左眼餘光瞄到有人走動，定睛一看，一名男子正從電梯廳走來。他的名字早已烙在新田腦海，就是曾野昌明，他穿西裝，套著一件米黃色大衣，像是要外出。

曾野來到櫃台前：「請問一下。」

「您好，有什麼事呢？」氏原立即招呼他。

「我姓曾野，住一〇〇八號房，和家人一起住，共三個人。我臨時有急事非得回家不可，可是我太太和兒子今晚還要住在這裡，能不能先讓我結算到目前為止已經確定的費用？至於冰箱的飲料之類的費用，等我太太明天歸還鑰匙時，會以現金支付。」

「好的，請您稍待片刻。」

氏原操作終端機，處理結帳手續，不久附近的印表機便印出費用明細單。新田打量曾野的神情，再過一小時就要過年了，究竟有什麼事需要突然離開家人返回家裡。新田很想問出了什麼事，但礙於氏原在場，只好忍著不說。

這時，曾野突然看向新田，兩人四目相交，新田慌忙移開視線。氏原將費用明細表遞到曾野面前：「麻煩您確認一下。如果沒錯的話，請您簽名。」

曾野瞄了一眼便說：「對，沒問題。」立即以原子筆簽名，之後從錢包抽出信用卡，放在櫃台上。氏原收下信用卡，插進IC終端機，請曾野輸入密碼，曾野毫不遲疑按鍵輸入，IC終端機顯示他的信用卡沒有任何問題。

「搞什麼嘛，真是有夠倒楣的！」曾野從氏原那裡收下刷卡單，一邊發牢騷。「好好的除夕夜，居然在紅白歌唱大賽快結束時發生這種事。」

「出了什麼事嗎？」氏原敢問，是因為察覺到客人想說。

「剛才公寓的管委會跟我聯絡，說我停在停車場的車子遭人惡搞，要我盡快去看看，決定要不要提出損壞賠償。」

「天啊。」氏原身子往後仰，倒抽一口氣，硬是擠出一句同情的話：「這真是太糟糕了。」

「運氣真背啊，過年就遇上這種麻煩事，我對新年沒有期待了。」

「千萬別這麼說，我由衷祝福曾野先生有個美好的新年。」氏原深深一鞠躬，新田在一旁也跟進。

「謝謝你，也祝你們新年快樂。」聽到曾野這麼說，氏原低著頭應了一句：「您請慢走。」等新田也抬起頭時，只見曾野的背影已步向大門。

「馬上就要過年了，這人還真倒楣啊。」新田說著看向氏原。「如果他說的是真的。」

「就算是真的，他嘴上說倒楣，心裡卻未必這麼想，說不定反而覺得得救了呢。」

「和家人來住飯店過年，情婦居然出現，他也想盡快閃人吧。而且他太太和情婦，好像還是朋友呢。」

新田把剛才在二樓看到的景象跟氏原說，但氏原沒有很驚訝，反倒說出和能勢同樣的感想：「這是常有的事。」

「就我剛才看到的景象，那兩個女人好像很熟，搞不好後來也一直在一起，這對外遇老公來說，簡直是坐如針氈的糟糕狀況。從這一點來看，車子被惡搞，很可能是個幌子。」新田語畢摸了摸眉毛。這時手機來電，是本宮打來的。

「組長下令了。戴上對講機，準備隨時前往會場。」

「收到。」新田掛斷電話。

41

晚上十一點整，「假面之夜」開始了。大門一開，排隊久候的人群魚貫進場，蝙蝠俠、大猩猩、麵包超人進去了，接著鬼太郎、眼珠老爹、黑武士也進去了。雖然看不到臉，但進場時都散發出歡愉的氣場。

一進會場，就能看到戴著面具的工作人員準備飲料候在那裡，只要示出入場券就能隨意暢飲。尚美也戴著紅色面具，守在有點距離的地方。但禮賓員的制服和其他工作人員迥然不同，坦白說戴面具也沒什麼意義，但必須協力營造氣氛。

尚美心心念念的，只有祈願這場派對平安落幕。此刻站在這裡，也是想親眼看每一位參加者最後都能帶著幸福的心情離去。然而另一方面，她心裡也有種不安，覺得站在這裡看就好嗎？應該有更需要做的事吧。

其實她一直惦記著日下部篤哉。不，正確地說是兩個人，還有讓他失戀的狩野妙子。大木說，昨天有人看到他們兩人見面，大木沒有特別在意，但尚美無法聽聽就算。況且狩野妙子的職場也很怪，怎麼查都查不到名片印的那所學校。以住址上網搜尋，地點是購物中心，而且根據那家購物中心的官網顯示，他們二十年前就在這裡了，最近也沒有學校搬過來。

那張名片恐怕是假的，這代表狩野洋子在說謊。若真是謊言，有什麼問題嗎？平常是沒問題。就如尚美自己常說的，客人經常戴著面具，既然客人想偽裝身分，就沒必要去探究原因。

但現在不是平常時候，是處於非常時刻的緊急狀態。重要的是，日下部是否知道狩野妙子在撒謊。如果不知道，也許不用把問題想得太嚴重；如果日下部也被騙了，在不知道她真面目的情況下被甩，這對他或許也是件好事。但若日下部知情，事情就另當別論了，這表示他也在說謊。既然如此就得究明，他說的話裡哪個部分是真的，哪個部分是假的，又為何要說謊，因為現在是緊急狀態。

其實剛才，尚美想撥內線電話去一七〇一號房問仲根綠，和日下部的晚餐吃得如何。但查了一下終端機，尚美大吃一驚，仲根綠早已退房。可能是把一切都說出來了，她覺得沒必要繼續待在飯店吧，尚美也只能心想，若她是心滿意足離開飯店就好。但尚美不想打電話給日下部，現在也不想。生怕萬一他和警方偵辦案件有關，會給警方造成很大的影響。

「妳渾身散發出緊張的氣場啊。」旁邊有人說話，尚美心頭一驚，轉頭只見新田歪著頭，正在打量自己的臉。他戴著對講機，但沒戴面具。

「新田先生，你的這個呢？」尚美指向自己的面具。

「哎呀，我差點忘了。」新田從口袋掏出藍色面具戴上。「這樣如何？」

「我覺得很好看。有什麼動靜嗎？」

「應該快有動靜了，所以我才來這裡。」新田戴著面具看向會場。「話說這個派對還真熱鬧啊，應該多了很多回頭客，接下來還會有人陸續到場。」

新田說的沒錯。每當電梯門一開，就出現各種變裝的人，也有很多人約在會場入口處見面。尚美旁邊就有個木乃伊男在操作手機，還有個戴墨鏡扮成麥可．傑克森的好像在等人，但這個人戴的是橡膠製的麥克面具，其實也看不到表情。

「目前有沒有特別怪異的事？」新田問。

「呃，沒有耶……」

「這樣啊。如果妳發現奇怪的事，無論多小的事都無妨，請記得告訴我。」

「哦，好……」

尚美思忖，該怎麼辦呢？若要說狩野妙子的事，只能趁現在。等一旦有什麼動靜，新田必須優先執行上級指示，到時候可能沒餘裕聽尚美說話。

「其實……」偏偏在尚美開口時，手機震動了。她從口袋掏出手機一看，倒抽了一口氣，是日下部打來的。

尚美面向牆壁，以手指塞住另一個耳朵，接起電話：「喂，我是山岸。日下部先生，您好。」

「啊，打通了。因為馬上要跨年了，我擔心妳不能接呢。」

「不要緊的。」尚美緊握手機的手開始冒汗。

「妳那裡好吵哦，難道妳在派對會場？」

「不好意思，我確實在派對會場。如果您聽不清楚，我可以換地方打給您……」

「哦，沒關係，在這裡就好。我是想問妳一件事，假面之夜結束後，妳有什麼安排嗎？比方要跟誰見面，或是還有工作要做。」

「沒有，目前沒有安排。」尚美答得提心吊膽。

「那麼假面之夜結束後，妳可以留在飯店嗎？我有事想跟妳說。」

「是關於……」狩野妙子小姐的事嗎？但尚美忍住後半句沒說。

「我再跟妳聯絡，晚點再聊。」日下部語畢便掛斷電話。

尚美滿心疑惑、混亂，當然也有些慌亂。這種時候，日下部想說什麼呢？還是跟新田談一談吧，尚美心想轉身一看，已不見新田身影。他到哪裡去了呢？尚美左顧右盼在人群裡搜索，偏偏人太多找不到。

這時，聽到有人喊：「山岸小姐！」是女人的聲音。

隨即跑過來的是一位穿婚紗、戴白色面具的小姐。

「是我啦，我。妳還記得嗎？」

尚美聽過這個聲音，那個關西腔頗具特色，頓時恍然大悟，用力點頭。

「我當然記得，是那對新婚夫妻吧。咦？您穿的是婚紗啊？」

「我跟我老公商量要穿什麼，結果店裡的人推薦還有這種的，我們立刻就決定穿婚紗來參加。而且我們沒辦正式婚禮，當然我也沒穿過婚紗。」

「哦，原來是這樣啊。」

最近不辦婚禮的夫妻越來越多，因為太花錢了。

「不過坦白說，這套婚紗比跟飯店租衣服便宜多了，考慮到價錢，我覺得這已經是相當好的，妳覺得呢？」女子輕輕張開雙手。

「我覺得好極了，真的很美很美。」

尚美說的不是場面話，也不是在安慰她。以變裝衣服來說，這套真的很棒，租金也頂多一千圓出頭吧，要是跟飯店租的話，等級最低的至少也要二十萬。

「這樣啊，真是太好了。」

「請問，您先生呢？」

「他去洗手間了。他的衣服，我也覺得不錯。對了，山岸小姐，我有個不情之請。這是我一生一次的請求，能不能請妳答應我？」戴著面具的新娘，將戴著白手套的雙手合在胸前。

42

（圈對，走出〇八〇六號房。）對講機傳來的是，守在警備室的刑警聲音。「圈對」是警方術語，指偵查或保護的對象，不是嫌疑人，也不是被害人，這次指的是內山幹夫。幾分鐘前，內山的手機收到威脅者來電，指示內山前往假面之夜會場。

新田離開會場入口，來到電梯廳附近。目前他和其他搜查員一樣，只能監視內山的動靜。對講機傳來手機來電聲，是內山幹夫的手機，為了側錄他和威脅者的對話，警方在他手機裡裝了監聽器。

（搭上電梯，在二樓下！）威脅者說。這是用了變聲器的尖銳聲音，聽不出是男是女。

（啊？在二樓下？可是會場在三樓。）內山問。

（照我說的做！在二樓下電梯，然後走去婚宴廳洽詢處。）

（婚宴廳？）內山問的時候，電話已被掛斷。

對講機的音源切換了。

（我是稻垣，呼叫警備室，圈對現在的位置在哪？）

（這裡是警備室。圈對在八樓的電梯廳待命中，現在走進電梯了，確認電梯內的監視器。電梯內有三個人先搭乘了，全部變裝看不到臉。）

（收到。C班，新田，聽到請回答！）

新田趕忙按下對講機的通話鈕。（我是新田，聽到了。）

（立刻去二樓，不要太顯眼，然後報告狀況。）

（收到。）

新田明白稻垣的意思。雖然二樓也有監視器，可以看到大致情況，但有些細部看不到，需要有人去現場監視。可是這個時段，二樓應該沒人，待在那個地方不顯突兀的，唯有一身飯店人打扮的新田。新田走樓梯下去，二樓果然一片靜謐，只開了幾盞最低限度必要的燈，有些昏暗。

（我是新田，來到二樓了。放眼望去，沒有可疑物品，也沒有可疑人物。）

（我是稻垣，收到。）

新田在婚宴廳洽詢處的旁邊待命，看到一個戴企鵝頭罩、穿燕尾服的男人走來，手裡拎著醫生包，可能是企鵝醫生的設定吧。另一手拿著手機，戴著頭套似乎也不影響通話。企鵝男走向婚宴廳的洽詢處，新田覺得他好像瞄了自己一眼，但也有可能想太多。過了半晌，新田的對講機又傳來手機來電聲。

（喂。）內山答道。

（你到婚宴廳洽詢處了嗎？）威脅者問。

（到了。）

（後面有個房間，你把包包放在房間的沙發上，然後立刻離開那裡，去三樓的派對會場等下一個指示。）

（我知道了。）

電話隨即被掛斷。

企鵝男走出宴會廳洽詢處，手上拎的包包不見了。新田看他走向電梯廳後，隨即以對講機報告此事。

（知道了。你也上三樓去，繼續監視他的動靜。）

（我是新田，收到！）

新田快步奔上樓梯。到了三樓，正好看到企鵝男從電梯出來，和其他變裝人群一起走向會場，變裝人群裡也有警方假扮的月光假面。尚美站在會場入口附近，她也發覺新田了，一臉不安地看著他。但現在沒機會說話。

等內山那群人走進會場後，新田也隨後進入。一到場內，放眼望去，新田差點昏倒。並不是因為過於閃耀的服飾和華麗的道具而眼花撩亂，而是被眼前幾百人的變裝狂熱震懾住了。

派對的主角完全是客人，在台上表演的魔術師和雜耍演員，只是他們的陪襯角色。在周圍看表演的客人，反倒顯得華麗搶眼。但今夜這種情況可能剛剛好吧，因為平常被各種常理束縛的人們，唯有今夜，在這個場合，能夠變身為自己以外的人。而東京柯迪希亞飯店所提供的服務，正是這樣的空間。

對講機傳來的手機來電聲，衝進新田耳裡，是威脅者打電話給內山。差點被氣氛吞噬的新田，趕緊打起精神。

（會場右邊有個除夜鐘，看得到嗎？）威脅者問。

新田轉移視線，看到右邊牆上吊著一個大鐘。當然不是真的大鐘，是保麗龍做的模型。

（看到了。）內山答道。

（你走到大鐘前面，舉起右手。電話別掛斷。）

新田以眼睛追著企鵝男，看他緩緩地走向吊鐘。月光假面隔著一些距離，也跟隨在後。企鵝男走到吊鐘前止步，舉起右手。

（好。）新田聽到威脅者的聲音。（會場後方有個香檳塔。你走去那裡，面對香檳塔，這次換舉左手。）

香檳塔高達十幾層，堆得相當精緻，由於擺在桌上，最高的香檳杯大概高達三公尺。旁邊有很多變裝人們，輪流和香檳塔拍照。企鵝男面對香檳塔，舉起左手。新田認為，這可能是某種暗號。兇手和告密者逐步在交易中。

（很好。）威脅者說。（你把耳機貼在耳朵待命。我會再下指示。）

這時電話又掛斷了。

43

尚美看手機確認時間，距離新年到來，只剩短短二十分鐘。新田進入氣氛險峻的會場，是在幾分鐘前。看來，一定是有了什麼動靜，後來情況如何呢？兇手出現了嗎？尚美也很在意日下部的來電，他究竟想談什麼？雖然尚美也很想找新田商量，但現在他可能沒心情吧。

尚美站在會場入口處，環顧場內。派對的氣氛到達最高潮，場內有塊地方設了舞池。派對開始時，可能大家都不好意思上去跳，但現在舞池擠滿了人。因為沒什麼人會跳正式的社交舞，大多人都是一對一對，隨意擺動身體，看起來也樂在其中。

跳舞的人群裡，也有那對關西腔的年輕夫妻，女方穿著雪白婚紗，男方穿著晚禮服。兩人都戴著面具，但上揚的嘴角顯示出他們此刻的心情。尚美想起剛才女方的請託，她說想要偷偷地拍結婚照。

「五分鐘就好，要不然三分鐘也行，能不能讓我們用一下教堂。說是用一下，我們不會碰任何東西，只想在那裡拍幾張紀念照。拜託妳。」

尚美很明白她的心情。雖說是變裝，但也難得穿上了雪白婚紗，當然想拍照留念吧。況且飯店裡有教堂，既然要拍，當然會想在那裡拍。問題在於飯店有規定，不允許這種作法。一旦答應會後患無窮，以後會不斷有小倆口在別的地方租衣服，跑來這裡說要拍照。

但話說回來，尚美也不忍漠視他們的心願，這種機會以後可能不會有了。此外尚美對他們也有所愧疚，上次明知是刑警趁他們外出擅自檢查行李，卻默不作聲。不，甚至說謊敷衍過去。

況且尚美有身為禮賓員的自負，死也不說不可能或辦不到，因此那時她對婚紗女說，會想想辦法。尚美思忖，等跨年晚會結束，客人都走了以後，或許可以吧。現在客人都還在場，無法讓他們穿那麼搶眼去教堂，這樣會引來好奇的客人看熱鬧。被同事看倒是無所謂，只要拜託他們別跟主管說就好。

可是——尚美忽然想到，最關鍵的教堂，現在不曉得是什麼情況？年底年初沒人預約，聽說聖誕節後要做維修整理。若帶他們兩人去了教堂，才發現祭台卻被藍色塑膠布包起來，這樣就太煞風景了。

於是尚美想趁現在去看看情況，畢竟待在這裡也幫不了新田他們的忙。尚美離開會場，走在寬廣的走廊上。人很少，可能快要倒數跨年了，幾乎所有客人都在派對會場。

尚美走樓梯，來到四樓。這個樓層有教堂、神殿、攝影棚與休息室。當然是一片靜謐，走廊燈光昏暗，宛如置身美術館。

教堂入口也很暗，尚美開燈後，那一扇對開的莊嚴肅穆大門便浮現了出來。旁邊緊挨著一個小房間，是給新郎新娘與新娘的父親用的。

參加婚禮的賓客全部入座後，首先新郎會從這個小房間出來，走到祭台前，然後新娘與父親一起走紅毯進來。要是跟那對關西腔夫妻說，有這個小房間的存在，他們一定會很高興吧。

尚美打開教堂左側的門，一如想像，裡面很暗。尚美讓門開著，走到應該有燈光開關的地方。昏暗中，尚美找到了開關，伸手想按下之際，忽然覺得背後有動靜。

尚美想回頭，可是動不了了，因為下一個瞬間，巨大衝擊貫穿全身，渾身的力氣頓時被抽光了。站不起來，也發不出聲音，等回過神來，已倒在地上。嘴上不曉得被貼了什麼，知道是膠帶時，頭又不曉得被什麼罩住了，想要動動手腳時，衝擊再度襲來。

44

威脅者與內山最後的對話結束五分鐘後，又有聲音傳進新田的對講機。

（這裡是警備室，二樓監視器發現可疑人物。完畢。）

（我是稻垣，報告詳細狀況。）

（有個人從電梯廳走向宴會廳洽詢處，穿的是普通西裝，但頭上包著白色的東西，可能是派對的參加者。）

（白色東西是什麼？面具嗎？）

（從電梯裡的監視器確認了，是繃帶。打扮成木乃伊的樣子。完畢。）

新田想起，是那傢伙啊。就是姓名寫木乃伊男，讀音標成KINOYOSHIO的客人。

（我是矢口。D班與E班，在自己的位置待命，準備尾隨。）

矢口指揮的D班與E班，是守在飯店出入口附近的搜查員，當然是為了阻止兇手逃走，此外有可疑人物從飯店出來時，他們也要負責尾隨，見機行事。

（呼叫警備室，報告可疑人物的動靜。完畢。）稻垣說。

（可疑人物剛進入宴會廳洽詢處。完畢。）

（依然打扮成木乃伊嗎？）

（是的。啊，現在出來了，提著包包。）

（往哪裡去？）

（好像是電梯廳。）

（D班與E班，注意電梯廳，可能要離開飯店。）矢口說。

然而新田接下來聽到的發展，完全出乎意料。

（這裡是警備室。可疑人物往上走，按下九樓的電梯鍵。完畢。）

是回自己的房間嗎？木乃伊男的房間在哪裡？新田如此尋思時，稻垣宛如在回答新田的疑問，在對講機說：

（木乃伊男住在〇九〇五號房。警備室，逐一報上他的動靜。完畢。）

（警備室收到。完畢。）

之後，警備室遵從稻垣的命令，詳細報告木乃伊男的動靜。他在九樓出電梯後，進入〇九〇五號房，不久又出來了，這回手上的包包不見了，可能是放在房間裡。接著搭電梯到三樓，再度返回派對會場。

現在木乃伊男的位置，在離新田約五公尺處，正在吃著起司蘇打餅，喝著紅酒。雖然看不到他的表情，但整體有種完成一件大任務，鬆了一口氣的感覺。可是為什麼他沒有接著做下一個行動，這一點讓新田匪夷所思。

拿走婚宴廳洽詢處包包的木乃伊男，應該是告密者那邊的人吧。那個包包有上鎖，他一定是用什麼辦法確認了裡面的東西。不管裡面放的是什麼，都應該有下一步的動作。

新田盯著手錶，距離倒數跨年，只剩幾分鐘了，焦躁感徐徐地湧上心頭。威脅內山的人也沒有再聯絡，只要木乃伊男和企鵝男還在這裡，搜查員就動彈不得。

等一下！——新田腦海浮現不祥預感。

我們該不會被操弄了吧？

45

恐懼與困惑在尚美腦海盤旋。不知道自己出了什麼事，但很明白事態非比尋常，照這樣下去會變成難以挽回的下場。嘴巴被膠帶封著，無法發出聲音。頭好像被袋子罩著，看不見眼前的情況。雙手雙腳大概也被捆上了膠帶，動彈不得。就以這種狀態躺在地板上。

尚美心想，胡亂抵抗也是徒勞，靜下來之後聽到了聲音，是教堂的開門聲，好像有人進來了。接著感受到有人走動，也聽到「嗚」的呻吟聲，像是女人的聲音，接下來傳來撕膠帶的聲音，以及拖曳的聲音。尚美發覺，還有一個人遭遇到和自己同樣的事。說不定埋伏在教堂的襲擊者，原本目標是那個人，自己是出乎意料的闖入者。

寂靜再度降臨後，襲擊者做出更詭異的事，開始解開尚美上衣的釦子。尚美想到這個局面會被強暴嗎？身體不禁僵硬起來，所幸並非如此，只是覺得胸口被貼了什麼東西，接著手又伸進背部，也是不曉得貼上了什麼東西。比起肌膚遭觸摸的屈辱感，更可怕的是不曉得會被怎樣的毛骨悚然，使得尚美陷入更為深層的混亂。

之後襲擊者好像又在做什麼，中途忽然抓起尚美的左手，感覺像在看手錶幾點了。罩在頭上的袋子，忽然被拿掉了。雖然沒開燈，但尚美的眼睛已習慣黑暗，朦朧中看到眼前有一張戴著面具的臉，下巴尖尖的，嘴角頗有氣質。

「倒數計時。」面具人語畢，將一個時鐘放在尚美前面。指針指著晚上十一點五十分左右。

隨後尚美仔細一看，那是個計時器，而且連結電線，接到自己的胸口。尚美心頭一驚，環視周遭，身旁早已倒了一個人，身上也被接上電線。此外更進一步發現，那條電線也連接到自己的背。這時她憶起新田說的事，他們在偵查的命案受害者，是遭電擊身亡的。

面具人站了起來，走向教堂大門。尚美看到他的服裝，霎時怔住了。

那是飯店的制服。

46

鈴聲響了三次，手機才被接起。「幹麼啦！現在忙得要死！」隨即傳來本宮的暴躁聲。

「本宮先生，你不覺得怪怪的嗎？」新田將手機貼在耳朵，邊說邊環顧四周，木乃伊男並沒有新的舉動。

「什麼怪怪的啦！」

「木乃伊男拿走了包包，可是告密者沒有任何聯絡來。」

「說不定等一下就來了。」

「本宮先生，我們說不定中計了。」

「怎麼說？」

「自從木乃伊男出現之後，我們就一直緊盯著他。反過來說，如果別的地方發生了什麼事，我們也不會注意到。」

「別的地方是哪裡？」

「我也不知道，總之在飯店裡。」

「你實在是……」

「請跟組長說，檢視所有的監視器。有必要查一查，木乃伊男在行動的時候，有沒有什麼地方出了什麼事。」

「你別鬧了。你知道那個數量有多少嗎？這種狀況下，哪有時間做這種事。」

「可是……」

「總之，先等到跨年倒數結束，到時候客人都會摘下面具，露出真面目。勝負就從那時開始，我要掛了喔。」新田還沒回答，電話就被掛了。新田只好咬唇，收起手機。

接著他看向木乃伊男，依然在吃吃喝喝，那個樣子和其他客人沒兩樣。倘若新田的推理正確，木乃伊男只是單純的誘餌，那麼主謀可能早已知道警方盯上了內山。

新田快步離開會場，走向電梯廳，一邊在腦海反芻剛才對講機的對話。木乃伊男搭電梯下到二樓，拿走婚宴廳洽詢處的包包，然後又搭電梯回自己的房間，這一切警備室的刑警都透過畫面監看著。

如果木乃伊男是誘餌，那麼實際發生事情的地方就正好相反。這裡是三樓，木乃伊男搭電梯下到二樓，所以相反的話，就是四樓以上——

新田改變方向，不搭電梯，改走樓梯。這時，樓梯那頭出現一名男性工作人員，穿著宴會部制服，戴著面具，新田看不見他的臉。當新田與他四目相交，他默默點頭致意，手上拎著包包。

兩人擦身而過後，新田走了幾步立即止步回頭，看見那名男性工作人員走進旁邊的廁所。新田緩緩走近廁所，窺探裡面的情況，整排的小便斗前方無人，大號間只有一扇門關著，裡面傳出細微聲響。

新田走出廁所，按下對講機的通話鍵。

（我是新田。發現可疑人物，請查看監視器畫面。完畢。）

（我是稻垣。你在哪裡？）

（三樓，靠近東邊樓梯的廁所前。完畢。）

（警衛室，確認新田的位置。）

過了十秒，警備室傳來確認完畢。

（新田，可疑人物在哪？）稻垣問。

（在廁所裡，可能在換衣服，剛才他從樓梯出現，偽裝成飯店員工。請查一查在那之前，他人在哪裡？完畢。）

（你確定他是偽裝的？）

（確定。）

（好，我知道了，晚一點再問你根據，你現在繼續監視他。）

（收到。）

新田離開廁所前，先躲在今晚沒有使用的宴會廳門後。不久，廁所裡走出一個人。正如新田所料，那個人換一套和剛才截然不同的衣服，是戴墨鏡的麥可·傑克森。

裝置在牆上的巨大螢幕，放映著今年的主要事件，有振奮人心的話題，有黑暗的新聞，活躍在體育界的人，結婚的偶像明星，讓人覺得一年轉眼就過了。舞池裡，播放著改編成探戈曲風、廣受年輕人熱愛的歌曲，變裝的男男女女隨意擺著動作跳舞。

打扮成麥可·傑克森的可疑人物只是站著，什麼都沒做。包包放在腳邊，裡面裝的可能是飯店員工制服吧。不久後，他拎起包包。新田直覺，他可能想走了。跨年倒數就快開始，他可能想趁派對氣氛達到最高潮時離開。

（我是新田。還沒查出來嗎？完畢。）新田以對講機問。

（這裡是警備室。請再稍等一下。完畢。）

看來情況有些棘手。這也難怪，監視器一定拍到很多穿著飯店制服的男人，要找出這個人不容易。

新田下定決心，走近麥可・傑克森，端詳他戴墨鏡的臉：「你一個人啊？」

麥可・傑克森驚愕地打直背脊，輕輕點頭。

「難得的派對，你不跳舞嗎？我可以陪你一起跳喔。」

麥可・傑克森沉默了半晌，放下手上的包包，輕輕張開雙手，看來是同意新田的提議。於是新田伸出左手，輕握他的右手，他將另一隻手搭在新田肩上，新田只好環著他的背。兩人就這樣配合歌曲，踩起舞步，令新田驚訝的是，他好像很會跳。

「聽說阿根廷探戈也可以兩個男人一起跳。」新田盯著他的墨鏡說：「不過我不太會跳探戈就是了。」

麥可・傑克森沉默不語。因為戴著橡膠面具，不知道他是什麼表情，但新田可以想像，應該是一張冷漠無情的臉吧。

忽地，曲子停止了，接著會場內響起銅管開場音樂，巨大螢幕上出現大大的「十」字，然後變成「九」，接著轉為「八」，大家不約而同齊聲倒數。喊到「〇」的時候，全場歡聲鼓掌，音樂再下，處處傳來開香檳聲。接下來所有變裝的客人就像約定好的一樣，紛紛摘下面具，出現一張張笑臉。新田盯著眼前的這個人，抓住麥可．傑克森的面具。但對方沒有抵抗，新田順利摘下他的面具。

「嚇了我一跳啊。」新田看到他的真面目，如此低喃。是個完全不認識的男人的臉。

「嚇到什麼？」對方問。表情如新田預料，一臉冷漠。

新田也摘下自己的面具。

「人的眼睛真的很奇妙。如果原本就是這張素顏，我可能不會特別留意。可是像這樣戴上面具的話……」新田將自己的面具，抵在對方臉上。「這樣就只能看到你的眼睛和嘴巴，然後奇妙的事就發生了，我想起一張化妝的臉，尤其是眼妝畫得特別濃。」新田拿下面具，繼續說：「是仲根綠小姐的臉。」

對方的表情終於變了，浮現一抹冷笑。

「倒數結束了，是我贏了。」仲根綠以中性的聲音說：「新田刑警，你們輸了。」

新田大吃一驚。這時，對講機傳來聲音。

（查出來了。那個男的是從四樓教堂出來的！）

新田扔下仲根綠，直奔教堂，邊跑邊向對講機說：

（請求支援！抓住剛才那個人！）

之後對講機也傳來說話聲，但新田都聽不進去了。因為他滿腦子想的是，仲根綠說的倒數結束是什麼意思。

新田奔上樓梯，跑過走廊，來到教堂。教堂的門是開的，但裡面很暗。新田找到牆上的開關，連忙開燈。有人倒在地上，而且是兩個人，兩人都被接上電線，連到牆上的插座。新田趕緊跑到插座旁，扯掉插頭。

仔細一看，其中一人是山岸尚美。雖然不知道她為何在這裡，但新田看到她的臉，打從心底鬆了一口氣。尚美眨眨眼睛，看來平安無事。

新田湊過去，輕輕撕掉貼在她嘴巴的膠帶：「妳還好吧？」

「啊……我沒事，太好了。」尚美深深嘆了一口氣。

新田解開她被反綁在後的雙手後，尚美說：「剩下的我可以自己來。」然後背對新田，摘掉貼在胸口的電線。另外一個倒地的人，戴著小丑面具，看似已昏過去。新田摘下她的面具，是一張熟悉的臉，貝塚由里——曾野昌明的外遇對象。

為什麼這個人會在這裡？新田完全摸不著頭緒，之後直接問她本人可能最快。由於新田拔掉了插頭，計時器也停了，看到上面的指針，新田倒抽一口氣，幸好秒針還沒到午夜零時，還差十秒，所以兩人才平安無事。

「這個計時器怎麼了？好像慢了？」新田低喃。

「啊，會不會是因為，」尚美伸出左手。「照我的手錶時間設定的。」

新田比對自己的手錶，發現尚美的手錶慢了將近四分鐘。

「這支手錶是我祖母的遺物，經常不準。」

「為什麼要戴這種不準的手錶？」新田語畢，自己也察覺到了，恍然大悟看著尚美。「手錶太準的話，就沒有餘裕……」

「對。」尚美點頭，莞爾一笑。

新田仰天，沉沉吐了一口氣。

「幸虧妳是專業的飯店人，真是太好了。」

我媽聽了以後，看著相機裡的女人，沉思了片刻，然後說還是報警比較好，可是兒子去偷拍人家，這種事又說不出口。我一直跟我媽說我沒有偷拍，可是她就是不信。後來我媽叫我去查一查，有沒有能隱藏身分又能報警的方法，於是我上網一查，發現有匿名通報專線，然後我就用電腦通報了。我媽叫我不要跟我爸說，要是我爸知道我拿他的相機去偷拍，一定大發雷霆。

過了不久，我看到新聞說發現了遺體，雖然地點沒有寫得很明確，但我知道就是那棟公寓。看到自己的通報讓案件浮上檯面，有種不可思議的感覺。我也很在意案子後來怎麼了，可是新聞只說他殺的嫌疑很重，並沒有說逮捕到犯人了。

我媽也很在意這個案子，我們會趁我爸不在的時候，聊起這個案子後來不曉得怎樣了，我就不小心說出了那個男人的事，就是那個常來房間的男人。我媽聽了很震驚，問了我一大堆事情。我說我在公寓旁邊看過他們兩人，也說拍了幾張照片的事，還有那個印著「禮信會」的信封。

我媽叫我去查一查，我就上網查了「禮信會」，出現很多網站都是跟醫院有關的內容。我點進去看，大多都有主治醫生們的照片，然後我看到「森澤醫院」院長的照片時，嚇了一大跳，因為這個院長就是那個男人。

我媽沉思了很久，她的側臉嚴肅到令人害怕，我不敢跟她說話。好不容易她終於開口了，叫我不要把這件事告訴任何人。我心想通知警方應該沒關係吧，我媽好像看穿我的心思，語氣忽然變得非常溫柔跟我說：「這件事我會想辦法，你就當作什麼都不知道，今後也絕對不能跟任何人說，也不可以跟你爸說。你如果乖乖聽話，想要什麼媽都買給你。」

之後我媽做了什麼，我完全不知道，後來她也沒再跟我談過這件事了。過了一陣子，我得知我們全家要去飯店過年，好像是爸媽商量決定的，但我不知道是什麼時候決定的。我爸只說，過年要讓媽媽好好休息一下，我實在不想去那種地方，而且我都念國中了，還要跟父母去住飯店，心情實在很沉重。不過他們說飯店有好吃的，而且我可以待在房間看電視、打電玩，我就勉為其難答應了。

除夕夜的事，坦白說，我也搞不清是什麼狀況。吃完晚飯後，我爸說車子被人惡搞就回家了，我媽說要跟湊巧在飯店遇到的朋友去參加派對就出門了。我留在房間打電玩，後來就睡著了，所以到底出了什麼事，我完全不知道。後來是被響個不停的門鈴聲吵醒，我睡眼惺忪開門一看，外面站了很多不認識的男人。

站在最前面的男人掏出警徽給我看，問了我一些事情，我迷迷糊糊也忘記自己怎麼回答的，後來那些男人就進來了。我真的不知道到底發生了什麼事，看著那些男人在房裡轉來轉去，我想的只有飯店的新年料理會是什麼，我能不能像往年一樣拿到壓歲錢。

〔貝塚由里的供述〕

曾野万智子，結婚前的舊姓叫木村万智子，我和她是老家公立高中的同班同學，但也稱不上是投緣的朋友，因為我們的個性剛好相反，我是喜歡活動筋骨的戶外派，她是偏愛閱讀和藝術的室內派。不過跟她聊天蠻有趣的，她會說一些我完全不知道的事給我聽，相反的我也會跟她說，接觸外面的新世界有多刺激。

班上同學常說，貝塚是外向強勢型，木村是內斂含蓄型，事實上完全相反。她斷然比我強勢太多，只是沒有表現出來，而且一旦記恨絕對忘不了，為達目的也敢做一些毫不手軟的事。

高三的時候，發生過這種事。我們的共同朋友懷孕了，對方是她打工職場的前輩，是個大學生，那個男生給了她五萬塊，要她去墮胎。万智子聽了，哦不，木村小姐聽了大發雷霆。不好意思，我們平常都直呼名字慣了，接下來我也可以叫她万智子吧。對啊，她也都直接叫我由里。

回到朋友懷孕的事，万智子很生氣說要找那個男生理論，傷害了女生的身體，居然想用這點錢就打發掉，實在不能原諒。所以就把那個男生叫出來，我們三個人跟他見面，就是万智子、那個朋友和我。

万智子跟那個男生說，要把這件事跟他父母和學校說，如果他不想事情曝光，就拿出一百萬，我們在一旁聽了都嚇呆了。那個男生也嚇得臉色發白，請求能不能少一點，如果是三十萬他還可以想辦法。懷孕的朋友說好吧，三十萬就夠了。可是万智子無法接受，她知道那個男生有車，要他把車子賣掉，結果那個男生真的把車子賣了，最後付了五十萬。但万智子的厲害之處還在後頭，她從中拿了十萬塊當手續費，那時我心想，哪天要是跟這個女生為敵，真的太恐怖了。

高中畢業後，我來到東京，邊打工邊念專門學校；万智子進了短大，畢業後在老家當地的公司上班。我每次回老家都會跟她見面，見了面就像回到高中時代一樣很開心，我們經常一起喝酒喝到天亮。

後來万智子和公司的前輩結婚了，我記得那時她二十六歲，我也出席了她的婚禮。她是懷孕結婚的，也就是奉子成婚。我一直和結婚無緣，在居酒屋打工時被挖角，轉到酒店去工作，在酒店工作收入好很多，可是就沒時間和男人交往了。我忙著在酒店上班，万智子忙著帶孩子，後來就慢慢疏遠了，將近有十年的空白吧，不過偶爾還是會打電話、傳簡訊。

後來我跟万智子重逢，是因為她老公調職來東京，那時她兒子已經念小學了。久違重逢再看到她，我覺得她真的是一副媽媽樣，完全變成家庭主婦了。這麼說或許很失禮，我覺得她渾身散發出生活的疲憊感，徹底失去了女人味。不過我也沒資格說她，我三十四歲出來開店，在六本木經營一家小酒店，可是生意不好，人際關係也很麻煩，每天抱著各種苦惱度日。

万智子來到東京後，我們雖然不像以前那樣泡在一起，但也時常見面。兩年前他們家買房子，我也送禮去祝賀。万智子這次跟我聯絡，是在十二月中旬，說有很重要的事情急著想見我，所以我當天傍晚就去見她了。

結果她跟我說的事，真的很匪夷所思。她家附近的公寓發生了命案，聽她講報案的經過，我已經捏了一把冷汗，更讓我驚愕的是，她說她知道兇手可能是哪個男人。我仔細一問，她沒有證據能證明那個男人是兇手，可是那個男人和被殺的女人確實關係匪淺，她手邊還有那個女人在房裡，以及兩人在一起時的照片。

万智子說，她不知道怎麼辦才好。她的想法是，通常應該報警，可是報警對自己也沒什麼好處，雖然覺得被殺的女人很可憐，可是就算逮到兇手，她也無法復活，倒不如思考怎麼更有效活用這些情報。

我立刻明白她的意圖，她可能想拿照片跟那個男人交易。也就是說，不跟警方說自己握有他出入被害者住處的證據，以此作為交換，向他索取金錢。我詢問她的真意後，她也承認了，承認後還問我，要不要助她一臂之力，也就是要拉我當共犯，她說她沒自信一個人做得來。

這麼無法無天的事實在太驚人，可是我聽了之後也有些心動。因為我的酒店經營不順，正好很缺錢，不僅拖欠債務還不了，連員工的薪水也付不太出來，正在發愁能不能弄到一大筆錢。

万智子說，那個男人是醫療法人機構家族的富二代，名叫森澤光留，開了一間神經科醫院，想必很有錢，視情況可以向他撈個一兩億。万智子還說，萬一勒索失敗，到時候再報警就行了，我聽了便下定決心說好，我願意幫忙。後來我們開始擬定作戰計畫。你問我誰掌握主導權，我也不知道該怎麼回答，因為我們凡事都共同決定。

首先要想辦法接近森澤光留。我們知道他醫院的聯絡方式，也記下了他官網上的Email，可是經由網路聯絡會留下很多記錄，這種方式很危險。我們想了各種方案，最後討論的結果是，以電話聯絡最保險。雖然撥出方會留下紀錄，但可以設定隱藏號碼，接話方事後也查不出是從哪裡打來的。

我們是在十二月十五日打給他的，是我打的，因為万智子畏畏縮縮，說她沒自信在對答時能臨機應變。接電話的是櫃台小姐，我說我想直接跟院長說話，不久就換一個男人來接。我確認他是森澤本人後，跟他說關於和泉春菜，有很重要的事要跟他談。

森澤一開始跟我裝傻，所以我就跟他說，那我以和泉春菜的名字寄郵件給你，你看了之後再做判斷，說完就把電話掛了。接著我立刻把他在和泉房裡的照片印出來，用郵局寄到他的醫院。

第二次打電話給他是十二月十七日。森澤的態度有些轉變，告訴我他的手機號碼，於是我改打手機，跟他談交易。我跟他說，除了他收到的照片，我手邊還有別的他跟和泉在一起的照片，也有佐證他犯行的東西，以此向他勒索一億圓。

對此，森澤提出付錢的交換條件，說要知道我的真實身分，若雙方的立場不對等，他無法安心。我說，只要拿到錢就不會出賣他，但他說只有口頭約定難以相信。我把森澤的說法告訴万智子，兩人開始商量對策，為了讓交易順利進行，只能接受森澤的條件。

這時我想到東京柯迪希亞飯店的「假面之夜」。三年前的除夕，我曾和另一位朋友住過這間飯店，第一次參加了那個跨年晚會，那是很歡樂、很棒的體驗。我一直想再去參加，便想到可以利用這個派對來交易。

於是我向森澤提議，彼此變裝參加這個派對，要他到時候把裝好錢的包包，藏在飯店的某處，而且包包要上鎖。我們這邊會有兩人參加，首先會打電話給森澤，要他站在指示的地方，傳出約好的暗號，藉此辨別變裝後的他。確認他變裝後的樣貌，再告訴他我們所在的地點與裝扮。如果他看到我們，就傳暗號過來，同樣是用電話指示。

之後我們接近森澤，要他交出鑰匙，跟他說話也是為了要證明，我們就是打電話的人。拿到鑰匙後，我離開會場，前往藏包包的地方。我的夥伴，也就是万智子則留在森澤旁邊。確認包包裡確實放了一億圓後，我再回到會場。等跨年倒數結束，彼此摘下面具，我們兩人向森澤示出駕照，這樣交易就完成了。森澤接受了這個提案，交易方式成立，接下來就等交易時間到來。

其實這個計畫還有另一面，就是要利用警方。首先，交易前先向警方告密，讓刑警埋伏在派對會場。我拿到錢以後，再跟警方聯絡，告訴他們兇手變裝成什麼模樣，人在什麼地方，之後就傳暗號給万智子。万智子收到暗號後，開始準備逃走，不久刑警就會去逮捕森澤，万智子就能趁機快速逃走。如果能照這個計畫順利進行，森澤就不知道我們的真實身分了。

十二月三十一日下午，我來到東京柯迪希亞飯店辦住房手續。我跟櫃台說兩人入住，是為了確保万智子也能拿到派對入場券。万智子前一天就和家人一起，三個人住進飯店，她說服她先生，至少年底年初別叫她再忙家事，來住飯店輕鬆一下。我假裝在晚餐時間，在餐廳巧遇他們，此外也在她先生和兒子面前，裝出硬是拉她來參加派對的樣子。

我問万智子飯店的情況如何，她說不知道警方是否已經來埋伏，所以我決定探一探警方的虛實。指示警方，若佈署完畢，就在假面人偶拿的葡萄酒杯裡插花。看到花插上去了，我們就照計畫開始行動。

派對開始後不久，我就跟森澤聯絡，因為我在會場裡，就叫他站在除夜鐘前舉起右手。然後看到一個戴著企鵝頭套的人，舉起右手，接下來要讓他知道我們在哪裡，便告訴他我們兩人的裝扮，叫他走到香檳塔前。確認變裝後的我們之後，要他舉起左手，過了一會兒，企鵝才舉起左手。他的反應有點慢，可能是戴了頭套的緣故。

我跟森澤說，我現在要去他那裡，要他交出包包的鑰匙。不料森澤的回答出乎意料，他說包包沒上鎖，藏在四樓的教堂裡，叫我去確認。於是我離開會場，到了教堂。接下來我就不太清楚了，因為我一踏進教堂就遭人襲擊，那種感覺很難形容，不是痛也不是熱，就是受到很大的衝擊，然後就昏倒了。等我醒來時，旁邊圍了一堆陌生人，他們自稱是警察，但我也搞不清到底是什麼狀況。

我是被万智子騙了吧？聽完刑警先生們說的話，我覺得我好像被騙了。為什麼她要做這種事呢？頭緒？我沒有特別想到什麼耶，因為我們一直是朋友呀。

曾野昌明？万智子的先生怎麼了嗎？哦……那件事啊。我們兩人確實見過面，他們搬新家時，我去拜訪，得知昌明擁有中小企業管理顧問的證照資格，就請教他一些經營上的問題，從那時開始有接觸。

男女關係……嗯，說沒有是騙人的。誰先主動的？我認為是他主動的，可是他的說法可能不一樣吧。我自認沒有主動勾引他，若他可能認為我有些舉動是在勾引他，我也只能道歉，是我太輕率了。

我只打算跟他上一次床，算是成人之間一時衝動，鬧著玩的小插曲。可是昌明先生似乎不是這麼想，好幾次都纏著我不放，因為我經營酒店也受到他的照顧，沒有辦法斷然拒絕他。話雖如此，次數也不是那麼頻繁，我們單獨見面，這一年大概也有五、六次……不，也許更少。

我當然覺得對万智子過意不去，我一直當她是好朋友，所以內心也很煎熬，希望早點結束這種關係。實際上這陣子，我也都沒跟他見面。難道這就是動機？所以万智子想殺了我？

真是這樣的話，我無法接受。因為她早就對她老公沒感情了，也好幾年沒跟她老公上床了，她還說過今後也不會跟她老公上床，感覺像是她老公去外面解決也無所謂。既然如此，為何非殺了我不可？

〔曾野万智子的供述〕

我和由里，高一被分到同一班，國中是不同校。開學第一周，我觀察班上同學，覺得要格外提防貝塚由里，因為我發現她是班上的關鍵人物。國中的時候，我們班發生嚴重的霸凌事件，遭到霸凌的不是我，可是那個霸凌事件延燒得很廣，一個不留神差點就燒到我。不過我仔細觀察，霸凌團體也有階級之分。那時我領悟到，看清誰站在權力頂端操縱大家，是很重要的事。

在高一這個班上，我認為是貝塚由里。第一個根據是外貌，她長得很漂亮，身材又好，就算穿制服也很出色，舉手投足都很浮誇，看起來充滿自信。另一個根據是氣味。但也不是聞到什麼味道，只是一種氣氛或感覺。我沒辦法說明得很好，我覺得由里身上有一種氣味，和國中時主導霸凌的女生相同。

有這種嗅覺能力的不只是我一個人，只要是女生，多多少少，都具備這種能力吧。很多女生都想和由里當朋友，但大家可能有意識或無意識，也察覺到了這一點吧。關於這點男生可能很難懂吧。

我和由里當朋友，果然是對的。雖然不至於到霸凌，但固執己見的事到處都有，出現對立情況，或在背後說人壞話，根本是家常便飯。但只要和由里在一起，最後我都能站在勝利組。雖然也有人說，木村万智子是貝塚由里的小跟班或跟屁蟲什麼的，我完全不在意。因為我沒有由里的美貌，也沒什麼長處，想在學校過得舒服點，投靠有能力的人是最快的方法。

其實我很強勢？我？這是什麼話？這話是誰說的？懷孕的朋友？哦，那件事啊。她怎麼了嗎？我拿錢？別開玩笑了。我確實有說五萬塊太少，可是說要把那個男大生叫出來，敲詐更多的是由里。實際上也是她出面交涉的，我只是在一旁靜靜地聽，聽到由里恐嚇那個男生，說自己認識黑道份子，我佩服得不得了。

車子？叫人家賣車，這種話我怎麼說得出來。我只是說他有車，所以應該有點錢，由里聽了就叫人家把車賣了。手續費十萬圓？這是怎麼回事？我沒有印象。總之關於那件事……那件事也是由里主導的，我一直都只是個小跟班。

高中畢業後，我也和由里保持聯絡，知道她去東京也很高興，因為我也想去東京，覺得去了有人可以靠。由里進入酒店這一行，我不怎麼驚訝，反倒覺得很適合她。聽她說酒店的事很有趣，店裡偶爾會有名人來，她說這種事的時候都很自豪。

對，我是六年前來東京，因為我先生調來東京上班。久違地見到了由里，不過她在六本木開了酒店，我很驚訝。問一下才知道，那叫金主吧，就是有個男人資助她，出錢讓她開店。不過由里也說，那個男人現在想跟她分手，她在考慮要跟他拿多少分手費。聽到這個，我覺得由里還是老樣子，一點都沒變，與其說傻眼，我更佩服她。

對，是的，她來我家是兩年前，我們買了房子之後，三個月左右吧。她送了觀葉植物來祝我們喬遷之喜，不過坦白說，我覺得很困擾。那種東西，我實在不曉得要擺在哪裡，但還是向她道謝就是。

如今回想起來，我真是太粗心了，竟然讓由里跟我先生見面。我完全忘了她喜歡搶別人的東西，更萬萬沒想到是我先生……老實說，我到現在還難以置信。我懷疑我先生有外遇，是在今年秋天，有個我先生的同事的太太，我們很熟，我從她那裡聽到詭異的事。

她問我，曾野先生星期一都準時下班，是不是家裡有什麼事？我就覺得很奇怪，因為我先生星期一並沒有早點回家。從那之後，我就仔細觀察我先生的舉動，結果確實發現很多詭異之處。譬如有時回家會特別體貼，話也比平常多，但一定都在星期一。偶爾他問我有什麼安排時，好像特別在意星期一的行程，而且星期一，他也比較重視自己的穿著打扮，於是我的懷疑轉為確信。

想取得確切證據，最快的方法是查他的手機。他的手機當然上鎖，而且是用指紋辨識開鎖。有天夜裡，我趁他熟睡，拿他的手指貼在手機上解鎖，查看手機裡的訊息。我完全沒有罪惡感，因為是他自己不好，做出讓我懷疑的事。基本上，手機會上鎖就很可疑。

可是我查了簡訊和Email，看不出什麼外遇跡象，只是偶爾會寫奇怪的Email給一個名為「Y」的人。信件的內容不是文章，只是四位數的數字，我用月曆查了一下發信日期，大吃一驚。全部都是星期一，時間都是下午五點半左右。

Y究竟是誰？我查了聯絡人資料，但顯示的電郵地址和手機號碼，都是不認識的。這詭異的四位數字到底是什麼？我實在太在意，某個星期一下午五點左右，我去了我先生的公司。我想跟蹤他，看他到底在做什麼。

五點多，我先生從公司大門出來，我相隔一段距離，在後面尾隨他。那時我也擔心要是他搭計程車就麻煩了，幸好他朝地鐵車站走去，結果他搭的是和回家路線截然不同的地鐵。我在遠處眺望他的側臉，心想他究竟要去哪裡，他似乎完全沒發現我跟蹤他。後來他在和他完全無關的車站下車，我繼續尾隨他，終於知道了他去哪裡。

東京柯迪希亞飯店。

我在遠處看著他在櫃台辦住房手續時，終於明白那四位數字的意義，那是房間號碼。他寫信告訴外遇對象房間號碼，自己先來入住，隨後那個女人再去那個房間。

從那天起，我內心充滿難以形容的苦悶，不管做什麼都很容易神經質。可是，我並不打算質問我先生，也絲毫沒有離婚的念頭。畢竟這個年紀離婚，一個人生活很辛苦。就算他給我贍養費，也沒辦法讓我過一輩子，況且我兒子還小，根本沒辦法靠他生活。所以我決定，既然不離婚，就別在夫妻間興起風波。畢竟男人在家待得痛苦，就會想逃離這個家，我裝成一無所知的遲鈍妻子，讓他繼續養我和兒子，是我對他最有意義的懲罰。

雖然我很好奇他的外遇對象是誰，但這並不重要。問題在於，要怎麼做才能不掀起波瀾，讓我先生停止外遇，可我怎麼想都想不出好辦法。在這種情況下，我知道英太拍了那種照片，那種照片……對，就是偷拍的照片。

我看了大吃一驚。英太最近很少說話，放學回家就關在房裡，我只是認為青春期的男孩不曉得在想什麼，萬萬沒料到他竟然沉迷於那種事。光是老公的外遇就讓我傷透腦筋，這下子我覺得連兒子都背叛我，真的很想死。

我開始哀嘆後，英太竟說出奇怪的理由，他說他偷窺的女人動也不動躺在房裡，搞不好已經死了，還是報警比較好吧。果真如此，就不能說我兒子是偷拍了，我叫英太去查隱藏身分的報警方式，結果他找到了匿名通報專線。

不久之後當我知道這是殺人案後，我多少也有了些興趣，就和我兒子東查西查，查到「森澤醫院」的網站。我心想，發現不得了的事情了，如果這個森澤光留就是殺人犯，那我兒子就立下大功了。

可是我開始往截然不同的方向想，匿名報警很簡單，但這樣我們得不到任何好處。這麼重要的情報，難道沒有更好的用法嗎？這時我忽然想起由里，換成她，她會怎麼做呢？

那麼狡猾的女人，絕不會爽快地報警，應該會把這個情報，以最高的價錢，賣給必須買的人吧。而這個人，當然是森澤光留。於是我心想，找由里談談看吧。我深信她聽到這件事，一定會緊咬不放。這種交易我實在做不來，但對由里來說是拿手好戲。

我和由里聯絡，久違地見到她，閒聊一下之後，進入正題。我把英太拍的照片和「森澤醫院」的網站告訴她。由里聽了臉色一變，問我打算怎麼做？於是我反問，換成妳，妳會怎麼做？霎時她眼睛睜得好大，雙眼發亮，然後說出我料想中的回答——找森澤光留要封口費。我不安地說：「要得到嗎？」由里點頭說：「沒問題！交給我處理，一定沒問題！」

之後我們擬定作戰計畫。不，這麼說完全不正確，應該說，我聆聽由里擬定的作戰計畫。說不要用 Email 或寫信，直接打電話的也是由里，真不知該說她夠大膽還是有膽識，我再度深深地甘拜下風。

聽到她提出「假面之夜」的計畫時，我對她狡詐到可怕的心機瞠目結舌。我原本還有點懷疑，不讓對方看到我們的臉就能拿到錢，這真的有可能嗎？不過利用「假面之夜」的特色，確實有可能。

可是聽她說著說著，我也察覺到一件事，就是地點，居然是那間東京柯迪希亞飯店。雖然我覺得這一定是巧合，卻也耿耿於懷。然後那天晚上，我把那個「Y」的電話號碼拿給英太看，要他開手機的擴音功能打過去，問對方是不是山本小姐。我兒子雖然搞不清狀況，但也照我的話做了。電話接通後，對方說「不是」。

不是——短短一句，這就夠了。我認出這個聲音是由里。我整個怔住了，萬萬沒想到老公和朋友聯手背叛我，那種懊惱令我頭暈目眩。然後想到幾個小時前才見到的由里模樣，我氣得渾身發抖。

她說自己多麼常去那間飯店，還說那裡舉辦的跨年晚會多麼適合這次的計畫，說得神采奕奕、眉飛色舞。根本是在向外遇對象的妻子，炫耀自己的偷情場所。想起她那時的表情，我更加確信，她對我沒有絲毫的罪惡感，反倒是樂在其中。把愚蠢的妻子找來自己偷情的舞台，一起做壞事，這種情況讓她雀躍不已。這背後的心理，當然是看不起我。最好的證明就是，當我擔心事情會不會順利，她這麼跟我說。

「別擔心，妳就一如往常，當我的左右手就行了。」

想起這句話的瞬間，我對她的憎恨又更深了，由里並沒有把我當朋友看，她只是把我當成好用的工具。我非常後悔，因為就算這個計畫順利成功，拿到一大筆錢，我還是共犯，一生都無法跟她斬斷關係。

責備她跟我先生的關係，她一定不痛不癢吧，說不定還會擺爛回嗆我，有本事就把外遇公諸於世啊，搞不好還會威脅我。因為除了我先生的外遇，這回又加上我兒子的偷拍醜聞，她掌握了恐嚇我的新祕密。

但由里根本不管我，一步步進行她的計畫。她向森澤光留提出「假面之夜」交易方案，森澤好像也接受了。於是我很焦慮，事到如今也不能回頭了，無法中斷主犯由里的計畫。但這時給我靈感的不是別人，也正是由里，她說：「無論如何，絕對不能讓森澤知道我們的真實身分。要是他知道的話，我們可能會沒命。」

我聽了之後恍然大悟，她說得沒錯。於是我豁出去打電話給森澤，因為我隱藏了自己的號碼，森澤以為是由里打去的。我表明我是交易對象的共犯，跟他說這個交易是個陷阱，女主犯打算拿到錢就通報警方，讓警方逮捕他。

森澤覺得疑惑，可能是不知道我這麼做的目的為何，所以問我為什麼要跟他說這些事？有什麼目的？我說，希望他殺了主犯。如果他願意，我會把主犯的真實身分告訴他。我一毛錢也不要，那些照片我也會全數銷毀，而且以後絕不會再跟他聯絡。

森澤要我給他一天的時間考慮，這天的電話到此結束。隔天同樣的時間，我們再度聯絡。森澤首先要我證明，我希望他殺的人就是這次威脅的主犯，說是怕我利用他去殺毫無相關的人，到頭來報警抓他。任憑我怎麼說我沒說謊，那個人確實是主犯，但森澤就是不相信。我頓時束手無策，不知如何是好。

這時出乎意料的，森澤主動提出一個方案，聽了他的提案，我整個驚呆了。他想利用由里提出的「假面之夜」計畫，反將由里一軍。原本的計畫是，森澤將放有現金的包包藏好，讓由里去拿，並確認包包裡的現金。森澤的提案是，在現場埋伏等由里來，然後殺了她。

接著森澤開始說詳細的計畫內容，他說得極其流暢，內容也井然有序。我猛地意識到他不是臨時想到的，那種縝密與周詳，由里根本望塵莫及。聽著聽著，我確信這場勝負是他贏定了，覺得交給他處理應該沒問題。

之後我們又討論了幾次。到了十二月三十日，我和家人入住飯店後，我和他也私下聯絡過。森澤好像已經來到飯店，只是我還沒見到他。三十一日，由里也住進來了，晚餐時，我們假裝在餐廳偶遇。由里一副光明正大的樣子，我先生卻顯得畏畏縮縮。這也難怪，因為情婦在家人聚餐時現身。

所以，我跟我先生說公寓的管委會打電話來時，他一臉心不甘情不願，卻火速離開飯店。對，我說管委會打電話來是假的，那是為了讓我先生先離開飯店的幌子。因為一旦發生事件，警方會要求所有住宿客人留下來，我為了不讓我先生遭到懷疑才這麼做。

晚上十一點，我和由里抵達「假面之夜」會場，我穿自己的衣服，戴上飯店出租的銀色面具，由里戴著小丑面具。想到她會以這副模樣被殺，我覺得痛快極了，她活該罪有應得。

48

新田與本宮到偵訊室一看，內山幹夫弓著背，頭垂得很低。抬頭看到新田他們後，又再度低下頭，就這樣垂著。

「沒必要怕成這樣吧。」本宮苦笑，拉出椅子。「我們又不會把你吃了。」

「呃，不是，那個……」內山聲音沙啞，清咳兩聲繼續說：「給你們添了很多麻煩。」

「確實，如果你早點說實話，事情就不會這樣，我們也不用吃這麼多苦頭。」本宮一屁股坐在椅子上，弄出很大的聲音。

「對不起。」內山縮起脖子。

新田在旁邊的桌子坐下，將帶來的筆電放在桌上。他想親耳聽聽內山怎麼說，所以自願負責記錄。

「我看看哦，你本姓是內山，」本宮看著手邊的資料說：「名字叫幹夫，沒錯吧？」

「之前我也說過了，浦邊這個姓，是兇手指示我用的假名，因為已經用這名字訂房了。」

「是啊，你之前已經說過了。那麼首先，能不能告訴我們你和和泉春菜之間的事？你們是在哪裡認識的？」

「哦，好。我們是在公園認識的。」

「公園？什麼公園？」

「名稱我不知道，就住家附近的公園。」

浦邊幹夫——本名內山幹夫，時而說話語無倫次，大致內容如下。

內山在自家附近開了一間升學補習班，每天午休都會帶小狗外出散步。那是一隻迷你臘腸犬，已超過十歲，但還蠻健康的。散步途中會經過一座公園，那是座小公園，無論何時去都沒什麼人。內山常帶著狗在公園長椅休息，一邊餵愛犬吃寵物麵包。

有一次，遇到公園施工，常坐的長椅不能坐，內山於是去找別的長椅，發現鞦韆旁有兩張並排的長椅，一張空著，便坐了下來。另一張長椅，坐著一名穿著打扮像少年的年輕女子，內山常在這座公園看見她，但從沒和她說過話。這一天也沒和她說話，內山便帶著小狗走了。

幾天後工程結束了，但內山繼續坐在鞦韆旁的長椅。說沒有特殊理由是騙人的，因為他很在意坐在旁邊長椅的女子。雖然經常見面，但連招呼都沒打過，因為內山覺得她散發著一種會拒絕他的氣場。

後來一次偶然，內山手上的牽繩從愛犬的項圈脫落，小狗跑到那名女子身邊，在她腳邊磨蹭起來。內山焦急萬分，但她的反應卻出乎意料，完全不見驚慌之色，還一把抱起小狗，摸摸小狗的頭，然後開始摸牠的身體，那模樣像是習慣接觸動物的專業手法。

內山向她道歉，想把小狗牽回來。她歸還小狗時，說了一句令人意想不到的話：「牠後腳的關節有問題，帶去醫院看一看比較好。」內山問：「摸一摸就知道嗎？」女子回答：「之前看牠走路的樣子，我就注意到了。」後來她說自己的職業是寵物美容師，內山才恍然大悟。

內山趕緊帶愛犬去給獸醫看，就如她所說的，果然關節有異常狀況。醫生說，這是天生就有的毛病，沒有嚴重到必須立刻開刀，但最好做定期檢查。下一次見到那名女子時，內山向她道謝。她說幸好情況不嚴重，真是太好了。從此，兩人見了面就會寒暄幾句，女子說她的名字是和泉春菜，還把手機號碼告訴內山。

兩星期後，兩人帶著寵物去寵物咖啡廳。再過一星期，兩人就一起吃飯了。兩人聊了很多事情，話題從閒話家常，發展到彼此的私事。內山喜歡聽她說工作的事，總覺得很有趣。認識兩個月後，內山邀她上賓館，那時他做的心理準備是，如果春菜拒絕，以後就不要見面了，想不到春菜答應了。

之後，大約保持一星期上一次床的關係，但內山總覺得她有什麼祕密，好像隱瞞了什麼重大事情。其中一個根據是，電話。因為經常打不通，好像關機似的。問她原因，她也答得不清不楚。此外就是，不管內山怎麼求她，她都不肯把自家住址告訴內山。

於是內山懷疑，她會不會有其他男人。就這樣悶悶不樂之際，發生了令人震撼的事，警方發現春菜的遺體，而且可能是他殺。其實幾天前，內山就覺得怪怪的，春菜沒來公園，電話也打不通，擔心之餘還跑去她的職場偷看。

知道命案時，內山無比驚愕，心情盪到了谷底。兇手還沒被抓到，究竟是誰殺了春菜。內山也曾猶豫該不該去警局，但他是有家室的人，這樣不僅家人會知道他外遇，要是被社會大眾知道就更麻煩了。

畢竟他經營的升學補習班，打的招牌是讓學生考上私立名門中學，事情曝光會影響補習班的形象。更何況自己出面，對命案的偵查也幫不了什麼忙吧，因為自己根本一無所悉。

儘管哀傷春菜之死，但內山終究選擇不出面，只是默默祈禱警方能早日破案。但這時發生了意想不到的事，內山收到一封簡訊，發信人居然是春菜。她已經無法發信，想必是別人用她的手機發的。內容更讓內山渾身顫抖，說是不想讓自己和春菜的關係公諸於世，就按照指示做。

「至少你如果在那時報警就好了。」本宮嘆氣地說：「不但可以知道兇手的意圖，我們還能設下陷阱。」

「真的很抱歉。」內山的身體越縮越小。

「所以那個指示，是要你來住東京柯迪希亞飯店。」

「是的……」

「這樣啊。」本宮靠在椅背上，雙手環在後腦勺。「你還真的被利用得很慘啊。」

「因為對方說握有我的祕密，我就亂了……真的很笨啊。」

「你有跟你太太說嗎？」

「還沒。今天來這裡也沒跟她說。」

「這樣啊。我們也不會跟你太太說。」

「真的太感激了。」內山微微低頭致意，然後交互看看本宮與新田。「請問，春菜為什麼被殺？兇手是春菜原本的男朋友嗎？因為發現有我這個人，一氣之下把春菜殺了？」

本宮瞄了新田一眼，再轉回內山。「這一點我們還不清楚，因為嫌疑人一直保持沉默。」

「這樣啊……」內山又低下頭。新田嗅了一聲，內山先生。

「近日，會麻煩您做 DNA 鑑定，到時候請務必配合。」

「DNA 鑑定？」

「和泉……和泉春菜小姐，當時有孕在身。」

內山瞠目結舌。

新田瞄到本宮皺眉、輕嘖了一聲，但依然繼續說：

「我們在和泉小姐的房間找到驗孕棒，清楚地顯示陽性。我們也問過很多有小孩的女人，她們說判定為陽性卻沒有把驗孕棒扔掉，原因只有一個，就是那個女人很高興懷了這個孩子。說給你當個參考，我們已經確定那不是嫌疑人的孩子。」

內山無言，只是低著頭，頻頻大口呼吸，肩膀上下晃動。

49

每次被叫去總經理辦公室，尚美總是心跳加速，就像小時候被叫去教職員辦公室，總是緊張得要命。明明自己沒做什麼，可是覺得會被罵。

尚美做了一個深呼吸後，敲門。旋即聽到藤木的聲音：「請進。」

尚美開門行禮，說了一聲打擾了，走了進去。藤木戴著老花眼鏡，坐在黑檀木桌前。

「身體好些了嗎？」藤木摘下眼鏡，站了起來。

「沒問題，已經充分休息了。」

「那就好。」

藤木向尚美招了招手，走向沙發，尚美也隨後跟去。

「繼上次的案件後，這次妳又遭逢危險啊。」兩人面對面在沙發坐定後，藤木說。

「這次是……這次也是，相當可怕。」這是尚美真實的心聲，只要想到那時，要是新田沒來，現在還會發抖。坦白說，晚上也睡不好。

「警方的偵訊告一段落了吧？」

「是的。新田先生很體貼，盡量不給我造成負擔。」

「這樣啊。」

這時，傳來敲門聲。藤木應了一句「請進」後，看向尚美。

「今天叫妳來，其實是想讓妳見一個人。」

門開了，有人走進來。尚美看到那個人的臉，霎時怔住了，那是日下部篤哉。他穿西裝，也確實打了領帶，臉上帶著笑容。尚美完全無法理解，為什麼他會來這裡？只是怔愣地看著他，說不出話。

那天跨年晚會結束後，結果也沒能和日下部見面，因為尚美暫時被警方保護著。日下部也沒跟她聯絡，所以尚美心想，他應該是照預定計畫，在元旦早上前往美國了。

藤木竊竊低笑：「妳好像很驚訝，不過這也難怪了。」

日下部走過來，從懷裡掏出名片。尚美連忙起身，收下名片。看到上面印的字，大吃一驚。「柯迪希亞飯店　北美分部　人事第二部長　香坂太一」。

「原來您是柯迪希亞的人……？」

「是的。日下部篤哉，是我舅舅的名字。對不起，我騙了妳。」這個姓香坂的人，鄭重低頭向尚美致歉。

尚美搞不清狀況，不知如何回答之際，藤木說：「總之先坐下來吧，我來說明。」

看到香坂在藤木的旁邊坐下，尚美也跟著坐下。

「之前我跟你提過洛杉磯柯迪希亞的事吧？我說想推薦妳去。」藤木說：「香坂先生，就是被委任挑選日本員工的人。」

咦？尚美詫異地看向香坂的臉，他露出皓齒說：「是啊，其實就是這樣。」

「可是，為什麼……又是求婚，又是玫瑰之路，還有後面那個……那些是怎麼回事呢？」

「真的很抱歉。」香坂再度低頭致歉。「那是我的挑選方式。」

「挑選方式？」

「是這樣的，我跟香坂先生提到妳，他說既然這麼優秀的女性，那我可以考考她嗎？我也沒理由拒絕，就請他儘管考吧。結果他就以那種形式潛入了。」藤木說。

尚美聽著聽著，終於明白事情的來龍去脈，再度看向香坂。

「那些都是假的嗎？」

「是的。對不起。」

「那狩野妙子小姐也是假的嗎？」

「是的。」香坂答道：「她是我的助理，學生時代就是話劇社的，很會演戲。」

「有人看到，您和狩野小姐在汐留的咖啡廳。」

「是除夕前一天吧。這樣啊，被看到了啊，因為她住在汐留的飯店。」

尚美恍然大悟，汐留有柯迪希亞旗下的商務旅館，想起大木也說，工作人員因為工作上的事去汐留看到的。那名工作人員，可能去那間商務旅館辦事吧。

尚美頻頻眨眼，看了看笑咪咪的藤木，又轉回香坂：「我完全被您騙了。」

「妳大概覺得這個客人很麻煩吧。」

「也不是麻煩……只是覺得提出的要求有點難。」

「這麼說或許有些粗魯，我認為配合演出求婚這種程度的事，對一個禮賓員是合情合理，只希望妳能滿足一個想表明心思的男人的欲求。但求婚這檔事，比起求婚者，被求婚的一方更難應對，若要拒絕的話，更是難上加難。要如何在不傷害對方的自尊心，又能尊重對方的心情下拒絕，考驗著禮賓員的手腕。就這一點而言，」香坂說到這裡打直背脊，凝視尚美。「妳的表現可圈可點。那個香豌豆花真是出人意表，狩野也說歎為觀止。」看來狩野妙子是本名。

「感謝您的誇獎。」尚美道謝，但心情頗為複雜，因為自己只是拚命想回應客人的要求。

「所以呢，看到妳那精彩的對應，我又衍生了別的欲求，想進一步測試妳。」

聽到香坂這句話，尚美的身子不禁後仰：「就是仲根綠的事……」

「沒錯。這個靈感，是我在交誼廳看到她的時候閃現的。那時我心想，如果我對妳提出要求，說我對一個連名字都不知道的小姐一見鍾情，想要和她單獨用餐，妳會如何對應。我真的很想看妳如何處理。」

「坦白說，那讓我傷透腦筋。」尚美吐露心聲。

「我想也是。可是妳沒放棄，提出了『長腿叔叔作戰計畫』，真是厲害！其實那時我就認為，就算作戰失敗告終，我也會給妳打合格分數。」

「謝謝您。不過，沒想到出了那種事……」

「是啊，萬萬沒想到她是男的，而且是殺人犯。知道那件事時，我覺得大過年就做了一場惡夢。」香坂緩緩搖頭。

「香坂先生還和兇手單獨用餐啊。」藤木說：「您沒察覺什麼奇怪之處嗎？」

聽到這個問題，香坂蹙起眉頭。「說來慚愧，我什麼都沒察覺到，只覺得能跟美女吃飯太幸運了。老實說，我現在很沮喪，覺得自己居然沒有看人的眼光。」

「要說這個的話，我也一樣。」尚美說：「這件事，警方也問過我很多次，真的沒有察覺什麼異樣嗎？我也是看不出來。新田先生說，現在兇手是一張素顏，但化妝後會變成怎樣，很多刑警也看不出來。」

「既然如此，應該讓他化妝才對。啊，警方不久也會來找我問話吧，真是頭痛吶。」香坂垂頭喪氣。

「香坂先生，你該說重要的事了吧？」藤木苦笑說。

「啊，對哦。」香坂抬頭，看向尚美。「雖然發生了很多事情，就如我剛才說的，山岸小姐，妳通過測驗，合格了。請務必助我們一臂之力，我很希望妳能來洛杉磯柯迪希亞飯店，能不能請妳考慮一下。」

香坂說得熱情又誠懇，尚美有些動搖。但因為才剛經歷恐怖事件，目前還沒有餘力想這件事。不過知道自己是被需要的，還是覺得很幸福。

洛杉磯啊——不知為何，尚美腦海浮現新田的臉。

50

能勢翻開菜單低吟。「呃……一杯咖啡一千圓！裡面到底放了什麼？」

「就是很普通的咖啡呀。」新田說：「但是，無限暢飲。喝光了不用再點，服務生看到了會來倒咖啡。」

「這樣啊，簡直是強迫推銷嘛。我只要喝一杯就夠了，不能算我五百圓嗎？」

「這我就不知道了，下次我向飲料部部長建議看看。」

「拜託一定要建議。這種價錢實在太逼人，誰敢輕易來喝咖啡啊。」能勢的口吻分不清是認真或開玩笑，語畢便闔上菜單。

新田伸出左手拿水杯，順便看錶，離約定時間，已過了兩分鐘。兩人在東京柯迪希亞飯店的交誼廳，就是日下部篤哉第一次見到仲根綠的地方。當然，現在兩人等的不是日下部，也不是仲根綠。

新田環顧廳內，無論桌子沙發都是高級品，端送飲料的女服務生制服頗有氣質，動作也相當洗鍊。咖啡賣一千圓也有幾分道理。一名男子，坐在後面的桌子，年齡三十五歲左右，穿灰色毛衣，微微發福。新田坐定後不久就發現，他頻頻看向這裡。

入口處站著一名女子，身穿藏青色連身裙，手臂掛著駱駝色大衣，小臉，但眼睛輪廓鮮明令人印象深刻。新田一眼就認出來，就是這個人，能勢也看出來了，幾乎和新田同時起身。

女子看向新田那桌，神情略顯緊張走過來。他們桌上放著一只黑色紙袋，這是相認的標記。女子走到桌旁時，新田問：「妳是笠木小姐吧？」聽她回答「是」以後，新田遞出名片。「我是新田。這次突然把妳叫來，真的很抱歉。」

新田沒說自己是「警視廳的新田」，是因為顧及周圍可能會有人正在偷聽，接著能勢也遞出名片。新田等她收下名片，指向對面的椅子勸坐。這名女子不用自我介紹，因為兩人都知道她叫笠木美緒。

雙方隔著桌子坐定後，笠木美緒表情僵硬，一直垂著眼。第一次面對刑警，在所難免。女服務生走了過來，在她面前放了一杯水。

「想喝什麼儘管點。」新田將菜單遞到笠木緒美面前。「我推薦現榨柳橙汁。」

「哦……那就點這個。」她小聲說。

新田向女服務生點了兩杯咖啡和一杯現榨柳橙汁後，再度看向笠木美緒，她依然低著頭。

「今天，妳是一個人來？」

新田一問，笠木美緒微微動了動，弱弱地應了一聲：「是的。」

「這樣啊。」新田的視線越過她的肩，往後方桌子一看，正好對上灰色毛衣男的眼睛，男子慌忙別過臉去。

新田將視線轉回笠木美緒。「我在電話裡也跟妳說過了，我們已經逮捕森澤光留。這是一起大案子，新聞也吵得沸沸揚揚，妳應該也知道吧？」

「知道……我很驚訝。」

「妳的名字，我們是在森澤的手機裡找到的。因為兩年前的來往信件還留著，想必對森澤而言，妳是很特別的人，所以我們才和妳聯絡。」

笠木美緒稍稍抬起頭：「全部嗎？」

新田側首不解：「什麼全部？」

「所有的來往信件都還留著？在他的手機。」

「是的。」新田點頭。「我們不知道是不是全部，說不定也有森澤刪除的。但我能說的是，他保留的那些信件，足以讓人聯想妳和他之間有第三者。」

笠木美緒姣好的眉形，稍微皺了皺，可能是厭惡與害怕再度湧上心頭吧。

「森澤一直保持緘默。」新田重啟話題。「關於犯行內容，我們大致都掌握了，證據也搜齊了，他沒有狡辯的餘地。如果被起訴，一定會判有罪，只是不知道他的犯案動機。見了他本人之後，我們隱隱察覺，可能和他極其特殊的個性與價值觀有關。但具體上，究竟是什麼樣的感情讓他犯下那種罪行，我們完全無法想像。既然森澤本人不肯說，我們只能問被害者來推測。可是兩名被害者，室瀨亞實與和泉春菜，都已不在人世。現在唯有和她們有相同經歷，但幸好沒有成為被害者的妳，唯一能告訴我們內情。」

笠木美緒的睫毛動了動：「我不太願意回想那些事……」

「我明白。」新田低頭請求。「但如果想要揭露森澤內心的黑暗，需要妳的協助，請妳務必幫忙。」

一旁的能勢也深深低頭。

「可以放下飲料嗎？」頭上傳來女人的聲音，原來是女服務生端飲料來了。新田抬頭，默默看她擺放三人的飲料。

女服務生離去後，笠木美緒從包裝袋抽出吸管，喝起柳橙汁。原先緊張的雙頰，稍稍放鬆了些：「真的很好喝……」

「對吧。」新田笑著應和，也啜了一口黑咖啡。

笠木美緒將雙手放在膝上，看了看新田，又垂下雙眼：「要從哪裡說起呢？」

「從妳方便說的地方說起就好。」

笠木美緒做了好幾深呼吸，纖細的肩膀每每跟著起伏。

「我……」她喃喃地開始說：「我以前有男性恐懼症。」

新田與一旁的能勢對看一眼，因為預料中的關鍵字出現了。新田轉頭看回笠木美緒，應了一聲：「是。」

「至於我為什麼有男性恐懼症，這種事我不想說……」

「沒問題。」新田立即回答：「那我就不問這個。能不能請妳從認識森澤說起？」

笠木美緒似乎安心多了，輕輕點頭。

「我和他是在一個演講會場認識的，當時的演講題目是，男性恐懼症。參加者都是女性，因為限定只有女性才能參加。」

「可是森澤是男人，卻在那裡？」

「是的，他坐在我旁邊。」

「不是限定女性嗎？」

「因為在會場的入口……」笠木美緒吐了一口氣，繼續說：「只要出示入場券，不會確認是不是真的女性。」

「意思是，」新田說：「森澤扮成女裝進去？」

「是的。」笠木美緒點頭。

「看起來不會怪怪的嗎？」

「完全不會。我絲毫都沒有想過，他可能是男人。」

笠木美緒首度凝視新田雙眼，那眼神恍如在傾訴，那個擅於偽裝的人，是如何巧妙引導自己誤入歧途。

「當時是森澤主動找妳說話嗎？」

「是的。」她回答：「他跟我談了一些小事，但內容我已經記不清楚了，只記得他講話很有氣質又輕柔，絲毫不裝模作樣。我對他的第一印象是，真是迷人的女性，有種其他女性沒有的奇妙氛圍。」

當時那個人自稱「牧村綠」。演講結束後，他邀笠木美緒去喝咖啡，笠木美緒也想和他多聊一下，因此沒有拒絕。

「我們聊了很多事情，覺得很聊得來。他……不，那時候是她。她一直說，她可以幫我的忙，治好我的心病。那個語氣非常熱忱，相當真摯，具有一種讓人想再和她見面的力量。」

「所以就開始交往了？」

「是的。」

「森澤何時表明自己的真實身分？」

「第一次來我家的時候，大概是我們認識一個月以後。」

兩人在房間獨處時，笠木美緒忽然感到一種前所未有的違和感，硬要說的話，是一種氣味。牧村綠的身體散發出一種氣味，讓笠木美緒感到不安。牧村綠似乎也察覺到她的不安，便說今天有件事要向她坦白，然後拿著包包去浴室。當她再度出現，笠木美緒看了差點尖叫，因為她變成了男人。

「他說，這是他的另一個樣貌。他在生理上是男性，在社會上也以這個面貌示人。」

「性別認同障礙？」

笠木美緒搖搖頭。

「他討厭這句話。他說他不是男人，也不是女人，他是超越性別的人。」

「超越……？」

「從什麼時候開始？」一直沉默不語的能勢，首度開口插話：「森澤什麼時候開始有這種想法？從懂事就有了嗎？」

笠木美緒偏著頭說：「我也不知道。不過聽說他妹妹給他的影響很大。」

「妹妹？」新田問。

「他有個雙胞胎妹妹，時常跟我說這件事。」

新田掏出手機，上面早有森澤光留的檔案資料。原來如此——新田看了家庭成員欄，忽然懂了，森澤確實有個雙胞胎妹妹。

「妹妹叫做世羅，對吧？」

「對。」

「森澤怎麼談他妹妹？」

「這個嘛……就是玩扮演姊妹的遊戲。」

「扮演姊妹的遊戲？」

「是的。」

笠木美緒說的內容，大致如下。

森澤光留說，世羅美得像妖精，和光留感情很好，無論做什麼都一起，去哪裡也都一起去。兩人十歲時，父母離婚，兩人都跟著母親。因為母親是醫生，經常不在家，兩人決定同心協力，支持母親。

上了國中後，世羅開始偷偷化妝，變得越來越美。有一天，世羅提出一個奇妙的建議，說要把光留化妝成女生。光留說男生化妝很奇怪，可是世羅不肯讓步，說一定會變得很漂亮，光留就讓她化了。化完妝後，光留照鏡一看，整個驚呆了。鏡子裡映出一個美少女。兩人並肩站在鏡子前，看起來就是一對姊妹。

從那之後，兩人偷偷玩起「姊妹遊戲」。光留總是當姊姊，雖然覺得自己在做奇怪的事，可是很開心。所幸，光留的明確變聲期沒來，到了高中以後，體型也沒怎麼男性化，所以兩人繼續玩這個遊戲。

光留兄妹十八歲時，母親事故身亡。後來兩人在經營醫療法人的親戚援助下上了大學，開始一起在東京生活。笠木美緒說到這裡，語氣忽然沉重起來，像是在猶豫該不該說下去。

「怎麼了嗎？」新田問。

「呃，沒有……姊妹遊戲的事到此為止。」笠木美緒將柳橙汁挪過來，含著吸管。

「這個叫世羅的妹妹……」能勢看著記事本說：「二十一歲過世。關於這件事，妳有聽他說什麼嗎？」

「怎麼樣？」新田也正好想問這件事，便催促她回答。

「……他說是自殺的。」笠木美緒低喃。

「原因呢？」新田邊問，邊端詳她的神情。

她痛苦地緊皺眉頭，闔上雙眼，做了一個深呼吸，才又睜開雙眼。

「遭到強暴。犯人沒抓到，可是遭強暴的傳言一直在流傳，她受不了……」她說到這裡就說不下去了，捂著嘴巴彎下身子，可能和自己的痛苦回憶重疊吧。她會罹患男性恐懼症，想必有相當的原因，很有可能是強暴之類的性暴力。

「回到之前的話題。」能勢說：「妳看到男性模樣的森澤，有什麼反應？妳說妳當時有男性恐懼症……」

笠木美緒一臉困惑，嘴唇微微抽動，像是在猶豫該如何回答。

「我沒有……發抖。」

「發抖？」新田問。

「在那之前，只要和男人獨處，我的身體都會一直顫抖、呼吸紊亂，脈搏也會加速。可是，那時我並不害怕。不只那時，和他一起在房間裡，我都能很平靜。加上聽了他妹妹的事，我覺得他是不一樣的，和其他男人完全不同。」

「所以妳就相信他了？」新田問。

笠木美緒點頭。「他說，他想救我。還說為了全體人類，男人或許是必須的，但是為了個人幸福，根本不需要男人，只要創造出沒有男人的世界，活在裡面就行了。我沒遇過能說得如此肯定的人，深深覺得得到救贖，心想只要跟著他就沒問題。」

「所以妳就跟著他了？」

「那時候……」笠木美緒垂下雙眼。「我一定不正常。我也不曉得自己怎麼了，為什麼那麼相信他，甚至把他當作神一樣崇拜。現在回頭再看，只能說是一種異常。可是當時，我死心塌地的認為，聽從他的話是理所當然，沒有任何疑問，只是唯命是從。」

「具體來說，譬如哪些事情？」

「他會管我的行動，管得很細。不管我去哪裡，跟誰見面，做什麼事，都要先向他報告，凡事都得到他的許可才能做，擅自做會被他罵。不過他絕對不會施暴，他總是哭著說，我那麼想救妳，為何妳卻背叛我。看到他那副模樣，我只會覺得對不起他。」

新田暗忖，這完全是洗腦。笠木美緒的心智，被森澤光留掌控了。

「他只有管妳的行動嗎？」能勢問：「其他方面，有對妳下什麼其他指示嗎？比方說，服裝之類的……」

笠木美緒的臉色倏然發白，之後徐徐地恢復血色，最後變得滿臉潮紅。

「服裝方面……有。和他見面時，他會命令我穿特別的服裝。」

「蘿莉風？」新田一問，她輕輕點頭。

「那時，森澤穿什麼衣服？」

笠木美緒嚥了一口口水，才開口：「他穿女裝。他來我家的時候，會變裝為女人，以女人的身分和我相處，到了要回家前才變回男人。這段時間，我都被打扮成洋娃娃的樣子，因為世羅好像很喜歡這種衣服。」

「原來如此。」新田和能勢對看一眼，又轉回笠木美緒。「這段關係，維持了多久？」

「半年左右。」

新田點頭，和森澤的手機記錄吻合。

「這段關係結束，有什麼原因嗎？」

「有。其實早些時候，我的心情就出現了變化。」

「什麼變化？」

「有點不可思議，我敢跟男人說話了，身體也不會發抖……」

「意思是，妳和森澤以外的男人在一起也不會害怕了？」

「到也不是完全不害怕，但已經好很多了。那時，在一個偶然機會下認識一個男人，他邀我去吃飯。」

「妳去了嗎？」

笠木美緒搖搖頭：「他嚴格禁止我和男人交往。」

「那妳怎麼跟那個男人說？」

「我只說，有些原因不能去……」

「那個男人就接受了？」

「他好像無法接受。後來每次碰面，他就想知道原因。我知道他是好人，所以格外揪心，後來有一次我終於……」

「說出森澤的事？」

「那男人怎麼說？」

笠木美緒默默點頭。

「他說我被操控了，說我被施了催眠術，迷失了真正的自己。我說沒有這回事，但他以堅定的語氣，闡述我現在的狀況有多麼異常。他說，我簡直就像把跟蹤狂帶進家裡，他說得很激動，我聽著聽著也開始覺得他說的是對的。於是我問他，那我該怎麼辦？他說我應該立刻逃走，如果我想逃走，他願意幫我。」

新田暗忖，遇到好人了。這個邂逅，對她來說是奇蹟。

「結果妳怎麼逃掉的？」

「我辭掉工作，退掉公寓，扔掉一堆東西，只帶一只皮箱就走了，他幫我準備了新住處。我把森澤給我的手機扔了，也去電信公司解約號碼。幸好住址依然是戶籍地的長野老家，所以沒有必要更動。」

「後來森澤有沒有來找妳？」

「沒有。」

新田可以理解，應該是沒有。這次笠木美緒的聯絡方式，是問她長野老家才知道的，而老家的地址，是向她解約的電信公司問到的。但若沒有搜索票，電信公司是不會說的。

「妳說妳辭掉工作，那妳以前是做什麼的？」

「我在人體模型工廠上班。」

「人體模型？」

「我的工作是畫人體模型的臉。」

「哦……」新田不禁感嘆，世上的工作真是千奇百怪。可能是因為她有男性恐懼症，為了逃避面對人的工作，才進這一行吧。「那現在，在做什麼呢？」

「現在，」笠木美緒稍稍抬起下巴。「在溫室裡培育草莓。」

「草莓？」

「對，還在跟我男友學習就是了……」笠木尚美浮現淡淡的微笑。

新田很想知道，人體模型繪師和栽培草莓的男人是怎麼認識的，但還是別太過介入比較好，因此也就擱下了。

「有結婚的打算嗎？」

「有，應該快了。」

「這樣啊，真是太恭喜妳了。挑選婚禮會場時，請務必考慮這間飯店，我在這裡有朋友，到時候可以幫妳介紹。」

「謝謝。不過，我們沒有打算辦得那麼豪華。」笠木美緒的臉頰微微暈紅，看得出來表情完全放鬆了。

新田看向能勢，以眼神問他還有沒有要問的，能勢輕輕搖頭。於是新田打直背脊，面向笠木美緒。

「我們已經非常瞭解了，非常感謝妳的協助。」

「已經可以了嗎？」

「可以了，真的很謝謝妳。」

看到笠木美緒從椅子起身，新田和能勢也站了起來。結果坐在後面的灰毛衣男，也急忙站了起來。當他看向這裡，正好對上新田的眼睛，新田向他點頭致意，他一臉尷尬地搔搔頭，朝出口走去。

笠木美緒說：「那我告辭了。」行了一禮便離開新田他們的桌子，灰毛衣男在前面等她。新田與能勢站著，目送他們兩人離開交誼廳。

51

一月十日，森澤光留指名新田來偵訊，說如果是新田，他願意談。於是在外訪查奔波的新田回到警視廳，在偵訊室和森澤面對面。森澤的臉，與之前摘下麥可·傑克森面具時一樣，容貌端麗，但無疑是個男人，頭髮也很短。

與新田面對而坐，森澤賊賊地笑說：「你知不知道《蝴蝶君》？」

「我看過電影版的DVD。」

聽到新田的回答，森澤不屑地皺皺鼻子。

「尊龍啊，那個人徹底就是男的，沒有男人會被那種女裝騙倒。你不這麼認為嗎？」

「我也這麼認為。」

「我想也是。」森澤滿意地點頭。「《蝴蝶君》原本是以中國文化大革命為舞台的戲劇，曾榮獲東尼獎。劇情是描述法國大使館的外交官愛上中國京劇女演員，將她收為情婦，還以為她為自己還生下了小孩，其實她是間諜，而且是個男人。」

「這齣戲劇是改編自真實故事吧。」

「好像是的。」

「那個外交官，居然會迷上男扮女裝的男人，他的眼睛有沒有問題啊。」

見新田默不作答，森澤開心地笑了笑。

「我也不是不明白那個外交官的心情。」

「你指名我來，是為了跟我談這種事？」

「這也是其中之一，因為我覺得跟你說會很有趣。」

新田看著森澤的男人臉龐，發出中性嗓音，卻絲毫沒有違和感。但那個仲根綠的聲音，確實也是這個聲音，可是那時只覺得是女人的聲音。不，是根本沒有懷疑她的性別。

「那個男人的偵訊完了吧？」森澤問：「就是KINOYOSHIO，包繃帶的木乃伊男，他偵訊完了吧？」

「你問這個做什麼？」

「因為接著他的話談比較快，也比較好懂。他問完了嗎？」

「基本上問完了。根據他本人的供述所言，他把萬聖節扮成木乃伊男的照片上傳社群網站，到了最近忽然有人問他，要不要接一個打工機會。工作內容是參加除夕的跨年晚會，只要他照電話的指示行動，就能免費住進一流飯店，還能拿到謝禮。他覺得這也未免太好康，所以立刻就答應了。」

「其他還有幾個候補人選，但他看起來最可靠。果不其然，他做得很好。」

「以KINOYOSHIO這個名字訂房的是你吧？」

「沒錯，畢竟犯罪也需要幽默嘛。可是你不覺得可悲嗎？一流飯店的接線生，聽了漢字居然也沒察覺到。」

「可能是配合你的幽默吧。」

「真是那樣就好。那，另一個男人的偵訊呢？內山幹夫。」

「基本上也結束了。」

聽到新田的回答，森澤的雙眼皮眼裡閃現壞心眼光芒。

「你不覺得那個男人很差勁嗎？身為教育者，居然搞外遇。但若是真心愛對方，我也多少也能給他一些評價。可是這個人不是喔，外遇的女人被殺了，他居然怕被牽連不敢站出來。」

「內山的事，你是聽和泉春菜說的嗎？」

「不是。我給春菜用的手機裡，留著她和那傢伙的通訊紀錄。春菜和我在一起的時候，只要打給她的電話或簡訊，我都會詰問對方是誰。可是春菜好像用我給她的那隻手機和內山聯絡，所以和我見面時她都關機。」

新田想起內山說，他打電話給春菜常常打不通。

「你猜我為什麼要利用那個男人？」森澤一臉戲謔地問：「我可以跟木乃伊男一樣，拿錢雇用他，為什麼我沒這麼做？」

「因為他的角色比木乃伊男更重要？」

「這也是個原因。」森澤點頭。「但他如果給我搞砸就麻煩了。但原因不止如此。」

「要懲罰內山？」

「這也是個很大的原因。我剛才說過了，他是個極其卑劣的男人，我必須懲罰他。可是，還有更大的原因。」

「什麼原因？」

「你不知道？我想你也應該不知道。我把你叫來，就是要告訴你這個。啊，真是太有趣了。」森澤雙眼閃現嗜虐的光芒，新田恨不得揍他一頓。可是當然不能揍，而且嫌疑人喋喋不休時，絕對不能打擾他，這是偵訊官的鐵則。

「說明這個之前，我把時間倒轉一下。」森澤轉起右手的手指。「倒到我退房的時候。對了，你有聽到仲根綠留話感謝你吧？」

「有，我有聽到。」

「那個留言，有一半是真的。還有那位山岸小姐是吧？託你和她的福，我真的度過快樂的時光。但另一半就是挖苦了。」

新田不打算回答，只是默默聽著。

「離開飯店回家後，我卸完妝，摘掉假髮，換上麥可・傑克森的衣服，再度提著包包出門。包包裡裝的是麥可的面具，還有飯店人員的制服與面具。順帶一提，制服是網購類似的衣服，和真品有些微妙的不同，但乍看幾乎一樣。在回飯店的計程車裡，我戴上麥可的面具，付車錢時，司機整個愣住了，倒是飯店的門僮一副泰然自若。我從飯店大門進去，搭電梯到三樓，會場前一片熱鬧滾滾。山岸小姐也在，不久後你也來了。」

新田回想，原來是那時候啊。那時收到稻垣的指示，抵達分配的位置，記得旁邊站了一個戴麥可・傑克森面具的人。但好像沒看到木乃伊男。

「好，現在我又要考考你了。剛才我說，我暫時回家又去了飯店。那我為何要在兩天前，以仲根綠的身分入住飯店呢？」

森澤以打量的眼神，直勾勾看向新田，新田也和他正面對看。

「為了查探警方的佈署情況？」

「賓果！」森澤豎起直手指。「沒錯，我想先確認警方佈署到什麼程度。但這是危險的賭注，因為警方一定握有公寓命案的監視器畫面。想要混進來，我必須用另一張臉，也就是仲根綠——本名牧村綠的臉。關於牧村綠，你們有查到什麼嗎？」

「我們查了你入住時用的信用卡。」新田答道：「那是十年前發行的正卡，同一個名字也有銀行帳戶。你是怎麼弄到的？」

「在網路黑市買的。既然要用女人的臉示人，我就得有女人的身分證明。現在可能很難了，以前在網路上什麼都買得到，別人名義的手機也買得到。」

看來他所言屬實。這次犯行用到的兩支手機，都是別人的名義。

「我對牧村綠的姿色有自信，絕對不會被識破。」森澤語帶自豪。「話雖如此，我也不敢保證，因為是女人就不會被懷疑，而且年底一個女人獨自來住飯店，看在警方眼裡想必很詭異吧。所以我裝成夫妻同來，但也想到這樣容易遭人起疑。警方一定會趁清掃時間進來，檢查所有住宿客人的房間和行李，也會用監視器看每個房間的入出狀況，馬上會發現我沒有男伴。這該怎麼辦呢？我左思右想，反正會被懷疑，就讓你們徹底懷疑吧，所以就編了一個故事。」

「編故事？」

「牧村綠的悲傷愛情故事。主要的情節是思念過世的戀人，為了完成未了的夢想，來到約定的地方。可是想騙過警方，需要完美的準備，這花了我一點工夫。最麻煩的是，要找誰來當已故戀人呢？虛構的人物騙不了警方，所以我想到利用親戚經營的醫療法人管道。在這個法人機構裡，所有資料是共享的，我查到仲根伸一郎這個人，他單身，一個人住，死亡的時間也不錯。最重要的是，我看上他的生日是除夕。這樣故事的細節就出來了。」

森澤說得興高采烈，宛如拍出傑出電影的導演，在幕後花絮公開自己的創作祕辛。

「準備妥當後，我混入飯店，射出的第一支箭，就是自稱仲根綠。明知櫃台會要我拿出信用卡，我故意用假名；進入房間後，叫客房服務點了香檳；隔天早上又點了兩份客房早餐。警方如果有在看監視器，應該馬上知道這個奇怪的女人根本沒有丈夫。」森澤凝視新田。「這時你們發現了嗎？」

「這時我們還沒有想到這裡。我們懷疑你可能沒有男伴，是在清掃房間之後，因為發現很多不自然的地方。」

「譬如有香菸和打火機，卻沒有菸蒂。市面上明明有文庫本，卻帶精裝本來，是嗎？」

「是的。」

森澤微微一笑：「太好了，我還以為你們不會注意到這些小地方。」

「後來我們查看監視器畫面，確定除了你，沒有人進入這個房間。」

「原來如此，大致跟我想的一樣。不過，有一點我沒料到。用餐時，飯店送我整瓶香檳，我沒多想。可是，送來一束花說是飯店的禮物，我就覺得有點怪了。確定有問題，是那個影像秀。我看到你走進房間，就確信是警方進來查探了。正規的飯店人員，是不會做這種事的，更何況我之前就懷疑你是刑警了。」

「原來是這樣啊。」新田驚訝地問：「為什麼呢？」

「這種事情，只要稍微觀察一下櫃台就知道了，你幾乎沒有在做櫃台業務。你的前面，總是站著一個古代貴族朝臣臉的櫃台人員，動來動去好像不讓你工作的樣子。因為我早已料想到警方會潛入調查，所以那時就心想，啊，這個男的一定是刑警。還有就是，那個瘦瘦高高的門房小弟也是刑警吧？門房小弟通常不負責客房服務。」

看來新田他們的假面先被識破了，對此新田也只能咬牙忍耐。

「既然刑警都進房來了，我也得表現出精湛的演技，我可是卯足幹勁喔。」

「那個眼淚是怎麼回事？」

新田如此一問，森澤抽動鼻子。

「我不僅可以控制自己的身體，也能控制心靈。想流淚的時候就能流淚。」

「這樣啊。我真的被你的眼淚騙了。」新田坦言。

「我想也是。」森澤滿意地挺胸。「但是最後需要收尾，這時需要一個小道具，也就是蛋糕的照片出場了。我不知道飯店做不做得出來，但拜託飯店做這個蛋糕是做對了。可是後來的發展又出乎我的意料，不是有個客人想見仲根夫妻嗎？我那時心想，這一定又是警方來查探，因此就決定在那個蛋糕模型前，說出我和仲根伸一郎的悲戀故事。但是……」

森澤大大地張開雙手，繼續說：

「聽了山岸小姐帶來的男人說的話，我整個驚呆了。他叫日下部吧？居然說對仲根綠一見鍾情？簡直就是《蝴蝶君》嘛。如果那時我只有一個人，一定會哈哈大笑。可是當時我不能笑，只能認真且慎重地拒絕，然後他就把山岸小姐叫來，聽了一些事情之後，我心想這是說悲戀故事的最佳時機。而且既然要說，最好也有警方的人在，所以我把你也叫來了。」

新田不禁「啊」了一聲，原來那也是森澤計畫中的一環。

「我希望你老實回答我。」森澤說：「那時你相信了吧？你相信仲根伸一郎和牧村綠的悲傷愛情故事，不認為這是編出來的吧？」

新田頓時不知該如何回答，後來點頭說：「是的，我沒有懷疑。」

「對，這樣就對了。」森澤更顯目光炯炯。「一直覺得可疑，最後疑問解開後，人就不再懷疑了。即使牧村綠退房後發生命案，誰也不會再對她深入調查，因為她的謎底早就揭曉了，與命案無關，沒有調查的必要。」

新田看著森澤像另一種生物不停動著嘴巴，稍微明白了被洗腦者的心情。他把意想不到的內容整理得井然有序，而且說得行雲流水，聽著聽著都覺得自己是個蠢蛋。

「你可能覺得我繞了一大圈，不過不要緊，我這就轉回去。」森澤重啟話題。「我變裝成麥可．傑克森回到飯店後，打電話給內山，要他拿著包包離開房間。但我不是要他去三樓的派對會場，而是指示他在二樓下電梯。另一方面，我自己也有事要做，就是確認警方是否有緊盯戴著企鵝頭套的內山。我想不需多說你也明白，內山是負責搗亂的角色，若是警方沒有盯上他，就沒意義了。所以我下了很多工夫，讓他用假名入住，又寄來詭異的包裹，還要他每頓飯都在房裡吃。明明沒有參加派對，卻要他變裝走出來，也是為了讓警方看到監視器對他起疑。但我最期待的是，警方能發現春菜的周遭有內山這號人物。如此一來，警方一定會把他當作最重要的監視對象，緊緊盯著他。」

「你沒用花錢雇來的木乃伊男當搗亂角色，而用內山，就是這個原因嗎？」

「沒錯，看來你很清楚嘛。」

「你是怎麼確認，警方有在盯內山的動靜？」

「我很想跟你說，可是我要你先猜猜看。」

「我猜不出來。」

新田心想反正猜不出來，乾脆明說。

「你回想一下那時的狀況。三樓到處都是變裝的人群，其中應該也有變裝的刑警。另一方面，二樓幾乎沒人，可是戴著企鵝頭套的內山，居然在二樓下電梯，警方會怎麼做？光靠監視器是不行的，所以警方應該會派人去二樓查看，而且必須派一個去二樓也不會不自然的刑警。」森澤指著新田的胸口。「我看到你下樓梯，確實在監視內山，便確認警方有在盯他。確認有沒有刑警偽裝成飯店人員，如果有的話，查出那些人是誰，這是仲根綠很重要的工作。」

看著森澤誇耀勝利的表情，新田也終於明白，他是為了說這件事才把自己叫來這裡。他想說的是，刑警偽裝成飯店人員潛入偵查反而適得其反，你們太無能了。

「接下來就不用詳細說明了吧。我從麥克．傑克森換裝成飯店人員，去了教堂，偽裝成飯店人員，是考慮到萬一被監視器拍到也不會被懷疑。進入教堂後，我用了兩支手機，一支是傳達交易指示給內山；另一支是告訴交易對象，包包在教堂裡，掛了電話後立即傳訊給木乃伊男，用暗號指示他去拿包包。接著我立刻聽到門外有動靜，交易對象應該不會來得這麼快。我屏氣凝神躲起來，看到有人進來，立刻用電擊棒擊昏她。我在捆綁手腳時才發現她是山岸小姐，事到如今也只能順便送她上西天。過了一會兒，交易對象才進來。」

「呼～」森澤吐了一口長氣，冷眼看向新田。

「出了教堂，下到三樓以後的事，你應該都知道了。戴著面具反而被看穿真面目，說起來真諷刺，不過我很佩服你的眼力。」

「謝謝。」新田稍稍低頭致意。「為什麼要用電死？不能用別的方法嗎？」

「我不想讓女人死得很醜，而且死的時候也不會感到痛苦。不過這兩個人都不是我的女人，我不需要考慮這麼多。」

「你用計時器，是擔心斷路器掉下來嗎？」

「沒錯。在應該無人的教堂裡，要是斷路器掉下來，警衛會立刻跑來。我覺得跨年倒數到零的時候往生，也蠻酷的。可是我居然把計時器的時間調錯了，犯下這麼離譜的錯誤。」森澤靠在折疊椅背，雙手無力下垂。「我想說的說完了，剩下的筆錄你隨便寫吧。」

「動機是什麼？」

新田一問，森澤哼了一聲。

「你沒聽那個交易的女人說嗎？是她拜託我的，要我殺掉她的同夥人。」

「不是這個，我是問你殺死和泉春菜的動機。或者，室瀨亞實也可以。」新田拿起一旁的資料。「十二月三日晚上，監視器拍到你從和泉住處出來的畫面，還有三年半前的六月十三日，從室瀨住處出來的畫面也確認是你。只不過，這裡是牧村綠，因為妝容和髮型不同，我們沒有立刻看出來。」

森澤大翻白眼，露出厭惡之色：「我不想說。」

「為什麼？」

「因為那個內容是神聖的，我不想讓不相干的人知道。」

新田放下資料，交抱雙臂，盯著森澤看。

「你說我可以隨便寫，那我就說說我的想像好了。」

森澤狠狠瞪了新田一眼：「什麼想像？」

「剛才你說，你想流淚的時候就能流淚。該不會是想起你妹妹，眼淚就會流出來吧？」

森澤忽然表情緊繃，雙頰微微泛紅。新田看著他表情的變化，繼續說：「日前，我們和笠木美緒談過，就是那個唯一逃離你身邊的女子。你對她做了什麼、要求了什麼，她都逐一跟我們說了，包括你為什麼開始穿女裝。」

「夠了，別再說了。」森澤說。

「你只是在她們身上，追尋妹妹的影子，因為不幸喪妹，身為男人卻開始否定男人。為了維持心靈的平衡，你變身為女人，卻無法玩小時候的姊妹遊戲，所以你在找妹妹的替代者。」

「我不是叫你別說了！」森澤拍桌，眼睛佈滿血絲。

「好不容易找到了，也完成洗腦的妹妹替代者，居然愛上了男人。這對你來說，是絕不能容忍的背叛行為。知道她們的心回不來了，你那扭曲的愛情就轉為憎恨。」

「吵死了！閉嘴！你怎麼可能明白我的心情！我神聖的想法！」

「神聖？你做的事，說到底就是殺人，哪裡神聖了？」

「你說什麼！」森澤憤怒地站起來。

一旁記錄的刑警也急忙起身，新田伸手制止。

「你有什麼要反駁的嗎？」

「有，當然有！既然這樣，我就跟你說吧！事情的真相！真正的動機！這次案件的動機！」森澤滿是憎恨地怒吼。

「不是交易對象拜託你的嗎？」

森澤瞪目逼視，湊近新田的臉：「完全不是。」

「所以是怎樣？」

然後森澤雙手叉腰，抬起下巴，以高姿態俯視新田。「我雖然答應那兩個女人提的交易，但是我的心情其實很搖擺不定。要我拿一億圓出來不是問題，也不覺得特別可惜，另一方面又覺得與其答應這種廉價的交易，不如瀟灑地被警方逮捕算了。當我在猶豫時，一名自稱共犯的女人打電話來，拜託我殺了女主犯。我非常驚訝，但卻很雀躍，你知道為什麼嗎？」

新田不知道，所以默默搖頭。

「因為我心想，復仇的時機終於來了。」

「復仇？」新田皺眉。

「對你們警方的復仇！」森澤以食指，指著新田的鼻子。「殺害世羅的警方。」

「你妹妹應該是自殺的，因為遭到強暴。」

「沒錯。卑劣的強暴犯把我妹妹推進地獄。可是在這個地獄裡，繼續蹂躪我妹妹的是你們警察！我妹妹在偵訊時遭到什麼對待，你知道嗎！她在好幾個刑警面前，不斷地被迫重複講被強暴時的事，連芝麻小事都追根究柢地問，甚至要她面對人體模型，演出被強暴時是什麼情況。儘管如此，我妹妹深信警方一定會抓到犯人，所以全都忍耐照做，真的是拚命忍耐。可是後來呢？結果如何？到頭來警方沒有抓到犯人。你猜負責的刑警跟我妹說什麼？他帶著輕浮的笑容說，小姐，妳就當作被狗咬了，早點忘記吧。——「被狗咬」那是足以讓人精神崩潰的慘事，他居然說被狗咬！」

森澤雙手緊緊握拳，拳頭不住發抖。

「我妹妹自殺，是在那不久之後。」森澤低聲說，再度瞪向新田。「於是我心想，總有一天我要復仇雪恨。剛好碰到這次的事，真是個大好機會，警方為了逮捕殺人犯，一定佈下了天羅地網。在這天羅地網中發生命案會怎樣？警方的威信會掃地，遭到世人責難，成為笑柄。我要的就是這個！沒有比這個更痛快！到時候我也有臉面對天國的世羅了，所以我才答應她們這樁交易。一切都是為了世羅、為了復仇，無論如何我都要做這件事。為了世羅，就算賭上這條命，我也要做到，一定要做給她看。為世羅復仇……為世羅雪恨……」

森澤的怒吼，逐漸伴著一種悲愴。漸漸地，他緩緩地屈膝崩潰，最後雙手抱頭蹲在地上，只是不斷地吼叫。但早已不成話語。

52

計程車門開了，新田要下車前，便有人說：「歡迎光臨。」新田抬頭一看，是一張熟悉的，笑臉盈盈門僮的臉，獨特的長帽很適合他。

「啊，謝謝。」

新田下車後，走到玻璃門前，頻頻眺望四周。

「怎麼了嗎？」門僮問。

「哦，沒什麼，因為我從沒在這裡好好看過飯店。你也知道，我一直都待在那邊。」新田指著玻璃門內。

「啊，說得也是哦。」門僮點頭。

「果然是一流飯店，大門玄關也很氣派。」

「謝謝您的誇獎，請好好休息。」門僮行了一禮。

新田穿越大門，走到裡面，環顧東京柯迪希亞飯店的大廳。這已經是相當熟悉的景色，但新田緊張得宛如第一次來。面熟的門房小弟也笑盈盈來打招呼，新田點頭致意，走向櫃台。

氏原站在櫃台，看到新田走來，以前所未見的熱情笑臉歡迎：「歡迎光臨。請問您是要辦住房手續嗎？」

「是的，我是新田浩介。」

氏原迅速操作終端機。

「讓您久等了，新田先生。您是從今天起住一晚，訂的是豪華雙人套房是嗎？」

「是的，沒錯。」

「那麼請您填寫這張表格。」氏原將住宿登記表和原子筆放在新田面前。

新田有種奇妙的感覺，這張表格已經看膩了，但填寫還是第一次。此外原子筆寫起來如此流利，也讓他稍感驚訝。

「寫好了。」

「謝謝您。」氏原接過住宿登記表，將臉湊向新田。「我聽警方說，兇手察覺你的真面目，是因為我的對應很糟糕，真的嗎？」

「不，不是你的對應很糟糕，是我沒有做櫃台業務顯得不自然……」

氏原垂下雙眼，搖搖頭。

「居然也有人注意這個啊。真的很抱歉，是我的錯。」

「沒有這回事。」

「下次我會小心。」

「呃，我想沒有下次了，我也已經受夠了。」

氏原好像還想說什麼，但聽到新田這麼說，心想也是，便恢復笑容繼續辦手續。

「新田先生，讓您久等了，這是您的房卡。因為正好有空房間，就幫您升級了。」氏原示出房卡的鑰匙圈。

「啊？真的假的？超幸運！」

「為您升級的是景隅套房。」

「好。」新田看了房間號碼，大吃一驚，是一七〇一號房。「呃，這不是那個房間嗎……」

仲根緣住過的房間。

氏原莞爾一笑：「警方的許可下來了，今天起這個房間可以開始營業。新田先生，您是這個房間重啟後的第一位客人，請您好好享受這個房間。」

新田苦笑，離開櫃台，來到禮賓台。尚美起身，向新田行了一禮。

「您好，歡迎光臨東京柯迪希亞飯店。」

「妳幾時要去洛杉磯工作？」新田問。

「五月開始。」

「那還有三個月嘛。」

尚美一臉認真地搖頭。

「是只剩三個月了，還有很多東西要準備，時間其實很倉促。」

「妳一定沒問題啦。」新田輕聲說：「不然我可以給妳上一堂洛杉磯講座喔。」

「謝謝你，有機會的話務必。」

「那我就來創造機會吧。今晚，一起吃飯怎麼樣？」新田示出房卡。「沒想到，我竟然會住進景隅套房。在房裡吃晚餐，怎麼樣？」

尚美一臉困惑：「吃晚餐的時間，我還在上班。」

「意思是，不行嗎？」新田打量她的神色。「畢竟妳是禮賓員啊。」

尚美思索半晌，似乎想出了好主意，對新田說：「新田先生，明天晚上怎麼樣？」

「明天？」

「明天的話，我可以找人調班。」

「原來如此。OK，那就明天晚上。」新田語畢，忽然想起一件事，伸出右手。「我還沒向妳道謝呢，感謝妳協助辦案。」

尚美露出被趁虛而入的表情，隨後笑咪咪伸出手說：「哪裡，我才要謝謝你的救命之恩，永生不忘。」

兩人握手，新田覺得尚美的手很柔軟。

「到了洛杉磯，也請好好加油。」

「你也是，請保重身體。」

兩人鬆開手後，新田起步離去，但旋即又止步回頭。

「麻煩妳安排明天的餐廳，最好是能好好聊天的。」

「沒問題。」尚美表情充滿自信。「請您好好休息。」

新田輕輕抬手回應，大步走向電梯廳。

國家圖書館出版品預行編目資料

假面飯店：假面之夜 / 東野圭吾 作. -- 初版. --
臺北市：三采文化，2018.12 -- 面；公分. --
（iREAD111）

ISBN 978-957-658-078-9（平裝）
861.57　　107017717

iREAD 111

假面飯店：假面之夜

作者｜東野圭吾　譯者｜陳系美
日文編輯｜李媁婷　美術主編｜藍秀婷　封面設計｜李蕙雲
內頁排版｜陳佩君

發行人｜張輝明　總編輯｜曾雅青　發行所｜三采文化股份有限公司
地址｜台北市內湖區瑞光路 513 巷 33 號 8 樓
傳訊｜TEL:8797-1234　FAX:8797-1688　網址｜www.suncolor.com.tw
郵政劃撥｜帳號：14319060　戶名：三采文化股份有限公司
初版發行｜2018 年 12 月 14 日　定價｜NT$380
11 刷｜2024 年 3 月 10 日

suncolor

suncolor